Narratori Feltrinelli

Fabienne Betting

Tanti baci dalla Mesmenia

Traduzione di Elena Cappellini

Titolo dell'opera originale
BONS BAISERS DE MESMÉNIE

Traduzione dal francese di
ELENA CAPPELLINI

Prima edizione ne "I Narratori" marzo 2017

Stampa Grafica Veneta S.p.A. di Trebaseleghe - PD

ISBN 978-88-07-03221-9

Tanti baci dalla Mesmenia

A tutti i mesmeni del mondo…

1.

Due del mattino

È un orario strano per iniziare a cercare lavoro ma non riesco a dormire, quindi tanto vale che mi ci metta subito. Per prima cosa, mi dirigo verso il frigo in cerca di una birra. Pare che là fuori non ci sia nemmeno una nube... l'appartamento è rischiarato dalla luna e non devo accendere la luce. Meglio così, non ho alcuna voglia di vedere le pareti scrostate della cucina.

Sandrine ha ragione a dire che la stanza avrebbe bisogno di una mano di pittura. E anche che dovremmo installare la cabina della doccia in bagno, riparare lo sciacquone e montare delle mensole in soggiorno. Non ne parla da un po', ma sa sempre come ricordarmelo, lanciandomi occhiatacce e battutine. Lo farò, certo che lo farò. Devo solo trovare cinque minuti di tempo nella mia agenda fitta di impegni.

"Ahi!"

Mentre mi chino per prendere una Kronenbourg dallo sportello del frigo, mi si conficca nell'alluce una scheggia di vetro e comincio a perdere sangue sulle piastrelle del pavimento. Non servono grossi sforzi di memoria per sapere che questa maledetta scheggia è un frammento del bicchiere di cristallo che mi è scivolato di mano ieri sera, mentre lavavo i piatti. È il motivo per cui io e Sandrine abbiamo iniziato a litigare. In realtà non è stato un vero e proprio litigio. Con Sandrine è impossibile bisticciare. Non è colpa sua: le scenate domestiche non sono il suo forte. Anche quando avremmo la scusa del secolo per una sana litigata, come quelle di una volta, con le stoviglie che volano, approdiamo sempre a una discussione seria e ragionevole, e alla fine mi sento immancabilmente colpevole e patetico. In questo periodo, le discussioni serie e ragionevoli vertono tutte sul mio futuro professionale. O meglio, sull'assenza di un futuro professionale.

"Merda, merda, merda!"

"Che succede?"

Dalla stanza da letto, giunge la voce mezzo addormentata di Sandrine.

"Niente. Dormi."

Un dolore sordo mi invade l'alluce, zoppico fino al bagno per fasciarmi il piede ferito. Operazione delicata che richiede un'agilità che non ho. Riesco bene o male ad avvolgere il dito con un pezzo di cotone fissato da un cerotto.

Avevo in programma di accendere il computer per scorrere i siti con gli annunci di lavoro ma non ne ho più la forza. Allora mi butto sul divano e sfoglio "L'Équipe" che non ho avuto il tempo di leggere ieri. Tra queste pagine non corro certo il rischio di imbattermi in un'offerta d'impiego. Controllo i risultati delle ultime partite di calcio, tennis, rugby. Mi si chiudono gli occhi. Poso il giornale sul tavolino e vedo una copia di "20 Minutes" che Sandrine ha recuperato in metropolitana. La apro distrattamente per accertarmi che nemmeno qui ci siano annunci e… sorpresa! Qualche inserzione c'è. Una in particolare mi colpisce come una scossa elettrica. Recita:

Cercasi traduttore dal mesmeno al francese. Molto buona retribuzione.

L'annuncio è seguito da un numero di telefono.

La Mesmenia. Un luogo imprecisato, ancora più sconosciuto del Bhutan o del Belize, che non meriterebbe nemmeno l'appellativo di paese. Una verruca, un punto nero incuneato tra la Russia e l'Estonia. Impossibile parlarne con oggettività. Credo che la cosa più semplice sia pensare al bicchiere che ieri sera mi è sfuggito di mano e si è infranto sul pavimento della cucina. Supponiamo che questo bicchiere sia l'ex Unione Sovietica. Quando è esploso, la base, la parte principale, è diventata l'attuale Russia; i due o tre pezzi più grossi hanno formato l'Ucraina, la Bielorussia e il Kazakistan; i più piccoli hanno dato origine alla Lituania, alla Lettonia e all'Estonia. E poi sono rimaste delle minuscole schegge, così infide da sottrarsi alla vista, nascondersi sotto i battiscopa e spuntare, alle due del mattino, per conficcarsi nell'alluce di un innocente bevitore di birra. Ebbene, la Mesmenia è una di queste schegge di vetro: invisibile, subdola, pericolosa. La Mesmenia è il paese più brutto del mondo. Persino il nome è orrendo. Se avessi dovuto inventarlo, non avrei saputo fare di peggio. Sembra che laggiù l'uomo e la natura si siano alleati per cancellare ogni bellezza. Su un terreno qualunque, non del tutto pianeggiante ma nemmeno collinoso, cresce una vegetazione qualunque, di un monotono color diarrea. In autunno, le foglie marciscono sui rami senza assumere le graziose sfumature rosso oro che hanno in tutto il resto del mondo, e d'inverno la neve cade dal cielo già grigia, ricoprendo tutto con un deprimente velo di polvere. In città, ci sono solo strade strette e rettilinee, orlate da edifici di cemento, grigi e spigolosi, con grandi portoni neri e finestrelle quadrate, come gli occhi dei cattivi nei film di spionaggio degli anni cinquanta, quelli in bianco e nero. I pedoni non passeggiano: camminano con passo spedito guardando il selciato cosparso di cartacce e le acque di scolo che scorrono lungo i marciapiedi, diffondendo il loro fetido odore.

In verità, non sono mai stato in Mesmenia, e non l'ho nemmeno mai vista al cinema o in fotografia. Tutte le descrizioni che posso fare di questa nazione, tutte le ipotesi che posso avanzare sulla sua architettura e i suoi abitanti, le devo a Malislovna Jerona.

Mali. Da quanti giorni, da quante ore non pensavo a lei? Raccontava le miserie del suo paese natale con voce rotta dal pianto. Bastava sentirla descrivere quei paesaggi, quelle città e quei villaggi, per sapere che mai e poi mai ti sarebbe venuta voglia di metterci piede. Lei stessa era fuggita perché non sopportava più tutto quello squallore.

Malislovna insegnava Mesmeno alla Sorbona nel periodo in cui mi stavo laureando in Letteratura e civiltà russa. Aveva ottenuto quel posto grazie a un progetto di scambi internazionali volto a promuovere le nuove culture baltiche. Alcuni si indignavano per l'esistenza stessa del progetto, sostenendo che i costi erano sproporzionati rispetto alle ricadute didattiche. Come la maggior parte degli studenti stregati dalle gonne troppo corte di Malislovna, non condividevo quella critica, che giudicavo meschina e reazionaria. Negli anni in cui stavamo costruendo l'"Europa di domani", perché non tendere la mano a quei paesi ancora in bilico tra l'egemonia russa e il desiderio di indipendenza? Non era forse un dovere di tutti noi, cittadini europei e cittadini del mondo, aprirci alla loro cultura, alla loro lingua, al loro stile di vita, conoscerli e promuoverli ogni volta che ne avevamo l'occasione? E nel nostro piccolo, non eravamo forse obbligati a prendere le difese di quella giovane e bella mesmena, venuta dalla sua terra lontana a regalarci un po' del suo sapere?

Io e Richard ne parlavamo spesso la sera, al bar, scolandoci tutti gli alcolici che potevamo permetterci di pagare. Attanagliati dal terrore che i bacchettoni dell'università ci togliessero la nostra professoressa preferita, stilavamo mentalmente le petizioni che avremmo fatto circolare e gli appelli a manifestare che avremmo lanciato se fosse accaduto il peggio.

All'inizio era solo un passatempo per concludere le nostre serate troppo alcoliche, e per Richard la cosa è finita lì. Io, invece, mi sono fatto prendere. A poco a poco, Malislovna è diventata l'oggetto di ogni mia fantasia. La sognavo tutte le notti, durante il giorno pensavo a lei costantemente, credevo di scorgere la sua sagoma a ogni angolo di strada, di sentire la sua voce ogni volta che entravo in un locale.

A poco a poco, ho iniziato a seguire tutti i corsi che teneva, non solo quello a cui ero iscritto, che si limitava a una misera e striminzita ora a settimana. Trascuravo le altre materie, trascuravo le altre ragazze. All'infuori di Richard, non frequentavo più nessuno. Malislovna era diventata la mia ossessione.

Ammiravo la serietà con cui ci insegnava la sua lingua. Non doveva essere molto più grande di noi, ventidue o ventitré anni al massimo, eppure aveva già un'idea chiara di cosa fosse la "professionalità". Non esistono dizionari mesmeno-francese o francese-mesmeno, non esistono manuali di grammatica mesmena o libri scritti in mesmeno. Il mesmeno non è una lingua, lo si può a malapena definire un dialetto, un gergo parlato da una manciata di rozzi contadini. Eppure, Malislovna si dava un gran da fare per inculcarcene i rudimenti: era uno spettacolo vederla arrivare tutte le settimane con tonnellate di fogli fotocopiati appositamente per noi. Si ispirava ai manuali di tedesco, inglese e spagnolo esistenti in commercio, e stilava lunghe liste di sostantivi, avverbi, aggettivi, intere coniugazioni verbali, complesse regole grammaticali. Conscia del suo francese stentato, ci parlava in mesmeno, facendo del suo meglio per articolare le parole e ripetendo due o tre volte le frasi più complicate. Se nonostante i molteplici tentativi continuavamo a non capire, si spremeva le meningi per mimare il concetto che voleva esprimere. I suoi detrattori potevano dire quello che volevano, ma è innegabile che Malislovna non rubava un centesimo del suo stipendio.

Per mesi ho cercato il modo di avvicinarla. Non sapevo niente di lei: dove abitasse e con chi, cosa facesse nel tempo libero; non l'avevo mai incrociata al cinema o nei bar vicino alla facoltà; non veniva mai a lezione con un romanzo sottobraccio o la borsa della palestra. Al massimo l'avevo vista arrivare o andarsene con delle amiche, o a braccetto di un uomo sempre diverso, circostanza che mi induceva a credere che non avesse un compagno ufficiale. Ed ero certo che si fosse accorta di me, di quell'allievo diligente, sempre seduto in prima fila, che non le staccava gli occhi di dosso. A volte mi guardava con un sorrisetto divertito che interpretavo come un gesto d'incoraggiamento. Quest'andazzo è durato due anni, poi un giorno ho preso il coraggio a quattro mani e, al termine della lezione, mi sono buttato:

"Mi scusi, mi piacerebbe invitarla a prendere un caffè, se non ha altri impegni".

Mi ha fatto un bel sorriso e, con un leggero accento del suo paese, mi ha risposto:

"Non credo che sia una buona idea".

Ha raggiunto un'amica bella quasi quanto lei, le ha sussurrato qualcosa all'orecchio e si sono voltate entrambe verso di me scoppiando a ridere. Le ho guardate in silenzio mentre si allontanavano.

Non sapevo dire "stronze" in mesmeno.

Dopo quell'episodio, ho abbandonato gli studi per dedicarmi a tempo pieno alla cura del mio ego ferito. Non era un cambiamento radicale nella mia vita, dal momento che già frequentavo poco le lezioni, all'infuori di quelle di mesmeno.

Richard, da bravo amico, ha fatto di tutto per aiutarmi ad affogare i miei dolori nel whisky, tanto che ancora oggi ha un debole per questa bevanda. Una sera, a casa sua, mentre sguazzavamo nel liquido ambrato, mi ha preso il cellulare per rispondere a una chiamata di mia madre. Adorava mia madre, ma la cosa che lo divertiva di più era scherzare sulla sua invadenza. Moriva dal ridere quando mi telefonava tutte le mattine per assicurarsi che fosse suonata la sveglia e che fossi a lezione. Gli sono saltato addosso per tentare di strappargli di mano l'apparecchio, ma ero troppo ubriaco per riuscirci, così mi sono rassegnato ad ascoltare la conversazione. Potevo tranquillamente seguirla senza perdere una parola, perché l'ugola materna tende a sfogarsi al telefono. Il dialogo si è svolto più o meno così:

Richard (bocca impastata): Buongiorno, signora Lagrange, come sta?

Mia madre (sorpresa): Richard, sei tu? Dov'è Thomas?

Richard (bocca impastata): È qui accanto a me, ma adesso non può rispondere.

Mia madre (preoccupata): Perché? È malato?

Richard (biascicando e ridacchiando): No, signora. È solo triste.

Mia madre (preoccupata e sorpresa): Triste? E perché mai dovrebbe essere triste?

Richard (biascicando e sussurrando): Per colpa di una ragazza che non vuole bere un caffè con lui.

Io (bocca impastata e tono affranto): Richard, non rompere le palle…

Mia madre (indiscreta): Cosa dice?

Richard (bocca impastata e tono di disapprovazione): Dice che sono un rompipalle.

Mia madre (inquisitoria): E chi sarebbe questa ragazza?

Richard (biascicando): Una mesmena che porta gonne talmente corte che sembrano cinture.

Mia madre (scioccata): Richard, sei ubriaco?

Le conseguenze di quelle rivelazioni non si sono fatte attendere. L'indomani mattina, mia madre mi ha richiamato supplicandomi di consultare uno psichiatra. Non poteva accettare che il suo unico figlio si fosse fatto scaricare da una mesmena in minigonna e affogasse i suoi dolori nel whisky. Incline al melodramma, preferiva pensare che fossi caduto in depressione dopo essermi fatto irretire da una mangiauomini. Incapace di resistere ai suoi continui assalti, mi sono arreso all'idea di prendere appuntamento con il dottor Hardecker.

Non so quale diagnosi abbia formulato su di me quando ci siamo visti la prima volta, ma ricordo perfettamente la mia. Avevo a che fare con un ciarlatano che non si rendeva conto che frequentare il suo studio non mi sarebbe servito a niente. Dal momento che Hardecker non aveva niente da raccontarmi, per riempire i silenzi delle nostre sedute gli parlavo della Mesmenia. Mi ascoltava con aria distratta, poi mi prescriveva delle pillole che non andavo nemmeno a comprare. Uscivo dal suo studio piuttosto sollevato, sempre più convinto della mia prima impressione: mi trovavo di fronte a un ciarlatano.

Ed è esattamente quello che ho risposto un giorno alla sua segretaria, una bella ragazza rotondetta che mi accoglieva con un gran sorriso ogni volta che le allungavo l'assegno per quel cialtrone del suo capo. Con voce melodiosa, mi ripeteva sempre la stessa domanda:

"Com'è andata, oggi, signor Lagrange?".

Così un giorno, sfoderando il mio miglior sorriso, l'ho resa partecipe dei miei pensieri più profondi:

"Il suo capo è un coglione".

"Andiamo, signor Lagrange, non si dicono certe cose. Vedrà che la prossima volta andrà meglio."

"Ma io sto bene, non è questo il punto. Dico solo che il suo capo è un incapace."

"Non fa un mestiere facile, sa."

"Non lo metto in dubbio, sto solo dicendo che il dottor Hardecker non è particolarmente portato. Un sacco di gente senza la sua laurea saprebbe fare di meglio. Lei, per esempio, sono certo che sappia ascoltare gli altri."

Avevo detto la prima cosa che mi era passata per la testa, senza secondi fini, eppure avevo colto nel segno. Sandrine – perché è di lei che si trattava – si è sentita lusingata ed è arrossita, divorandomi con gli occhi. Credo di poter affermare senza falsa modestia che in quel preciso istante si sia follemente innamorata di me.

Io, invece, non mi sono innamorato di lei. O almeno, non come mi ero invaghito di Mali. La bella mesmena aveva scatenato in me un desiderio violento, mentre Sandrine ha avuto un effetto terapeutico. Io ero il mal di gola, lei lo spray antisettico. Io ero la scottatura, lei la crema doposole. Tra noi funzionava così: di qualunque cosa parlassi, della mia delusione con Mali o del mio fallimento universitario, i suoi occhioni pieni di adorazione spalmavano il loro dolce balsamo lenitivo sul mio ego ferito. Lentamente, senza che me ne rendessi conto, ho sviluppato una vera e propria dipendenza. Sandrine era la mia droga e avevo bisogno di dosi sempre più massicce. Così un giorno, spinto da un raptus improvviso, l'ho invitata a cena.

Da allora, ho preso l'abitudine di riservarle l'ultimo appuntamento della giornata. La sera, quando finivo di sfogarmi, Sandrine mi parlava un po' di lei, della sua vita già troppo inquadrata, della sua famiglia, delle sue amiche. Mi sono accorto subito che era una ragazza introversa, complessata a causa del fisico grassottello. Non era difficile intuirlo, visto il modo in cui si nascondeva dietro maglioni informi e gonne lunghe. Avrei voluto rassicurarla, spiegarle che era affascinante, con il suo viso dolce e le labbra carnose, ma non trovavo le parole giuste. Così mi sono limitato a baciarla, una sera, prima di salutarci. C'era qualcosa di talmente naturale, di talmente rassicurante in quella relazione con una ragazza semplice e gentile che nel giro di tre mesi mi sono trasferito a casa sua e ho chiuso definitivamente con le sedute dal dottor Hardecker.

Tutto questo accadeva quattro anni fa. E adesso sono qui, alle due del mattino, a rileggere per la decima volta questo annuncio dalla sintassi strana: *Cercasi traduttore dal mesmeno al francese. Molto buona retribuzione*. E come una stupida falena che non resiste alla tentazione di andare a bruciarsi le ali su una lampada a gas, so già che non potrò fare a meno di chiamare questo maledetto numero.

2.

Il mattino seguente

Sono svegliato dal rumore della porta d'ingresso che sbatte. Sandrine è uscita per andare al lavoro. Il suo rituale mattutino è sempre lo stesso, scandito dal programma *Télématin*. Beve il caffè seduta sul divano, guardando il telegiornale delle 7.30, si fa la doccia, si lava i denti in concomitanza con il meteo delle 7.45 e ascolta un altro notiziario mentre si veste e si trucca. Poi gironzola un po' per casa, dà una sistemata e rilegge la posta del giorno prima guardando una rubrica intitolata *Bloc-Notes*. Esce alle 8.45 precise, per essere al lavoro alle 9.00.

Lavora ancora per il dottor Hardecker. A quanto pare, quello sfruttatore la costringe a essere puntuale per aprire lo studio, mentre lui si permette di arrivare in ritardo anche di un'ora.

Nel dormiveglia, ripenso al litigio della sera prima. Come accade sempre più spesso negli ultimi tempi, Sandrine ha insinuato che potrei ambire a qualcosa di più di un posto da cameriere, che è giunta l'ora di farmi strada nella vita e trovare un lavoro da persona adulta per sentirmi finalmente realizzato. Naturalmente ha ragione, non posso andare avanti in eterno con questo misero lavoretto, senza contare che vivo praticamente a sue spese, anche se ha il buon gusto di non farmelo notare. Ciò non toglie che trovare un impiego appagante con in tasca solo un diploma è come andare a caccia di rinoceronti con un retino da farfalle: in teoria, basta avere una rete abbastanza grande, in pratica non è così semplice e non so da che parte cominciare.

È per questo motivo che ho passato la notte in bianco. Dovevo fare qualcosa, trovare un modo per uscire da questa situazione. Ed ecco che mi cade l'occhio su quell'inserzione che mi riporta in Mesmenia, il buco nero che mi attrae e a cui non so resistere. Devo alzarmi per telefonare all'autore del misterioso trafiletto. *Cercasi traduttore dal mesmeno al francese. Molto buona retribuzione.* Mi concedo altri cinque minuti di riposo, dopo la notte appena trascorsa me li sono ampiamente meritati.

Il camion della spazzatura che passa sotto casa mi sveglia di soprassalto. Le 11.37. Merda! Non ho un minuto da perdere. Non voglio arrivare a sera senza sapere chi si nasconde dietro quell'annuncio sgrammaticato. Credo di aver sognato Mali. Ad ogni modo, adesso occupa tutti i miei pensieri. Penso alla sua voce, al suo accento, e non posso fare a meno di sperare che all'altro capo del filo ci sia lei. Compongo il numero. Risponde una voce maschile che non ha niente a che vedere con quella della mia ex insegnante, e non so se sono più deluso o sollevato. Probabilmente entrambe le cose.

"Pronto?"

"Buongiorno, sono Thomas Lagrange, telefono per l'annuncio apparso su '20 Minutes'."

"Tu parla mesmeno?"

L'uomo inizia a sussurrare come se l'avessi colto in flagrante. Non ha un accento francese e sono certo che non abbia coniugato correttamente il verbo. La faccenda mi sembra alquanto losca e il buonsenso mi suggerirebbe di riagganciare. Ma il buonsenso non è di casa, così rispondo alla domanda.

"*Dashi.*"

Significa "sì" in mesmeno. Volevo fare bella figura ma me ne pento all'istante: se l'uomo proseguisse la conversazione in lingua, si renderebbe immediatamente conto che le mie nozioni di mesmeno sono piuttosto arrugginite.

"Tu può venire subito? Non dire niente a scrivania davanti, chiedere solo di parlare con Sergeï."

Come volevasi dimostrare, non coniuga perfettamente i verbi, ma almeno parla la mia lingua. Mi piacerebbe sapere perché non devo dire niente all'ingresso (la "scrivania davanti" dev'essere il banco informazioni). Mi sembra una richiesta delicata da fare al telefono, così mi limito a domandare l'indirizzo e mi dà quello della Casa della nuova cultura baltica, nel diciassettesimo arrondissement. Rispetto a dove abito – nel tredicesimo, a due passi dallo psicologo di Sandrine e a tre dal McDonald's in cui lavoro – è dall'altra parte della città. Questo significa che posso scordarmi di tornare in tempo per il turno del pomeriggio. Pazienza, vorrà dire che Martial – il responsabile del fast food, ventidue anni, un metro e sessantacinque, rosso di capelli, brufoloso e di un'arroganza senza pari – come al solito si arrabbierà.

Dopo due cambi di metrò e cinque minuti di corsa, mi ritrovo davanti alla Casa della nuova cultura baltica. Sulla vetrina, compaiono le lettere CNCB scritte in bianco e disposte a semicerchio. Sotto ci sono alcuni libri in bella mostra: uno sulla pesca d'altura al largo delle coste estoni, un altro sull'agricoltura in Lituania e un altro ancora sul crollo dell'Unione Sovietica. All'interno ci sono alcune carte geografiche appese alle pareti e, al centro della stanza, una ragazza seduta dietro un'elegante scrivania di legno tirata a lucido, probabilmente la "scrivania davanti" di cui parlava Sergeï. Se ci fossi capitato per caso, avrei pensato a un'agenzia di viaggi.

A prima vista sembra un'attività ben avviata, il che mi rassicura. Apro la porta.

"Buongiorno, posso aiutarla?"

La ragazza si chiama Anna, come indica la targhetta, ed è bella, sorridente e molto professionale.

"Buongiorno. Ho un appuntamento con Sergeï."

Sembra un po' sorpresa, ma prende il telefono, compone il numero e inizia a parlare speditamente una lingua che non conosco. Dopo qualche istante riaggancia.

"Può andare, seconda porta a sinistra."

Imbocco il corridoio, busso alla porta ed entro senza attendere la risposta.

"Sei Thomas? Entra, entra, e chiudi la porta."

Mi accoglie un uomo sulla quarantina, biondo, con un faccione rubicondo e la fronte madida di sudore. Quando si alza per stringermi la mano e controllare che la porta sia ben chiusa, noto che mi supera di una spanna, che ha un gran pancione e delle gambine lunghe e sottili. Sembra un ragno. Di fianco a lui mi sento tozzo come una confezione di patatine fritte del McDonald's. La prima parola che mi viene in mente guardandolo è "mafia". La buona impressione che avevo avuto all'ingresso svanisce di colpo e torno a essere sospettoso.

"Io Sergeï. Prego, siede."

Improvvisamente, un gran sorriso gli illumina il volto, sembra quasi un bambino. Ma recupera presto un'espressione seria e inquietante. Prendo posto di fronte a lui, in punta di sedia.

"Ho parlato con lei al telefono?"

Probabilmente ho alzato troppo la voce, perché lo vedo roteare gli occhi terrorizzato e mettersi un dito davanti alla bocca. Un modo un po' infantile per dirmi di stare zitto.

"Non parla forte... gli altri non deve sentire."

Sospira e sprofonda nella poltrona.

“E così tu parla mesmeno? Pochi conoscere mesmeno. Dove ha imparato?”

All’accento bizzarro si aggiungono gli errori verbali, e ho qualche difficoltà a capire. Mi avvicino, ma poi mi dico che il suo francese dev’essere meglio del mio mesmeno.

“L’ho studiato per due anni all’università, alla Sorbona. Volevo laurearmi in Letteratura e civiltà russa, e ho seguito un corso facoltativo di Mesmeno. Non ho portato il curriculum...”

“No, no, niente curriculum.”

Ride, sottolineando con un gesto della mano il suo disprezzo per i documenti ufficiali.

“Solo voglio sapere se tu parla bene mesmeno.”

“A dire il vero, non lo parlo correntemente. Lo leggo e lo scrivo bene, ma all’università non facevamo molti esercizi orali e negli ultimi anni non ho avuto occasione di impratichirmi.”

Metto le mani avanti per scongiurare il pericolo più imminente, ovvero che si metta a parlare mesmeno. Per il resto, si vedrà.

“Anche io non parlo. Io venire di Estonia, e in Estonia nessuno impara mesmeno. Lingua molto difficile.”

Cerco di non far trapelare il mio sollievo: è da quando sono entrato che ho il terrore di dover sostenere un colloquio in lingua. Il fatto che Sergeï mi dia spontaneamente informazioni personali sembra indicare che non ha nulla da nascondere. Dopotutto, forse non è un mafioso. Non bisogna sempre fidarsi delle apparenze e, nonostante l’aria sospetta, può darsi che la sua proposta sia perfettamente legale e ufficiale. Resta il problema della traduzione in sé, ma con un po’ di tempo a disposizione dovrei cavarmela. Sono curioso di sapere cosa si aspetta da me.

“Può dirmi qualcosa in più sul lavoro che mi propone?”

Senza rispondere alla mia domanda, inizia a frugare affannosamente in un cassetto e dopo qualche minuto estrae un fascicolo ingiallito, con gli angoli leggermente arricciati. Lo posa sulla scrivania.

"Mesmenia è paese baltico, giusto? Bene, CNCB promuovere cultura di paesi baltici e traduzione da mesmeno. Se tu traduce il libro, io dare te duemila euro, ok?"

Pronuncia le ultime frasi sussurrando, e ho la sensazione di partecipare a un pericoloso complotto. Non so cosa pensare, prendo il manoscritto che mi ha messo davanti e lo sfoglio rapidamente. Niente titolo, niente autore, nessun genere di informazioni. Il tutto scritto a mano, con l'inchiostro blu, in cirillico, e pieno di correzioni. Nonostante la mia scarsa dimestichezza con quest'alfabeto, sarei pronto a scommettere che si tratta della scrittura di una bambina. Scorrendo le pagine, trovo diversi nomi propri: Chlobak, Maria e verso la metà compare Petrovna. Azzardo un'ipotesi sulla natura dell'opera.

"È un romanzo, vero?"

"Sì, sì, narrativa mesmena."

Ancora una volta, Sergeï cambia atteggiamento. Adesso sembra aver fretta di concludere l'affare e mettermi alla porta. Non è decisamente una persona molto stabile. Forse non farà parte di una banda di malfattori, ma vai a sapere. Non ho nessun termine di paragone. Quel che è certo è che l'intera faccenda suona piuttosto losca, e una vocina mi suggerisce di lasciar perdere.

"Tu può tradurre? Lavoro ben pagato. Duemila euro. Duecento subito."

Accetto. Non ne vado fiero, ma il pensiero di quei soldi facili prevale sulla ragione. Sergeï estrae dal portafoglio due banconote da cento e me le allunga insieme al manoscritto.

"Fare molta attenzione. È unica copia."

"Possiamo fotocopiarlo qui, se vuole."

Sgrana gli occhi e inizia ad agitarsi.

"No, no, no. Niente fotocopie qui, troppo pericoloso. E negozio di fotocopie all'angolo... kaput. Troppo tardi per cercare altro negozio. Tu fa solo molta attenzione a manoscritto, ok?"

Questo tizio è decisamente sospetto, a meno che non sia un perfetto idiota. Perché la sua fotocopiatrice dovrebbe essere pericolosa? Ha forse paura che gli esploda in faccia? E se la copisteria più vicina è fuori servizio, perché il suo capo non gli ha dato la possibilità di cercarne un'altra? Probabilmente sono ancora in tempo per tirarmi indietro, ma il miraggio dei soldi è troppo allettante. Alzo le spalle in segno di approvazione.

"Tu può finire lavoro in tre settimane?"

Un rapido sguardo all'orologio mi dice che sono già le 14.04. Sono talmente in ritardo che gli prometto tutto quello che vuole. Ci scambiamo i numeri di cellulare e, dopo un'ultima stretta di mano e una pacca sulla spalla, esco dall'ufficio. All'ingresso, la ragazza mi guarda con insistenza, curiosa di sapere cosa avessimo da dirci io e Sergeï. Forse dovrei parlarle del lavoro che mi ha affidato e chiederle un parere, ma non ho un minuto da perdere. Apro la porta rivolgendole un educato "arrivederci".

Mentre corro verso la fermata del metrò, cerco disperatamente una scusa da rifilare a Martial. Giocarmi per l'ennesima volta la carta della malattia è fuori discussione. Ormai non funziona più e d'ora in avanti dovrò procurarmi un certificato medico, altrimenti rischio di beccarmi un richiamo. Non posso nemmeno usare la scusa dei mezzi di trasporto: sa benissimo che abito a cinque minuti a piedi dal McDonald's. Credo che la cosa migliore sia non dire niente e sgattaiolare di nascosto dietro al bancone, sperando che quell'infame non abbia notato la mia assenza.

Martial. Senza quel nanerottolo, il lavoro al fast food sarebbe tollerabile. Ci divertiamo parecchio quando lui non c'è, con Alice, Farid e gli altri. Purtroppo il capo è lui, e la sua semplice presenza basta a rovinare l'atmosfera. Il problema di Martial è che è un frustrato. A trecentosessanta gradi. Intellettualmente frustrato, innanzitutto. Alle sue dipendenze ha cinque inservienti e una mezza dozzina di cuochi, quasi tutti studenti: insieme a me alla cassa ci sono Kevin, che è iscritto a Psicologia, Stéphane, che frequenta Scienze politiche, Alice, che fa un corso di specializzazione in Informatica, e Mélanie, che non ricordo più cosa studi ma è la classica intellettuale. Martial, che non ha studiato per carenze neuronali, li considera il sale della terra. Potremmo compatirlo, parlare di complesso di inferiorità, rintracciare nella prima infanzia le ragioni del suo comportamento, ma – con o senza psicoanalisi – la diagnosi sarebbe sempre la stessa: è un cretino patentato. Persino Sandrine, sempre pronta a giustificare tutti, su questo è d'accordo con me. La seconda frustrazione di Martial è di natura sessuale, ovviamente. Ha cercato di rimorchiare quasi tutte le ragazze che lavorano al fast food ed è stato sempre respinto. Un giorno l'ho addirittura sorpreso a fare delle avance troppo spinte ad Alice, mentre si cambiava nello stanzino. Ho afferrato quel verme per un braccio e gli ho chiesto cosa stesse facendo. Si è divincolato e se n'è andato con la coda tra le gambe, come il cane che è. Quel giorno, mi sono guadagnato una buona amica come Alice e un nemico dannatamente vendicativo. Da qui la conclusione: se voglio liberarmi di lui e dei suoi quotidiani soprusi, devo trovare un altro lavoro.

Arrivo davanti al McDonald's con cinquantaquattro minuti di ritardo. Attenendomi al piano che ho escogitato, prendo servizio il più velocemente possibile, cercando di rendermi invisibile. Ma proprio nel momento in cui mi convinco di averla fatta franca, sento una voce dall'altra parte del bancone.

"Hai visto che ore sono, Thomas? Ti tratterrò un'ora dalla busta paga e la prossima volta ti beccherai un richiamo!"

Accanto a me c'è Alice, che mi regala un sorriso mortificato per dimostrarmi tutta la sua solidarietà. Di solito fa del suo meglio per coprire i miei ritardi, ma oggi non ce l'ha fatta. Ricambio il sorriso per farle capire che non importa, e senza degnare di uno sguardo quel cretino di Martial mi metto al lavoro.

Terminato il turno, passo dalla pizzeria all'angolo e ordino due quattro formaggi da asporto.

In genere sono molto attento alla dieta di Sandrine. All'inizio della nostra convivenza, ho scoperto uno dei suoi segreti più intimi. Non era propriamente bulimica, ma soffriva di gravi disturbi alimentari. Quando era a stomaco vuoto, riusciva a sbafarsi in meno di un'ora un vasetto di paté e un panetto di burro spalmati su una baguette intera, per poi lamentarsi, una volta sazia, dei chili di troppo e del fisico ingrato. Nonostante le assicurassi che le rotondità le donavano, non voleva sentire ragioni. Così ho deciso di prendere in mano la situazione: ho letto tutti i libri possibili e immaginabili sulle diete senza grassi e ho imparato a eliminare i cibi calorici. I risultati non si sono fatti attendere. Nel giro di qualche mese, Sandrine ha perso quei cinque chili che credeva le sarebbero rimasti appesi ai fianchi per il resto dei suoi giorni. Sono diventato il suo eroe culinario, il Grillo parlante della sua alimentazione.

Le pizze sono chiaramente uno strappo alla regola, ma so che Sandrine apprezzerà. Inoltre, vorrei che fosse di buonumore per parlarle della traduzione.

Al mio rientro, la trovo stravaccata sul divano, davanti alla televisione. L'appartamento è troppo piccolo per ricavare una sala da pranzo vera e propria, così di solito mangiamo sul tavolino basso del soggiorno. È il vantaggio di avere un vecchio divano Ikea completamente sfondato: possiamo macchiarlo e riempirlo di briciole senza troppi sensi di colpa.

Appoggio sul tavolo le pizze ancora calde, la bacio frettolosamente sulle labbra e mi siedo accanto a lei.

"Ciao, tutto bene?"

"Sì. E tu?"

Nessun accenno alla discussione di ieri sera e nemmeno al bicchiere rotto. Era un bicchiere del servizio di cristallo che sua madre le ha regalato quando ha compiuto vent'anni, ma Sandrine non è tipo da perdersi in recriminazioni sterili – qualità che apprezzo particolarmente, se penso a tutte le occasioni che avrebbe avuto per prendersela con me. E non torna nemmeno alla carica con l'argomento lavoro. Di solito preferisce lanciarmi frecciatine a raffica fino a raggiungere il suo scopo. È una tattica che ammiro molto ma, ogni volta che glielo faccio notare, lei mi accusa di prenderla in giro. Per il momento, non parte all'attacco, si limita a fissare la pizza che le ho messo davanti.

"Mmm, non avresti dovuto!"

Il lampo di golosità che le si accende negli occhi mi dice esattamente il contrario. Vado a prendere i piatti e le posate in cucina.

"Com'è andata la giornata?"

"Niente di che. Abbiamo avuto tre casi nuovi e qualche paziente abituale. Ah, sono venuti anche i Mercier, ma non credo che Bertrand riuscirà a salvare il loro matrimonio."

Sandrine chiama per nome il dottor Hardecker, cosa che mi innervosisce specialmente quando siamo insieme sul divano, la sera. Ho la sensazione che da un momento all'altro possa saltar fuori dalla bottiglia di vino che ho davanti, come il genio della lampada. Solo che lui è un genio cattivo, che si presenta unicamente per rovinarci la serata. Faccio del mio meglio per nascondere il disappunto e ascolto con orecchio distratto le ultime disavventure dei coniugi Mercier, i drammi insignificanti che confidano per filo e per segno a Sandrine, a fine seduta, dopo averli raccontati ad Hardecker.

"E la tua, di giornata?"

Finalmente ha smesso di parlare di tutti quei rompiscatole. Divoro l'ultimo boccone di pizza e mi butto, titubante e nervoso.

"C'è una novità: ho trovato lavoro."

"Cosa? E me lo dici solo adesso?"

Smette di mangiare e mi guarda con un entusiasmo trepidante.

"Non partire in quarta. Non è un lavoro a tempo pieno. È una traduzione, pagata duemila euro."

"Una traduzione? Una traduzione di cosa?"

"Di un romanzo, dal mesmeno al francese."

"Ah."

L'entusiasmo si spegne. Per lei la Mesmenia è sinonimo di pericolo. Conosce nei minimi dettagli la storia che non ho avuto con Malislovna, e la sua angoscia si tinge di gelosia. Eppure non ha motivo di preoccuparsi. Certo, cerco regolarmente notizie di Mali su Internet: digito il suo nome su Google, passo in rassegna l'elenco dei docenti di Lettere moderne a Paris IV, spulcio tutti i siti in cui si parla della Mesmenia e consulto persino le Pagine bianche di tutta la Francia. Niente. Di lei non c'è traccia, da nessuna parte. A quanto ne so, potrebbe benissimo essere tornata al suo paese, ma non è il momento di affrontare l'argomento.

Ciò che conta, ora, è lo sguardo diffidente di Sandrine. Se da un lato posso capirlo, dall'altro non mi piace per niente. Mi metto subito sulla difensiva, non devo lasciarmi sfuggire nulla che possa farle dubitare della mia capacità di tradurre il libro e di tenermi alla larga dalla Mesmenia.

"Ho accettato perché è un lavoro ben pagato."

"E come fai a saperlo? C'è forse un sindacato dei traduttori dal mesmeno che ti ha fornito le tariffe?"

"Lo so, punto e basta. E comunque è più di quanto guadagno da McDonald's."

Assume un'espressione scettica.

"Se lo dici tu... E immagino che di questi tempi sia dura trovare un traduttore dal mesmeno..."

La guardo storto e si affretta a cambiare discorso.

"E come ti è capitata, questa traduzione? Non sarà per caso un lavoro in nero?"

"C'era un'inserzione su '20 Minutes' di ieri. È un lavoro ben retribuito e, a quanto pare, è tutto in regola."

Sono costretto a rispondere alle sue domande, ma le concedo solo il minimo sindacale. Mi attengo ai fatti, ed evito di parlare di Sergeï e della strana impressione che mi ha fatto durante il colloquio. Malgrado tutto, tiro fuori dallo zaino il manoscritto che mi ha dato e lo mostro a Sandrine, perché possa farsi un'idea dell'impegno che mi aspetta.

"Guarda, non è poi così lungo."

"E ti senti in grado di tradurlo?"

Ecco la domanda da un milione di dollari. Perché ovviamente Sandrine non allude all'aspetto tecnico. Se la lascio parlare, tirerà fuori tutti i timori e le angosce che le procura il pensiero che possa farmi di nuovo risucchiare dalla Mesmenia. Ma le sue preoccupazioni non saranno rivolte solo a me o alla nostra relazione, saranno rivolte a lei. In realtà, non teme che possa rintracciare Mali e innamorarmi ancora di lei. No, le sue paure sono più complesse, più contorte. La verità è che, da quando ci siamo messi insieme ufficialmente, Sandrine ha assunto il ruolo di redentore, di angelo custode, di Fata turchina che mi ha tirato fuori dai guai in cui mi ero cacciato dandomi una casa, una vita regolare, fatta a sua immagine e somiglianza, una vita in cui la Mesmenia non esiste. Anche mia madre e la mia famiglia sottoscrivono questa teoria, persino Richard. Sandrine accetta questo ruolo con la sua proverbiale modestia, ma in fondo so che ne va fiera. Lo ama quasi quanto ama me, e non è disposta a lasciare che una squallida traduzione offuschi la sua gloria.

Sospiro. Stasera non ho intenzione di intavolare una discussione seria su un argomento così spinoso. Abbiamo già litigato ieri e non ho né l'energia né la voglia di ricominciare, così rispondo in tono fermo e perentorio:

"Non lo so, ma devo provarci".

3.

Due giorni dopo

Finalmente stamattina posso dedicarmi al romanzo. Ieri Sandrine non lavorava, e non volevo averla tra i piedi mentre iniziavo la traduzione. Mi preparo un caffè, mi siedo sul divano e comincio la lettura. Decido di farmi un'idea generale del testo, prima di scendere nei particolari.

Il giorno del suo settantesimo compleanno, benché avesse l'età per diventare nonna, Maria Pavlovna Zoriagna incontrò il suo primo amore, Chlobak Androv Peranovski.

La prima frase è una delusione tremenda. Mi aspettavo un romanzo di spionaggio, di guerra, un thriller. O magari un affresco storico, anche se in centosessantasei pagine scritte a mano e piene di cancellature è difficile farci stare un intero affresco. Ad ogni modo, non mi aspettavo certo un romanzo rosa per gerontofili e la frase iniziale mi lascia presagire il peggio.

Do una scorsa veloce al libro e scopro presto che il suddetto Chlobak ha solo quarantadue anni. Questa differenza d'età sembra essere un problema più per me che per i due protagonisti, decisamente più preoccupati per le origini di

Chlobak: è ucraino, mentre Maria è orgogliosamente mesmena. Qui si apre un paragrafo abbastanza interessante sui rapporti tra l'Ucraina e la Mesmenia. Per ragioni piuttosto oscure, questi due paesi appartenenti all'ex Unione Sovietica sono storicamente nemici. A dirla tutta, non è la spiegazione in sé a essere oscura, sono le mie incertezze lessicali a compromettere la comprensione generale del testo.

In compenso, sono assolutamente certo che esista una differenza d'età tra i due protagonisti. A pagina 12, Chlobak abbraccia Maria e le dice:

La nostra differenza d'età non sarà mai un problema, amore mio, saprò prendermi cura di te.

La delusione aumenta. Ho sentito parlare di donne che cercano uomini molto più giovani di loro, un fenomeno terribilmente di moda in questo periodo. Per una ragione che mi sfugge, sono chiamate *cougar*. Proprio ieri, ho seguito una trasmissione su Europe 1 dedicata all'argomento. Secondo il giornalista, un sacco di celebrità meriterebbero questo appellativo: Madonna, Demi Moore, Claire Chazal e tante altre. Ho scoperto che Elizabeth Taylor ed Edith Piaf appartenevano al club, ancora prima che si diffondesse l'epiteto felino.

Poso il romanzo sul tavolino, un po' scoraggiato. A inficiare la mia comprensione del testo sono tutte le parole e le regole grammaticali che ho scordato. E poi cos'è questa idea di scrivere un romanzo d'amore sulla terza età? Pur tralasciando il mio scarso entusiasmo per questo tema scabroso, ci saranno un sacco di sentimenti complessi e sfumature che non saprò interpretare correttamente. Forse ho accettato l'incarico troppo in fretta, senza valutare bene in quale impresa mi stessi imbarcando.

"Merda!"

Ho rovesciato la tazza di caffè sul manoscritto. Corro in cucina a prendere una spugna per riparare al danno. Cerco di fare del mio meglio per pulirlo. Fortunatamente, il liquido non ha avuto il tempo di impregnare la carta e resta solo una grossa macchia scura sulla prima pagina. La scrittura è ancora leggibile. Mi è andata bene, ma l'incidente mi ricorda che devo fare al più presto delle fotocopie, dal momento che possiedo l'unico esemplare di quest'opera imperitura, come ha precisato Sergeï.

Il mio turno da McDonald's inizia tra un'ora, ho tutto il tempo di passare al Monoprix. Se non sbaglio, qualche tempo fa ho notato una fotocopiatrice nel reparto alimentari del negozio, vicino alle casse, accanto alla cabina automatica per le fototessere. Afferro giacca e zaino e mi fiondo in strada.

La fotocopiatrice, in effetti, c'è, è il suo funzionamento a lasciarmi alquanto perplesso. Non avevo mai visto modelli simili a questo: niente scomparto dove inserire il plico di fogli, niente display per scegliere il numero di copie desiderato. Solo un vetro da sollevare e un grosso pulsante verde. Chiedo aiuto alla cassiera più vicina.

"Mi scusi, signorina, la fotocopiatrice..."

Nessuna reazione. È talmente impegnata a passare sotto il lettore di codici a barre i cetriolini sottaceto, i rotoli di asciugatutto e i vasetti di ottimo yogurt greco che non mi ha nemmeno sentito.

"Signorina, per la fotocopiatrice..."

Si volta leggermente verso di me.

"Bisogna inserire le monete."

"Sì, lo so che bisogna inserire le monete, ma volevo sapere come si fa a fotocopiare in automatico l'intero plico."

"Non si può. Bisogna farle una a una. Dieci centesimi a copia."

Proprio come temevo. Non ho tempo da perdere con le

lamentele. Faccio un rapido calcolo: se voglio fare due copie del libro, mi servono trecentotrentadue pezzi da dieci centesimi.

"Mi scusi, ha della moneta?"

"Quanta?"

Estraggo dal portafoglio due banconote da venti.

"Quaranta euro in monete da dieci centesimi."

Si volta di scatto, pronta a insultarmi nel caso la stessi prendendo in giro. Vedendomi nervoso, capisce che faccio sul serio e mi indica la guardiola con un cenno del capo.

"Chieda a loro. Hanno dei rotolini di monete."

Mi precipito in guardiola. Il tempo corre e ho la sensazione che farò tardi al lavoro. Meno male che l'uomo in uniforme a cui mi rivolgo mi consegna i rotolini di monete senza dire una parola. Non ho un minuto da perdere in chiacchiere inutili.

Torno alla fotocopiatrice, ma devo aspettare che due liceali in preda a un attacco di ridarella la lascino libera. Muoio dalla voglia di fare una scenata, ma mi trattengo. Mi farebbe solo sprecare altro tempo prezioso. Quando finalmente liberano la macchina che hanno preso in ostaggio, passo all'azione. Al ritmo di dieci fotocopie al minuto, i due fascicoli sono pronti in mezz'ora. Li caccio nello zaino e mi dirigo verso l'uscita. Se affretto il passo, non arriverò con più di cinque minuti di ritardo, un tempo accettabile persino per un infame come Martial.

"Signore, potrebbe gentilmente ripassare sotto il metal detector?"

Mi blocco stupito e mi volto. Realizzo che il rivelatore ha suonato quando ho varcato la soglia del negozio. La guardia mi squadra, non ha un'aria simpatica. È in piedi, a gambe divaricate, con le mani incrociate all'altezza della cintola. Ripasso in senso inverso. Segnale rosso intermittente e bip accusatorio.

"Il suo zaino, per favore."

"Andiamo, sia buono, vado di fretta. Sono solo andato a fare delle fotocopie, non sono nemmeno entrato al supermercato..."

Cercare di negoziare è una pessima idea. Non ascolta una parola del mio tentativo di giustificazione e si mette di traverso per bloccare ogni via di fuga.

"Mi passi lo zaino, per favore."

Obbedisco sbuffando. Lo prende per una spallina e lo passa sotto il metal detector con movimento oscillatorio. L'apparecchio inizia a suonare come prima.

"Mi segua, per favore."

Lo seguo, mortificato, indignato e irrequieto al tempo stesso. Non facciamo molta strada. La guardia apre una porta in fondo al negozio che dà su uno stanzino cieco, sobriamente arredato con un tavolo e una sedia di legno. Posa lo zaino sul tavolo, lo apre, tira fuori i fogli stropicciati e continua a frugare. Estrae un mazzo di chiavi, un portafoglio, un maglione troppo consunto perché possa sospettare che io l'abbia rubato, l'involucro di una tavoletta di cioccolato e, in fondo a una tasca, una confezione di pile vuota. Con l'aria di chi ne ha viste di cotte e di crude, controlla quest'ultimo oggetto e torna verso il metal detector. Dallo stanzino, sento il bip e i passi della guardia che torna verso di me.

"Può andare."

Meno male, non avevo nessuna voglia di trascorrere la giornata al Monoprix a farmi trattare da ladruncolo. Rimetto tutto nello zaino e riparto come un fulmine.

Quattordici minuti di ritardo. Se Martial se ne accorge, non me la farà passare liscia. Per andare a cambiarmi devo attraversare il fast food, così faccio un cenno ad Alice dalla vetrina perché lo distragga. Non appena vedo che inizia a parlare con il nanerottolo, mi addentro in territorio nemico con passo felpato. Fatica sprecata. Non faccio nemmeno tre passi che Martial si è già voltato verso di me. Probabilmente attendeva il mio arrivo e a nulla sono valsi gli sforzi di Alice. Mi guarda e mi apostrofa a voce alta in modo che tutti possano sentirlo. Ha un tono palesemente compiaciuto:

"Thomas, secondo ritardo della settimana. Stavolta scatta il richiamo, ti avevo avvertito".

In certi momenti bisogna tenere a freno la lingua, specialmente davanti ai cretini come Martial. Interiormente gli vomito addosso tutti gli insulti che mi passano per la testa: faccia da topo, pustola vaiolosa, avanzo di hamburger marcio. Esteriormente cerco di mascherare la repulsione che mi ispira. Proseguo verso lo spogliatoio sotto gli sguardi divertiti dei colleghi, mi cambio e mi siedo dietro la cassa. Alice mi sussurra all'orecchio che Martial è un grandissimo stronzo e le rispondo con un cenno d'approvazione. Non ho voglia di litigare, specialmente con quel piccolo sorcio che di certo mi sta tenendo d'occhio. Mi concentro sul lavoro, servo i clienti che mi sfilano davanti quasi senza guardarli. Belli, brutti, grassi, magri, alti, bassi, ai miei occhi si somigliano tutti. Distribuisco crocchette di pollo, hamburger, patatine fritte e Coca-Cola senza nemmeno pensarci. Sono tre anni che va avanti questa routine, ormai ci ho fatto l'abitudine, sono diventati gesti meccanici. E mentre mi do da fare, la mente corre alla traduzione che ho accettato. Ho la sensazione che non ce la farò mai. Al di là delle mie evidenti lacune in mesmeno e dell'argomento che non mi ispira per niente, c'è il problema della scadenza che mi è stata imposta. Non riuscirò mai a tradurre centosessantasei pagine in tre settimane; non lavorando contemporaneamente da McDonald's. L'unica soluzione è lasciar perdere.

Durante la pausa delle quattro, mi isolo e chiamo Sergeï al numero di cellulare che mi ha dato.

"Pronto, Sergeï? Sono Thomas."

"Thomas, perché tu telefona?"

Parla ancora sottovoce, come se stessimo ordendo un complotto, e mi sento a disagio come durante il nostro primo colloquio.

"Senta, ci ho riflettuto molto e non credo di poter accettare la traduzione..."

"Tu non può tirarti indietro! Tu promesso, tu preso duecento euro e adesso tu traduce."

"Posso restituirle i soldi e il manoscritto, se vuole. Posso venire da lei anche stasera, o domani mattina."

"No, tu traduce. Se tu non traduce, Sergeï molto arrabbiato, e quando Sergeï arrabbiato diventare molto cattivo."

Al di là delle mie manie di persecuzione e dei suoi errori di sintassi, credo di intuire una velata minaccia nella sua ultima frase. Non penso che possa aggredirmi fisicamente, ma non ne sono sicuro.

Riflettendoci, deve pur esserci un motivo che spieghi il suo comportamento. Può darsi, per esempio, che sia il responsabile delle traduzioni per la CNCB e che abbia inavvertitamente dimenticato di assegnare quella che ha dato a me. E così ora cerca di rimediare al suo errore di nascosto, cosa che spiegherebbe come mai voglia mantenere il segreto e abbia tanta fretta di concludere l'affare.

Ma ci sono particolari che non tornano, in questa versione dei fatti. Innanzitutto, perché si è dato tanto da fare per nascondere il suo errore? Devo dire che ci si è impegnato parecchio: ha pubblicato l'annuncio su "20 Minutes" – perché l'ha scritto lui, ho riconosciuto lo stile –, mi paga in nero, forse di tasca sua, e ha addirittura fissato un incontro clandestino sul suo posto di lavoro. Tutto sommato, è uno sforzo notevole per una svista che non gli sarebbe certo costata il licenziamento.

Inoltre, non dimentichiamo che il manoscritto pieno di correzioni che mi ha dato è anonimo. Se fosse un libro serio, pronto per essere tradotto e venduto da un'associazione come la CNCB, dovrebbe avere almeno un autore e un titolo.

Ma ciò che mi lascia più perplesso è l'argomento. A chi mai verrebbe in mente di pubblicare un romanzo sugli amori di una rozza settantenne mesmena? Perché Maria ha tutta l'aria di essere una zoticona che non ha mai messo il naso fuori dalla sua cascina e che mai ce lo metterà, a meno che il seguito della vicenda non dimostri il contrario. E se invece nelle prossime pagine lasciasse il villaggio? E se venisse coinvolta in una squallida tratta di vecchiette? E se fosse Sergeï, nella vita reale, a gestire segretamente il traffico? Al solo pensiero di avere a che fare con la mafia baltica un brivido mi corre lungo la schiena...

"Allora, tu decide? Tu traduce?"

Mi ero completamente dimenticato di essere ancora al telefono con Sergeï. Me lo vedo davanti, massiccio, inquietante, penso alla sua potenziale rete di sicari e lo paragono a quel mingherlino di Martial. Vedendola così, tra il lavoro da McDonald's e l'impegno preso con Sergeï, la scelta è presto fatta.

"Sì, certo! Conti pure su di me."

"Sergeï contento. Tu finisce in tre settimane, promesso?"

"Sì, sì, sarà fatto."

Riaggancio e mi metto subito alla ricerca di Martial. Lo avvisto in fondo alla cucina, intento a sbraitare contro il mio amico Farid, un semplice cuoco, che come me non frequenta l'università e che quindi non merita di essere trattato con i guanti. Devo trovare una buona scusa per assentarmi nelle prossime tre settimane e non sarà facile.

"Martial, posso parlarti cinque minuti?"

"Cosa vuoi?"

Si volta verso di me senza staccare gli occhi dalla preda. Capisco che è inutile girarci attorno, faccio un gran respiro e mi butto.

"Vorrei prendere tre settimane di permesso non retribuito."

"Cosa vorresti?"

Farid non lo interessa più. Sa di avere all'amo un pesce molto più grosso e concentra tutte le sue energie malefiche su di me.

"Voglio tre settimane di permesso non retribuito. A partire da domani."

"Sai che è assurdo quello che mi stai chiedendo? E poi perché ti servono tre settimane libere?"

"Motivi personali."

"Se è per stare a rigirarti i pollici, puoi scordartelo."

"Ho una cosa importante da fare."

"E allora dimmi di cosa si tratta e deciderò di conseguenza."

"La cosa non ti riguarda."

"Stai preparando il test d'ingresso al Politecnico?"

Ride sguaiatamente, mostrando dei denti da coniglio che avrei voglia di spaccargli con un pugno. Faccio così fatica a trattenermi che provo un dolore fisico.

"Allora, sì o no?"

"Be', no!"

Sghignazza di nuovo senza motivo e si appresta a ributtarsi su Farid, ora che ha regolato i conti con me. Non voglio venire alle mani, non ho mai picchiato nessuno in vita mia e non voglio inaugurare la lista con questo stronzetto. Preferisco comportarmi da uomo civile.

"Vaffanculo, Martial."

"Cos'hai detto?"

Non ride più. Assomiglia a un rospo che cerca di fare il toro.

"Ho detto vaffanculo. Sei solo un poveraccio, un ritardato, una caccola. Non riesco nemmeno a odiarti, sei talmente insulso, talmente disperato che mi fai pena."

"Sei licenziato, hai capito? Licenziato!"

"Ma non mi dire..."

Lo lascio lì, a sbollire la rabbia. Vado a prendere lo zaino nello stanzino che usiamo come spogliatoio ed esco dal fast food, giurando che non ci rimetterò più piede.

4.

Cinque ore dopo

Rientrando a casa, rimugino sull'accaduto fino a farmi uscire il fumo dalle orecchie.

Il mercoledì Sandrine esce sempre a fare baldoria con due ex compagne di liceo. È un rito che dura da anni, da molto prima che ci conoscessimo. Io approfitto della serata di libertà per andare a giocare a biliardo con i vecchi amici, guardare la partita alla tele o giocare alla PlayStation. Quando rientra, spesso piuttosto alticcia, mi raggiunge sul divano e mi racconta ridendo gli ultimi flirt delle sue amiche. Sto al gioco, fingendo di disapprovare il loro comportamento, e più sono severo, più Sandrine ride a crepapelle, rannicchiandosi accanto a me.

Sono contento che stasera non ci sia al mio rientro. Non voglio che veda la mia faccia, dopo il litigio con Martial. Nelle due ore successive, avrei preso a calci tutto ciò che si muoveva, ero pronto a fare dietrofront per sfidare verbalmente e fisicamente quell'idiota. Sbollita la rabbia, inizio a riflettere sulla situazione e su come posso comunicare a Sandrine il mio nuovo status di disoccupato.

Potrei passare sotto silenzio i reali motivi del mio licenziamento. Dirle, per esempio, che non vado a lavorare perché, in seguito a un controllo sanitario o a un principio di incendio in cucina, il fast food è temporaneamente chiuso. Ma a cosa servirebbe? Ammesso che ci creda – e non è affatto scontato, dal momento che passa tutti i giorni davanti al McDonald's – non farei che rimandare il problema di poche settimane. Soluzione da scartare.

C'è l'opzione mezza bugia: fare la vittima, dicendo che Martial mi ha licenziato perché ho avuto un malore durante il turno che mi ha costretto a lasciare incustodita la cassa. Meglio di no, Sandrine si preoccuperebbe per la mia salute. Oppure potrei fare l'eroe e raccontarle che ho preso le difese di Farid, vittima di discriminazioni razziali, e che la situazione è degenerata. Ma oltre a essere bugiardo, Sandrine mi spingerebbe a denunciare Martial al sindacato. Se lo meriterebbe eccome, ma a quel punto sarei costretto a confessare il vero motivo del mio allontanamento. Scarto anche la mezza bugia.

Esisterà pure una lista di argute strategie per comunicare questo genere di brutte notizie. Non mi stupirebbe che un manipolo di sedicenti psicologi abbia scritto dei libri sull'argomento. Sono certo che Hardecker riuscirebbe addirittura a convincere dei poveracci a pagare tre o quattro sedute, per avere qualche consiglio in proposito.

Io, invece, me la cavo benissimo da solo. Per schiarirmi le idee, vado a prendere un'altra birretta fresca dal frigo. Sto per servirmi quando sento la chiave nella toppa.

"Cucù, sono io! Sono tornata!"

Dal tono allegro, direi che Sandrine e le sue amiche hanno rispettato il programma abituale. Anch'io ho cercato di annaffiare i pensieri a colpi di lattine di birra, ma ho ancora le idee chiare. Troppo chiare, per i miei gusti.

"Sono in soggiorno."

Sento il tonfo delle scarpe con i tacchi a spillo che cadono sul parquet dell'ingresso e Sandrine che mi raggiunge.

“Ci siamo divertite un sacco stasera. Catherine è riuscita a venire e voleva vedere l’ultimo film di Woody Allen, ma... Be’, cos’è quella faccia?”

“Martial mi ha licenziato.”

“Oh!”

Si accascia sul divano accanto a me. Le ci vuole qualche minuto per sintonizzare il suo umore sul mio. Restiamo in silenzio, Sandrine mi mette una mano sulla schiena e io affondo il viso tra le mani.

“Cos’è successo?”

“Ho chiesto a Martial tre settimane di permesso per la traduzione e non me le ha date.”

“La traduzione? Intendi quel coso in mesmeno?”

“Be’ sì, non ho trentasei traduzioni da fare...”

“No, ma mi sorprende un po’ che tu voglia lasciare il lavoro per così poco.”

Naturalmente, avrei dovuto aspettarmi una reazione del genere. Sarebbe stata entusiasta se avessi rinunciato alla traduzione, come in effetti ero sul punto di fare oggi pomeriggio. E sono certo che la mia decisione la sorprenda più di quanto non dice. Starà pensando che il libro inizia già a creare problemi nella nostra vita. Starà meditando cosa dire a mia madre, con quel tono confidenziale che assumono quando parlano di me. Sandrine le dirà che non è riuscita a impedirmi di dare le dimissioni, che da quando mi sono messo in testa di fare quella traduzione teme il peggio, ma che naturalmente resterà al mio fianco qualunque cosa accada. Mia madre, con voce rotta dal pianto, la ringrazierà e le assicurerà eterna riconoscenza. Immaginando la scena ho un moto di rabbia, ma invece di sfogarmi apertamente decido di convincere pacatamente Sandrine che ho preso la mia decisione e che niente di ciò che potrà dire mi farà cambiare idea.

“Innanzitutto non è un *coso* in mesmeno, ma un romanzo da tradurre. E per rispondere alla tua domanda, sì, credo che valga la pena prendere una pausa di tre settimane al fast food per così poco, come dici tu."

Sono sorpreso dalla durezza delle mie parole. Ho ancora molto da imparare sul controllo delle emozioni, se voglio evitare di subire i commenti pseudo-psicologici di Sandrine nelle settimane in cui sarò impegnato a tradurre.

Anche lei si è resa conto del mio tono aggressivo. Fa un passo indietro e si mette sulla difensiva:

"Scusa, non intendevo sminuire il tuo compito. Ma devi ammettere che non è molto saggio lasciare un impiego a tempo pieno per un lavoretto di qualche giorno, senza prospettive".

Adesso è completamente sobria. E torna a essere la Sandrine Giudiziosa, Pragmatica, Ragionevole. Ovviamente devo riconoscere che ha ragione al cento per cento, ma perché deve sempre vedere tutto dalla stessa angolazione? Perché per una volta non può accettare di guardare la faccenda dal mio punto di vista? Tanto per cominciare, se fosse onesta, riconoscerebbe che un posto da cameriere in un McDonald's non è proprio un lavoro da favola. Lo ha detto lei stessa, qualche giorno fa. Di fronte alla sua malafede, sono costretto a ricordarle questa semplice verità.

"Sì, hai ragione. Fare il cameriere da McDonald's è il mestiere del futuro, ricco di prospettive. Sognavo di farlo fin da quando ero piccolo, come tutti i bambini del resto. Basta vedere quanti costumi da cameriere di fast food ci sono a Carnevale nelle vetrine dei negozi di giocattoli."

Sandrine sospira.

"E va bene. Ad ogni modo, Martial ti ha negato le ferie ma non ti ha messo alla porta."

"E invece sì. Perché ho perso la pazienza e l'ho insultato."

Ecco, l'ho detto. Mi protendo in avanti, con la testa fra le ginocchia e le mani tra i capelli. Accanto a me, Sandrine digerisce la notizia in silenzio. Mi conosce abbastanza per sapere che non ho l'insulto facile. Riesco quasi a sentire gli ingranaggi del suo cervello che lavorano per misurare l'entità dei danni. Se ho perso le staffe, significa che tengo davvero alla traduzione. Probabilmente sta pensando che la mia follia sia già a uno stadio avanzato, se sono bastati due giorni a farmi perdere il senso della realtà, e sta architettando una strategia d'urgenza per salvaguardarmi dalla mia incoscienza.

"Capisco."

E invece non capisce proprio niente, perché non sospetta nemmeno dell'esistenza di Sergeï e delle sue malcelate minacce. Con la consueta prudenza, si limita ad avanzare lentamente su un campo minato. Non vuole farmi pressioni, quasi fossi una bestia feroce ferita e potenzialmente pericolosa.

"Capisco. Senti, se questa traduzione ti sta così a cuore, devi impegnarti a fondo nelle prossime tre settimane. Mettici anima e corpo. Ma poi promettimi che ti lascerai questa storia alle spalle e che rifletteremo insieme, seriamente, sul tuo futuro."

Annuisco, senza dire una parola. Dopo qualche secondo, Sandrine si alza e mi dà una pacca sulla schiena. Prima che si allontani, le prendo la mano.

"Grazie."

Mi accarezza la nuca con un sorriso mesto e, senza aggiungere altro, va in bagno. Resto seduto in soggiorno, con uno strano retrogusto di sconfitta in bocca. Ancora una volta Sandrine è stata perfetta, ha risolto la situazione in modo saggio e altruista. Ha anche avuto la delicatezza di non affrontare il problema soldi. Davvero perfetta. Tanto che una parte di me ce l'ha con lei. Un giorno o l'altro, finirà per soffocarmi davvero con tutta la sua comprensione, la sua sensibilità, il suo modo di trattarmi come se si aspettasse sempre il peggio da me e non restasse mai delusa.

"A proposito, ti ricordi che sabato abbiamo invitato a cena Richard e Charlotte?"

Sandrine urla dal bagno, in tono così gioviale da suonare falso.

E per rispondere alla sua domanda, no, mi ero completamente dimenticato di quei due.

5.

Il mattino seguente

Devo mettermi seriamente al lavoro. Con Sandrine e Sergeï che mi stanno con il fiato sul collo, mi sento accerchiato. Dopo quello che è successo ieri, se in queste tre settimane non mi impegnassi al massimo per concludere la versione francese del testo, mi sentirei un verme. Così mi siedo davanti al computer e mi metto a tradurre come un matto.

Il giorno del suo settantesimo compleanno, benché avesse l'età per diventare nonna, Maria Pavlovna Zoriagna incontrò il suo primo amore, Chlobak Androv Peranovski. Eppure niente, in quel triste mattino d'inverno, sembrava annunciare l'incontro che l'attendeva. Con il foulard in testa, il grembiule e la sacca del mangime annodata sul fianco, si incamminava come ogni mattina verso il pollaio. Quando aprì il cancelletto, notò con sorpresa una sagoma scura che giaceva ai suoi piedi e che scambiò per un mucchio di stracci. Si fece avanti titubante, diede un calcetto con lo zoccolo al misterioso fardello, e quando questo si mosse Maria lanciò un urlo da animale impaurito. Si affrettò a chiudere la rete del pollaio, cercando di frapporre un ridicolo ostacolo fra lei e l'intruso che la fissava.

"Non abbiate paura, signora, vi prego, non ho intenzione di torturarvi."

E fu proprio nel momento in cui gli occhi di Pavlovinita incontrarono quelli imploranti di Chlobak Androv Peranovski che la donna sentì ardere il fuoco dell'amore per la prima volta in vita sua.

"Chi siete? Perché dormite tra i miei polli senza chiedere il permesso?"

"Mi chiamo Chlobak Androv Peranovski e vengo a piedi dalla Russia. Ho freddo e fame, signora. Non volevo approfittare dei suoi polli."

Maria Pavlovinita fissò Chlobak Androv, e tra quelle due creature che si aprivano all'amore si instaurò un dialogo muto. Lei diceva che sapeva di trovarsi di fronte a un disertore e che il suo dovere era quello di denunciarlo, e lui rispondeva supplicandola di non farlo. Lei non smetteva di fissarlo e lui di implorarla con gli occhi, finché Maria Zoriagna chinò il capo, sconfitta.

"E va bene. Vi nasconderò in casa e vi darò da mangiare solo se promettete di non farmi del male."

"Non ho mai picchiato una donna, ve lo giuro. Nemmeno con un pollo."

...

Ci ho messo un'ora e mezzo a tradurre la prima pagina. Un'ora e mezzo di concentrazione così intensa da procurarmi un principio di emicrania. Ho letto da qualche parte che un buon traduttore deve saper cogliere il ritmo e le sfumature del testo, trovare i giri di parole che consentono di rendere nella propria lingua le peculiarità della lingua originale. Deve affondare nella cultura dell'autore per cercare analogie e discrepanze con la propria, deve imparare a muoversi con cautela nelle fitte nebbie semantiche per ricreare gli effetti retorici che conquisteranno i lettori.

Nel mio caso, i problemi si accumulano. In realtà, più che tradurre devo tirare a indovinare. Per esempio, non ho la minima idea di cosa significhi la parola *Тлионки*. Ho usato l'espressione "mucchio di stracci" perché mi sembrava la più plausibile: cos'altro avrebbe potuto trovare sul pavimento del pollaio che somigliasse a un fuggiasco addormentato? Doveva per forza essere simile a un cumulo di stracci o di pezze.

E poi i nomi dei protagonisti continuano a cambiare, come nella migliore tradizione russa. In un'unica pagina, Maria viene chiamata nell'ordine Maria, Pavlovna e Pavlovinita, senza che nessuno si preoccupi di avvertire il lettore o di giustificare la scelta dal punto di vista narrativo. Ricordo di aver letto *Anna Karenina* quand'ero all'università e, senza nulla togliere al grande Tolstoj, devo dire che il balletto di nomi e cognomi rende il libro assolutamente indigesto. Basta prendere il fratello di Anna, personaggio tutto sommato secondario, indicato alternativamente come Stepan Arkad'evic, Stiva e Oblonskij. Di questo passo, la famiglia Karenin avrebbe potuto facilmente usufruire dei sussidi per le famiglie numerose. Nella mia traduzione, risolverò il problema chiamando la protagonista Maria e tralasciando le fantasiose varianti dell'autore.

Vado a farmi un caffè per calmare il mal di testa e mi rimetto al lavoro.

Chlobak Androv seguì Maria nella grande casa deserta. Continuava a guardarsi attorno con occhi colmi di stupore e inquietudine. In Ucraina, la sua terra natale, se un mesmeno veniva sorpreso con un'autoctona rischiava l'arresto immediato, seguito dalla condanna a morte.

Le ragioni della reciproca antipatia tra le due nazioni risalivano al tempo delle invasioni, quando un'orda di ucraini era sfuggita ai conquistatori trovando rifugio in territorio mesmeno, all'epoca scarsamente popolato. Gli sparuti abitanti di que-

ste terre selvagge li avevano barbaramente respinti a colpi di cotton fioc...

Di fronte alla scelta di un'arma tanto insolita, ho un attimo di esitazione. Rileggo la parola che ho appena tradotto, *хнопокыхо*, composta da *хнопок* "cotone" e da *ыхо* "orecchio". Almeno su questo non ho dubbi. Rifletto, ma non trovo un significato adatto al contesto. Cotone, orecchio. Se la scena si svolgesse in bagno, sarei certo della traduzione cotton fioc, ma sul campo di battaglia l'utilizzo di questi strumenti mi sembra alquanto discutibile. Ammesso peraltro che all'epoca fossero già stati inventati, cosa di cui dubito fortemente. Ne deduco quindi che il misterioso termine *хнопокыхо* debba avere tutt'altro significato.

Questo modo di procedere testimonia che sto facendo progressi come traduttore, ma non basta. Devo cogliere l'essenza del testo, e per farlo devo cercare informazioni sulla battaglia. Così potrei scrivere una spiegazione di mio pugno, imitando lo stile del romanzo, e inserirla al posto di questo paragrafo incomprensibile. Dopotutto, l'importante è rispettare il volere dell'autore e non tradire la Storia con la S maiuscola.

Inizio la ricerca su Internet inserendo alcune parole chiave, ma niente. Neanche l'ombra di una spiegazione. Ci sono migliaia di pagine sull'Ucraina, sulla sua storia, sulle invasioni mongole, su Gengis Khan, ma nessuna parla della Mesmenia. Trovo a malapena una riga su una truppa ucraina che ha cercato di fuggire al Nord e si è fatta sterminare da una tribù baltica. Perdo tre ore a navigare in rete senza alcun risultato. Se non smetto di saltare da un articolo all'altro, rischio di passare la vita davanti al computer.

È tardi per rimettermi sul romanzo, Sandrine rientrerà dal lavoro tra poco e devo preparare la cena. Per ringraziarla del suo sostegno, ho raddoppiato gli sforzi in cucina sperando di aiutarla a perdere altri due chili nelle prossime tre settimane. Anche se a me piace così com'è, adoro il sorriso radioso che le si disegna in volto ogni volta che l'ago della bilancia annuncia una buona notizia.

Domani lascerò da parte la faccenda dei cotton fioc e andrò avanti a tradurre. Con un po' di fortuna, proseguendo nella lettura capirò esattamente quali armi da combattimento utilizzassero gli antichi mesmeni. Mi sembra una buona tecnica. Di fronte a una difficoltà, tradurrò con la prima parola che mi passa per la testa. L'importante, all'inizio, è andare avanti. Quando rileggerò, correggerò gli errori.

6.

Due sere dopo

L'altro ieri ho tradotto come un matto con ottimi risultati, ma da allora non ho più toccato il romanzo. Stasera Richard e Charlotte vengono a cena da noi, così io e Sandrine abbiamo trascorso la mattina al supermercato e il pomeriggio ai fornelli. Mettere a tavola quei due non è cosa da poco. Richard è un carnivoro alcolizzato, mentre la sua ragazza è una fan del biologico tendenzialmente vegetariana. Fortunatamente non è così rigida e, nella sua immensa bontà, di tanto in tanto accetta di mangiare carne bianca.

Così abbiamo previsto un gran vassoio di crudités, bio, accompagnate da salsine fatte in casa, come aperitivo e antipasto, seguito da petto d'anatra e crocchette di cavolfiore. Abbiamo discusso a lungo sull'anatra. Sandrine sostiene che non sia carne bianca, mentre io sono certo del contrario. Dal momento che non siamo riusciti a dirimere la questione, abbiamo deciso di cucinarla comunque. Dopotutto, tre di noi se la godranno e quella rompipalle di Charlotte, per una volta, potrà anche fare uno sforzo. Già abbiamo dovuto rinunciare alla tartare per colpa sua! Come dessert, ho preparato il mio dolce ipercalorico ai tre cioccolati, quello che riservo solo per le grandi occasioni per rispettare la dieta di Sandrine.

Ho spostato i mobili del soggiorno e ho aperto il tavolo pieghevole dell'Ikea, che di solito resta in cucina. Sandrine è andata dai vicini a chiedere due sedie in più. La tavola è apparecchiata, è tutto pronto.

"Puoi mettere a posto i tuoi fogli prima che arrivino, per favore?"

Merda. Ho dimenticato di riordinare l'angolo studio. Ho fatto davvero dei passi da gigante con la traduzione. In sette pagine di manoscritto, sono riuscito a capire che Maria ha nascosto Chlobak in una stanza segreta, dietro un fienile che appartiene alla sua famiglia da generazioni. Che gli ha procurato un materasso putrido (traduzione personale, da rivedere) e lo ha rifocillato con uova rubate e patate. Poi Maria e Chlobak hanno iniziato a flirtare pesantemente. (Seguiva una scena imbarazzante, che ho tagliato per pudore e mancanza di tempo.) Dal momento che Richard e Charlotte non sono ancora arrivati, posso rileggere le ultime righe.

Chlobak trangugiò avidamente due uova crude e divorò tre patate bollite, quasi senza masticare. Poi, con la bocca piena e lo sguardo lubrico, si voltò verso la sua benefattrice, che lo guardava teneramente mangiare:

"Cara, vieni qui".

Maria si avvicinò con una timidezza piuttosto incongrua, data l'età avanzata. Non appena l'ebbe a tiro, Chlobak la prese violentemente per un braccio e la costrinse a sdraiarsi accanto a lui, sul disgustoso materasso putrido. Con le dita ancora unte, le tolse lentamente i vestiti, costituiti da un maglione fatto a mano, una panciera, un numero incalcolabile di sottovesti e un paio di mutandoni. Finito di scartare quel corpo avvizzito, il valoroso soldato si accinse a soddisfare i propri istinti, e subito dopo Maria si rivestì in fretta e furia.

Sono soddisfatto della traduzione di questi paragrafi. Ho avuto la tentazione di sottolineare l'assurdità di questa storia d'amore riconducendo il comportamento di Chlobak a un trauma di guerra, ma poi mi sono detto che il mio ruolo di traduttore mi imponeva di rimanere imparziale. Così mi sono limitato ad accorciare la scena. Ho avuto qualche difficoltà con l'abbigliamento di Maria, ma dopotutto le vecchie contadine si vestono sempre nello stesso modo. L'unico termine che continua a non convincermi è il famigerato *хнопокыхо*. Ieri pomeriggio ho rispolverato gli appunti di mesmeno per controllare se per caso l'avevo già tradotto. Fatica sprecata. In compenso, ho ritrovato un sacco di cose che avevo dimenticato. Non solo regole grammaticali o espressioni del vocabolario. Ho rivisto i disegnini che facevo a margine dei fogli. Il viso di Malislovna, le sue minigonne, le gambe lunghe, le scollature profonde. Sono tutti ritratti suoi, di fronte, di schiena, di profilo. Ho sempre avuto una certa abilità negli schizzi, e questi sono molto realistici. Ce ne sono a decine, tutti uguali e tutti diversi. Il suo sorriso, la sua risata, le sopracciglia inarcate per lo stupore o aggrottate per lo sforzo di concentrazione, la gonna scozzese, quella plissettata, i jeans attillati. Stanotte l'ho persino sognata. Un sogno stupido in cui Mali si offriva di aiutarmi con la traduzione. Mi spiegava che, se avessi usato un cotton fioc, avrei tradotto molto più velocemente, e che avremmo potuto fare un sacco di cose con un cotton fioc...

"Puoi aprire tu? Ho le mani bagnate!"

Non ho nemmeno sentito suonare il campanello. Devo darmi una mossa. Sandrine non accenna mai alla traduzione. Come previsto, vive nella rimozione più totale. Quando una cosa la disturba e non può evitarla, fa semplicemente finta che non esista. Ma forse è meglio così. Quando avrò finito, intascherò i soldi e volterò pagina. Punto e a capo. E in queste settimane, devo smetterla di sognare Mali, il suo corpo e tutto il resto. Stanotte è stata un'eccezione.

"Ciao!"

Richard è sul pianerottolo, con una bottiglia di vino in mano e senza Charlotte al suo fianco. Gli faccio gentilmente notare che è da solo. Senza dire una parola, entra in casa e sprofonda nel divano.

"Preparami un whisky, invece di dire stupidaggini."

Sandrine ci raggiunge, asciugandosi le mani con uno strofinaccio.

Sotto il grembiule, indossa un grazioso abito verde scuro, stretto in vita, con la scollatura quadrata. Conosco quel vestito, è un mio regalo. Ho sempre avuto buon gusto in fatto di abbigliamento femminile e, oltre a curare la sua dieta, le ho insegnato a valorizzare il suo corpo invece di nasconderlo sotto indumenti informi. All'inizio le regalavo gioielli, bustini, abiti, maglioni, persino scarpe con il tacco. Compravo tutto quello che trovavo per dimostrarle che poteva essere bella, sexy e attraente. Economicamente non me lo potevo permettere, così mi sono dato presto una calmata, ma Sandrine ci ha preso gusto e il risultato ce l'ho davanti agli occhi. Eccola lì, tutta da mordere e tutta stupita di vedere Richard da solo, stravaccato in mezzo ai cuscini dell'Ikea.

"Be', Charlotte non viene?"

"Abbiamo litigato prima di uscire."

Non è certo una novità. Da quando vivono insieme, Richard e Charlotte litigano almeno una volta al mese, per i motivi più disparati. Spesso mi chiedo perché non si lascino una volta per tutte, dal momento che non hanno nulla, ma proprio nulla, in comune. Lei ama il balletto contemporaneo, lui le partite di calcio; lei beve solo champagne, lui carbura a birra e whisky, che si scola preferibilmente tutto d'un fiato; lei legge solo premi Nobel per l'economia, lui gioca alla

PlayStation; lei ha frequentato un'ottima facoltà di Management, lui una scuoletta di giornalismo.

E quel che è peggio è che non hanno gli stessi progetti per il futuro. Charlotte è una trader, il classico giovane squalo della finanza, fiera del suo stipendio da capogiro e pronta a tutto pur di andare a lavorare a Wall Street o nella City. Richard, un mezzo fricchettone, è un giornalista freelance che scrive per diverse testate. Da quando ha terminato gli studi due anni fa, continua a saltare di palo in frasca: da un articolo sullo sciopero nell'industria casearia a un servizio sulla mostra di un pittore dimenticato, Richard è in grado di occuparsi più o meno di tutto. In fondo, penso che non gli dispiacerebbe avere un po' meno indipendenza e un po' più continuità lavorativa, ma non riesce a trovare nessun giornale disposto ad assumerlo a tempo pieno. Il suo sogno sarebbe quello di fare dei reportage naturalistici in Africa, o una serie di articoli sulla scomparsa della foresta amazzonica.

È proprio per divergenze professionali che hanno litigato stasera.

"Vorrei fare un servizio sui giovani trader che lasciano Parigi per trasferirsi a Londra. L'"Économiste moderne' sembra interessato a pubblicarlo. Ho proposto una bozza intitolata *Ventiquattro ore nella vita di una trader*, in omaggio al libro di Zweig, sai. L'hanno trovato perfetto, ma quella cogliona non ne vuole sapere."

Richard usa sempre un vocabolario piuttosto colorito quando è arrabbiato, così né io né Sandrine badiamo più di tanto all'insulto indirizzato a Charlotte. Sandrine gli chiede se per caso stia cercando di dirci qualcosa.

"E così Charlotte ha trovato lavoro a Londra e vi trasferirete?"

"No, ma lo sta disperatamente cercando. E conoscendola, alla fine ci riuscirà."

“E tu la seguirai?”

La preoccupazione di Sandrine è palpabile, e le lancio un’occhiataccia. L’amicizia tra lei e Richard è talmente stretta che a volte, quando sono con loro, ho l’impressione di essere il terzo incomodo, il che mi sembra davvero il colmo. Richard risponde alla domanda, limitandosi ad alzare le spalle e vuotare il bicchiere. Sandrine non insiste.

“Be’, andiamo a tavola, altrimenti l’anatra si cuocerà troppo.”

Una volta sazio, Richard sembra riacquistare il buonumore. Si volta verso di me.

“E tu, che novità ci sono? Non ti sei ancora deciso a mollare McDonald’s?”

“Non ci crederai ma l’ho fatto. Mercoledì.”

“Cosa? E perché non mi hai chiamato per dirmelo?”

“Ho avuto una settimana abbastanza piena. E ho anche trovato un altro lavoro.”

“Ma è fantastico! Se l’avessi saputo, avrei portato dello champagne. E di che lavoro si tratta?”

“Non è un impiego a tempo pieno, è piuttosto una collaborazione, come le tue. Devo fare una traduzione.”

“Una traduzione? E da che lingua? Inglese, russo? Pensi di essere all’altezza?”

“Dal mesmeno.”

Silenzio. L’ho lasciato letteralmente senza parole. Mi accorgo che sbircia Sandrine con la coda dell’occhio, e lei ricambia lo sguardo. Non faccio alcuna fatica a comprendere il loro dialogo muto. Richard le ha chiesto: “Cos’è ’sta storia?”, e lei ha risposto: “L’inizio dei nostri guai”. Il tutto è durato solo tre secondi, ma sono bastati a innervosirmi. Decido di lasciar cadere il discorso e concentrarmi sul contenuto del piatto, ma Richard non molla tanto facilmente.

“C’è davvero qualcuno che cerca traduttori dal mesmeno? Non l’avrei mai detto.”

"Be', ti sbagli. La Casa della nuova cultura baltica ne cerca, ed è tutto assolutamente in regola."

Esagero un po', ma solo perché Richard ha usato un tono sprezzante.

"Ed è pagata bene, questa traduzione?"

"Duemila euro."

"Non male. E quante battute sono?"

"Non lo so. Centosessantasei pagine scritte a mano, e piene di correzioni."

"Quanto tempo hai?"

"Tre settimane, ma la prima è quasi andata."

"Ti hanno messo una bella fretta, eh. Pensi di farcela?"

"Devo. Ho preso un impegno. E nelle prossime due settimane avrò il vantaggio di poter lavorare a tempo pieno."

"Non mi dire che ti sei licenziato solo per poterti dedicare alla traduzione?"

"È un po' più complicato, ma in sostanza possiamo dire di sì."

Lancia un altro sguardo a Sandrine, e stavolta la domanda sottintesa è: "Non hai paura che dia i numeri?". E lei risponde, sempre in silenzio: "Cosa vuoi che faccia?". La mia esasperazione aumenta. Cerco di mandare un avvertimento muto a Richard per fargli chiudere il becco. Fatica sprecata. Si volta verso di me, come se avesse deciso di sacrificarsi per comunicarmi i pensieri inconfessati di Sandrine:

"Senti, forse non sta a me dirtelo, ma credi che sia una scelta saggia? Voglio dire, è una lingua che non parli correntemente, e hai abbandonato gli studi per colpa di una mesmena con cui non hai nemmeno scambiato due parole. Se vuoi il mio parere, dovresti lasciar perdere queste stupidaggini e cercarti un lavoro vero".

Il problema è che non me ne importa nulla del suo parere. Faccio già fatica a sopportare le preoccupazioni infantili di Sandrine, figuriamoci ad accettare i consigli da padre spirituale del mio migliore amico. Quando li vedo insieme come stasera, mi sento un bambino di dieci anni che deve mostrare ai genitori una pessima pagella. Forse non se ne rendono conto, ma sono convinto che mi usino per dimostrare a se stessi quanto siano adulti e ragionevoli. Solo perché mi hanno sostenuto quando ho sbroccato per il rifiuto di Mali, pensano di avere il diritto di decidere della mia vita. Sandrine non parla, si limita a guardarmi come se mi implorasse di ascoltare la voce della ragione. Ma non voglio rovinare una cena che era partita bene, così faccio uno sforzo sovrumano e rispondo a Richard.

"Per il momento, non mi serve il tuo parere. Che ne dici di cambiare argomento?"

"Pensi ancora a lei?"

Non ci credo. Come osa tirare fuori dal cappello Mali, quando sono secoli che non ne parliamo? Come osa farmi questa domanda, con lo stesso tono che userebbe per chiedermi di passargli il sale? Come osa farmi questa domanda punto e basta? E oltretutto davanti a Sandrine? Ma anche lei se lo sta chiedendo. Credevo di cenare con la mia compagna e il mio migliore amico, e invece ho la sensazione di ritrovarmi nudo, in un reality show di infima categoria. Li guardo entrambi, immobili, che pendono dalle mie labbra, ansiosi di sapere cosa risponderò. Ebbene, avranno la loro risposta.

"Vaffanculo, Richard."

Vado a chiudermi in camera da letto, sbattendo la porta.

Sdraiato al buio, li sento lavare i piatti e confabulare a bassa voce. Non capisco quello che dicono, ma so per certo che stanno parlando di me e della traduzione. Invece di sbollire, la rabbia aumenta a dismisura. In cima alla lista dei motivi che mi spingono a portare a termine il lavoro ormai c'è l'ardente desiderio di mettere a tacere quei due, dimostrando che sono in grado di tradurre il libro mantenendo un equilibrio mentale. Certo, dovrò ammazzarmi di lavoro ma alla fine Sergeï sarà colpito dal risultato, si renderà conto della qualità del romanzo e magari deciderà di stamparne un sacco di copie. Mi commissionerà altre traduzioni, terrò delle conferenze sul mestiere di traduttore...

Credo di essermi addormentato, perché la sveglia segna le 4.28. Sono ancora completamente vestito, sdraiato sulla schiena, e Sandrine sta leggermente russando, raggomitolata al mio fianco. Non ricordo cosa ho sognato, ma sono in preda al panico. Realizzo che mi restano solo quattordici giorni e centocinquantacinque pagine da tradurre, sempre che non decida di rivedere le prime quattro che ho tradotto a fatica tra giovedì e venerdì. Un rapido calcolo mi dice che dovrei tradurre undici pagine al giorno. Mantenendo il ritmo di un'ora e mezzo a pagina che ho tenuto finora, fanno sedici ore e trenta minuti di lavoro al giorno, senza pause.

Mi servirebbero delle anfetamine. Prendo seriamente in considerazione l'idea di svaligiare una farmacia per procurarmele. Il problema è che ci vuole un sacco di tempo a organizzare un furto, senza contare il rischio di farsi beccare.

Alle 4.52, abbandono l'idea della rapina e mi metto sulla pancia nella speranza di riaddormentarmi. L'immagine di Sergeï mi perseguita. Va su tutte le furie e mi spezza un dito per ogni giorno di ritardo. Ma anche contando quelle dei piedi, non ho abbastanza dita, così si butta sulle ginocchia, sui denti... mi giro ancora, stavolta sul fianco.

Alle 5.12, ripenso alla serata e all'odioso comportamento di Sandrine e Richard. Mi dico che devo assolutamente concludere la traduzione, per convincere quei due che ce la posso fare. Sergeï e Mali non c'entrano, voglio solo dimostrare che non sono un incapace come credono loro.

Sedici ore di lavoro al giorno. Per quattordici giorni. Tanto vale iniziare subito, visto che stanotte non riesco a dormire.

Preparo un litro di caffè, lo verso nel thermos, mi infilo i jeans e mi metto al computer.

Quando Sandrine si sveglia, sto lavorando da due ore. Viene ad abbracciarmi, con il volto ancora assonnato.

"Sei già in piedi? Cosa stai facendo?"

"Secondo te? Traduco. Ho fatto il caffè."

Sandrine inizia il suo rituale mattutino, ma il rumore della televisione mi disturba.

"Puoi spegnere, per favore? Non riesco a concentrarmi."

Spegne la tele, senza dire una parola. Dalla scrivania riesco a sentire l'energia negativa che emana, ma faccio finta di niente. È tempo di immergermi nel testo.

7.

L'alba del mattino dopo e i successivi tredici giorni

Primo giorno (nove pagine)

Katia Pavlovnia Celeriska, la migliore amica di Maria, comincia a nutrire dei sospetti e decide di spiarla: si avvicina al fienile in cui i due amanti hanno avuto l'imprudenza di abbandonarsi alla passione e li coglie in flagrante. Maria e Chlobak la supplicano di mantenere il segreto. [La sindrome di Tolstoj ha colpito ancora: tra Maria, Katia, Pavlovna, Pavlovnia e Pavlovinita, non capisco più chi faccia cosa. E Maria, che implora Katia di non dire niente ai genitori e alla figlia? La figlia di chi, se Maria era vergine? E i suoi genitori non dovrebbero essere già morti o completamente rimbambiti? Non ci si capisce nulla. Pazienza, vado avanti.]

Secondo giorno (cinque pagine: perdo tempo a distinguere il vero dal falso)

Entra in scena un altro uomo, di nome Andreï Bergoff. È zoppo, gobbo e importuna tutte le donne del villaggio, in particolare Maria. Pavlovinita [Maria, Katia, qualcun'altra? A questo punto non lo so più, ma me ne frego] fa di tutto per distogliere la sua attenzione dal fienile dove è nascosto Chlobak, ma l'uomo non si lascia abbindolare. [È un'immagine terribile, un paese in cui tutti corrono dietro a tutti! Ma non sono qui per giudicare. Sono qui per tradurre. E alla svelta.]

Terzo giorno (dodici pagine: obiettivo raggiunto, finalmente!)

Andreï ha scoperto che Chlobak si nasconde nel fienile, sta per tirarlo fuori come una lumaca dal guscio, quando una notizia sconvolge l'intera comunità: alcuni soldati russi sono giunti in paese per dare la caccia a un disertore. Si sono installati nell'unica locanda e hanno promesso una ricompensa a chiunque possa dare informazioni. [È un brano molto interessante sui rapporti tra l'Ucraina e la Russia prima del crollo dell'Unione Sovietica, che decido di abbellire con qualche riferimento storico trovato su Internet. Il lettore deve pur farsi un'idea del contesto.]

Quarto giorno (dieci pagine)

Maria comunica a Chlobak l'arrivo dei russi. [Non ho tradotto la scena erotica che segue perché è davvero troppo squallida. L'ho sostituita con una descrizione demografica del villaggio, indispensabile per i lettori non mesmeni, in cui spiego che cinquant'anni prima la guerra si era portata via tutti i ragazzi in età da soldato. Il paese si era quindi ritrovato con una popolazione di sole donne, e gli unici uomini rimasti erano quelli non arruolabili come Andreï Bergoff. Al termine del conflitto, erano tornati in pochi: alcuni erano morti, altri avevano preferito trasferirsi nelle grandi città, in Polonia o altrove. Ci ho messo un po' di fantasia, ma almeno con queste precisazioni la trama è molto più coerente. Sono certo che l'autore sarebbe d'accordo con me.]

Quinto giorno (diciassette pagine: recupero il tempo perso)

Katia sembra terribilmente gelosa di Maria. [Anche lei inizia a fare gli occhi dolci a Chlobak. Chissà perché queste vecchie mesmene hanno tutte le mutande in fiamme. È incomprensibile.] Aggirandosi per la locanda, conosce Petrov Ivanivoch, uno dei soldati russi. L'uomo la rimorchia e le riferisce un sacco di malignità sul disertore. Sull'onda della delusione amorosa, Katia crede ai racconti del perfido russo. Nel frattempo, Andreï tende un'imboscata a Maria e la sorprende nel momento in cui sta entrando nel fienile con le uova e le patate. L'uomo la ricatta: se non andrà a letto con lui, denuncerà Chlobak. Maria riesce a fuggire per un pelo, tirandogli un bel calcio all'inguine. [Ho tradotto "inguine" anche se non conoscevo affatto l'espressione mesmena: ma dove altro avrebbe potuto colpirlo, se non in quel punto? Sono comunque impressionato dall'agilità che Maria dimostra alla sua età.]

Sesto giorno (quindici pagine)

Chlobak si sente minacciato su più fronti e decide di lasciare il villaggio, ma non vuole che Maria lo segua per paura che possa mettersi in pericolo. [Qui si apre un'altra scandalosa scena di sesso che sostituisco con considerazioni geopolitiche sulla Mesmenia, come mi impone il mio ruolo di scrittore.] Al termine della scena, Chlobak regala a Maria un oggetto non identificato, chiedendole di custodirlo gelosamente. [A dire il vero, si tratta di un oggetto non identificato per me, dal momento che non trovo una traduzione plausibile tra i miei appunti di mesmeno, non assomiglia a nessuna parola russa che conosco e il contesto non mi fornisce alcun indizio. Traduco "oggetto misterioso", poi ci tornerò sopra.]

Settimo giorno (dieci pagine: perfetto, ho trovato la mia velocità di crociera)

Chlobak lascia il villaggio alle prime luci dell'alba, mentre la campagna è ancora imbiancata da un sottile velo di brina. Maria gli ha preparato il cestino del pranzo [la lista dei cibi è piuttosto oscura, io ci ho messo dentro del salame, del paté, delle uova, delle carote e delle patate] e lo guarda allontanarsi, piangendo tutte le sue lacrime: teme che possa intrufolarsi in un altro pollaio, incontrare un'altra contadina e innamorarsene. Ma non ha nemmeno il tempo di lagnarsi del proprio destino, perché due ore più tardi i russi piombano nel fienile: Katia ha tradito la sua migliore amica. Quando Pavlovnia si accorge che Chlobak è fuggito e che stanno per arrestare Maria, colta da rimorso, avverte l'amica, che parte alla ricerca dell'amato. Vedendo Maria che si allontana, Andreï decide di seguirla per proteggerla. [Con tutti 'sti nomi che cambiano, ho quasi il sospetto che le donne coinvolte siano tre. Lo chiarirò più avanti.]

Ottavo giorno (otto pagine: un piccolo incidente con la sveglia ha ritardato l'inizio dei lavori)

I russi partono all'inseguimento di Chlobak, che è inseguito da Maria, che a sua volta è inseguita da Andreï. Pavlovnia [Katia?] indica ai soldati la direzione sbagliata, ma loro non si fidano e si sparpagliano dappertutto con i cani. Nel frattempo, Chlobak risale un ruscello per far perdere le proprie tracce e giunge in un villaggio nel Nord del paese. Maria lo ritrova, dal momento che era stata lei a suggerirgli la strada da seguire.

Mattina del nono giorno (sei pagine)

La focosa Maria si getta tra le braccia dell'amato. [Taglio ancora una volta la scena: peraltro mi conviene, dal momento che non ho più molto tempo.] Andreï, che pedinava da vicino Maria, spia i due amanti da dietro un albero, combattuto tra la gelosia e il senso del pudore. Quest'ultimo prende il sopravvento, e l'uomo decide di non interromperli.

Stamattina ho ricevuto una lettera dal McDonald's. Dicono che sono stato licenziato per incompatibilità di carattere e non per inadempienza. Forse Martial ha cambiato idea, oppure la politica aziendale è quella di non sollevare polveroni, ad ogni modo avrò diritto all'indennità di disoccupazione. Farò una pausa nel pomeriggio per andare a chiedere quanto mi spetta.

Decimo giorno (tredici pagine)

Maria, Chlobak e Andreï sentono dei cani abbaiare in lontananza: sono i russi che si avvicinano insieme a Petrov e Katia. Andreï, che in fondo è un uomo di buon cuore, si precipita dalla coppia ancora avvinghiata sull'erba e indica a Chlobak un sentiero segreto per fuggire. Propone a Maria di restare con lui, fingendo di inseguire Chlobak per denunciarlo ai russi. Maria non vuole, ma Chlobak è d'accordo con il piano di Andreï. Per convincerla, le dice che non l'ha mai amata, che voleva solo approfittare di lei e se ne va sputandole in faccia. Pietrificata, Maria resta con Andreï a guardare l'amato che scompare all'orizzonte.

Undicesimo giorno (diciassette pagine)

Chlobak fugge e i russi raggiungono Maria e Andreï. Quest'ultimo racconta che lui e Maria hanno cercato di catturare Chlobak per consegnarlo a loro. Di fronte allo scetticismo dei soldati, afferra Maria e la bacia appassionatamente per dimostrare che si amano davvero e che sta dicendo la verità. Katia fa lo stesso con Petrov, sia perché lo desidera, sia perché vuole mettersi in mostra con l'amica, sia per distrarre Petrov. Nel corso della scena, Maria si infila nelle mutande "l'oggetto misterioso" per nasconderlo ai russi. [Ho una prima indicazione sulle dimensioni dell'oggetto, anche se non capisco perché i russi non debbano vederlo. Ci tornerò in un secondo momento.] Tutto il gruppo si rimette sulle tracce di Chlobak.

Dodicesimo giorno (diciassette pagine)

L'inseguimento continua fino alla frontiera estone. [È un susseguirsi di scene ai limiti della pornografia che preferisco eliminare. Al loro posto, inserisco un sacco di sparatorie, per rendere più avvincente e credibile il racconto.] Sono tutti a meno di dieci metri dalla frontiera quando Chlobak si ferma e si volta: non riesce a oltrepassare quel confine simbolico lasciandosi alle spalle Maria. La donna corre a gettarsi tra le sue braccia, e lui le chiede scusa per aver pensato anche solo per un attimo di poterla abbandonare. Maria lo perdona e gli giura amore eterno. [Fra l'altro, a settant'anni suonati l'eternità non è poi così lunga.] Un amico russo di Petrov spara ai due amanti, ma all'ultimo istante Petrov devia il proiettile e Andreï si frappone per salvare Maria. Andreï viene colpito e muore nell'indifferenza generale. [La mia traduzione è stranamente corta rispetto al testo originale. Sarà perché ho sforbiciato le scene d'amore. Meglio così, ho guadagnato tempo.]

Tredicesimo giorno (sedici pagine)

Chlobak e Maria superano la frontiera mano nella mano, mentre Katia e Petrov, teneramente avvinghiati, li salutano da lontano. Sei mesi dopo, ritroviamo i due protagonisti in Estonia, a Tallinn, dove hanno aperto una piccola bottega e si guadagnano da vivere fabbricando zoccoli. Con l'aiuto dell'oggetto misterioso hanno cambiato per sempre il loro destino. FINE [Sono le quattro del mattino, continuo a non capire cosa sia questo oggetto misterioso e nemmeno in cosa consista il suo potere di cambiare il destino delle persone, ma me ne frego.]

8.

Il giorno dopo

Stamattina volevo dormire fino a tardi, ma mi sono svegliato quando Sandrine si è alzata e non sono più riuscito a prendere sonno. Dev'essere una sorta di stress post-traduzione. Non ho motivo di restare a letto, così raggiungo Sandrine in cucina e la bacio sul collo.

"Be', stamattina non lavori?"

"Finito. *Over. Terminado.* Posso avere un po' di caffè?"

Ci sediamo sul divano con le tazze in mano. Sandrine accende la televisione e mi fissa con sguardo di sfida. Sono due settimane che rinuncia alla sua trasmissione preferita. Non batto ciglio. Sullo schermo appare il diastema dentale di William Leymergie che annuncia le prossime rubriche: un servizio di botanica, una ricetta di cucina e la rassegna stampa.

"E oggi cosa farai?"

"Consegnerò la traduzione e mi rilasserò un po'. Ma non ti preoccupare, domani andrò al Centro per l'impiego a cercare lavoro."

I lineamenti del volto di Sandrine si distendono per il sollievo. Sembra uscita da un lungo tunnel, ancora più lungo e buio di quello in cui mi sono infilato io due settimane fa.

"Bene. Mi vesto e vado al lavoro."

Come sempre, alle 8.45 Sandrine esce e io mi attacco al telefono.

"Pronto, Sergeï. La traduzione è pronta!"

"Thomas? Tu finito?"

È entusiasta, lo sento dalla voce. Devo riconoscergli almeno un merito: in queste settimane di full immersion, non mi ha telefonato nemmeno una volta per sapere a che punto fossi, non mi ha minacciato, supplicato o cose del genere. Ho avuto la sensazione che si fidasse di me.

"Sì, la traduzione è pronta! Gliela porto stasera?"

"No, no, no, adesso. Tu viene al bar all'angolo, d'accordo?"

Pensavo di avere ancora un po' di tempo per stampare e fare una rilettura. Pazienza, tanto vale chiudere qui, anche perché in poche ore non avrei potuto correggere granché. Riaggancio, stampo e mi precipito in metropolitana.

Un'ora più tardi, sono davanti al bar all'angolo di cui parlava Sergeï. Entro e lo trovo seduto a un tavolo appartato, con una tazza di caffè che sembra minuscola tra le sue manone. Mi vede anche lui.

"Thomas, buongiorno!"

Lo raggiungo, mi siedo, tiro fuori la traduzione e gliela metto davanti. Non vedo l'ora che sia tutto finito. Sergeï prende l'originale, poi sfoglia rapidamente la mia versione e inizia a soppesarla come se giudicasse la qualità dal peso.

"Ben scritta, sì?"

"Ho fatto del mio meglio. Probabilmente c'è qualcosa da correggere, ma sono disposto a rivedere il testo."

Sergeï sembra soddisfatto della mia risposta ed estrae una busta bella gonfia.

"Milleottocento euro?"

"Sì, come eravamo d'accordo."

Si avvicina il cameriere e nascondo la busta.

“Un caffè, per favore.”

Non appena l’uomo si allontana, ci sbircio dentro. Non voglio che Sergeï pensi che stia controllando, ma sono affascinato da tutto quel denaro in contanti, come nei film di spionaggio.

“Tutto a posto?”

“Sì, tutto a posto.”

Il cameriere mi porta il caffè, che butto giù in un sorso solo. Metto sul tavolo una banconota da cinque euro per pagare le due consumazioni. Sergeï ha l’aria soddisfatta, quasi sollevata, ed è pronto a chiacchierare del più e del meno.

“E così, anche a te piace le nonnine?”

Mi sembra una domanda imbarazzante, e non sono dell’umore adatto per affrontare un argomento tanto intimo con un estraneo. Eludo la domanda e torno alla questione che mi interessa davvero.

“Come ci organizziamo per la revisione? Mi ricontatta lei o la avverto io non appena avrò terminato di apportare le modifiche?”

Alza le spalle e si frega le mani. Non capisco se mi stia chiedendo di ultimare il lavoro o di considerare onorato il contratto. Nel dubbio, scrivo sulla prima pagina della traduzione il mio indirizzo e il mio numero di cellulare, che peraltro ha già.

“Bene, se vuole contattarmi sa dove trovarmi.”

Annuisce e infila tutti i fogli in una grossa busta di plastica. Usciamo insieme dal bar e sul marciapiede ci stringiamo la mano un po’ goffamente, segno che la nostra collaborazione è finita.

9.

Due mesi dopo

Non sopporto più questo silenzio. Per tutta la settimana successiva alla consegna, sobbalzavo ogni volta che il cellulare squillava. Non so se lo temessi o lo sperassi, ma aspettavo quantomeno un cenno, se non una conferma che tutti i miei sforzi non erano stati vani. Sogno ancora di sollevare la cornetta e sentire una voce femminile suadente e melodiosa che mi propone un appuntamento per discutere della pubblicazione del libro e delle eventuali correzioni da apportare, anche se ormai non ci spero più. Mi accontenterei di una telefonata di Sergeï, infuriato per la pessima traduzione, o di un arresto in grande stile da parte della polizia, convinta che io sia legato a una rete di vecchie prostitute baltiche. Qualunque reazione sarebbe preferibile a questo silenzio, è una questione di amor proprio.

E poi c'è Sandrine, che non smette di tormentarmi perché trovi lavoro, infierendo ulteriormente su un morale già a terra. Lo fa a colpi di frasette apparentemente neutre, che in realtà so decifrare benissimo. Per esempio: "Cosa hai fatto oggi?" significa "Hai cercato lavoro?", "C'era qualcosa di interessante sul giornale?" sottintende tra le offerte di impiego, o ancora, "Sei uscito a prendere una boccata d'aria?" allude all'aria che si respira nelle agenzie interinali, anche se Sandrine non lo dice apertamente. A volte, mi chiede, più diretta, se ho aggiornato il curriculum o se ho pensato al mio futuro. Ho la sensazione che ormai l'unica cosa che le interessi sia la mia capacità di trovare lavoro. È diventato il suo chiodo fisso. Non si rende conto di quel che dice. Onestamente, il mio curriculum starebbe tutto su un post-it, e per riempirlo dovrei aggiungere la foto, e allora perché scriverlo? L'unica certezza che ho è che non voglio più fare il cameriere, né da McDonald's né altrove. E per rispondere alla domanda subliminale di Sandrine, sì, spulcio i giornali quasi tutti i giorni. "Le Monde", "Libération", "Le Figaro", "Les Échos", "Tribune" e anche "20 Minutes", perché non si sa mai. Ma l'amara verità è che nessuno vorrebbe assumere uno come me, senza laurea e senza esperienza.

Per colmare il vuoto siderale delle mie giornate e sfuggire alle ossessioni di Sandrine, passo il tempo a fantasticare su Mali, sui ricordi che ho del suo corpo e della sua voce, sulla possibilità che si rifaccia viva sentendo parlare del mio libro. E così il pensiero corre alla Mesmenia e a Sergeï, e alla fine torno sempre sulla traduzione. Che fine avrà fatto? Starà marcendo in fondo a un cassetto? Non ci voglio nemmeno pensare, dopo tutta la fatica che mi è costata consegnarla in tre settimane. Ma non riesco nemmeno a credere che sia stata pubblicata senza una revisione. E allora? Si saranno rivolti a qualcun altro per le correzioni, senza informarmi? L'avranno giudicata talmente brutta da non darmi nemmeno la possibilità di rimediare?

Ho cercato più volte di contattare Sergeï, ma ha sempre risposto la segreteria telefonica. Ho anche gironzolato davanti alla sede della CNCB, sperando di incontrarlo. Quel luogo resta un enigma. Nessuno che entra, nessuno che esce, l'unica presenza umana sembra essere la ragazza di nome Anna immancabilmente seduta all'ingresso. Quella totale assenza di vita mi intimidisce un po', ma oggi ho deciso di prendere il toro per le corna e andare a chiedere spiegazioni direttamente a Sergeï.

Arrivo davanti alla CNCB. Decido di entrare subito per non perdere quel po' di coraggio che sono riuscito a racimolare. Anna, seduta dietro la scrivania tirata a lucido, mi guarda sorpresa.

"Buongiorno, signorina, vorrei parlare con Sergeï."

Nell'ufficio alle sue spalle c'è un baccano infernale. Un uomo inveisce contro un altro uomo, che risponde in tono rassicurante. Non capisco quale sia l'oggetto del contendere. Mi concentro più che posso, distinguo parole forti come "imbroglione" o "pagarla cara", e risposte più miti come "troveremo una soluzione". Ma faccio fatica a seguire, perché i due interlocutori a volte parlano francese, a volte una lingua incomprensibile. Una cosa è certa, nessuna delle due voci appartiene a Sergeï.

"Sergeï? Ma non lavora più da noi..."

La ragazza sembra piuttosto imbarazzata, continua a voltarsi verso l'ufficio in cui stanno litigando. La notizia mi delude profondamente. Ero convinto che bastasse trovare il coraggio di presentarmi alla CNCB per avere qualche spiegazione.

"E per caso non sa dove potrei trovarlo? Vede, ho fatto un lavoretto per lui..."

"Un momento, ma lei è stato qui qualche mese fa. Non sarà per caso Thomas Lagrange?"

"Sì, sono io, ma..."

"Attenda, attenda, chiamo il signor Alvizaar."

Il fatto di essere stato riconosciuto mi mette a disagio. Tendo l'orecchio per cercare di capire cosa dirà a quest'uomo il cui nome non mi dice niente di buono. Gli parla in una lingua sconosciuta, forse in estone, e dopo un breve scambio di battute riaggancia.

"Se ha qualche minuto di pazienza, il signor Alvizaar vorrebbe vederla."

Detto questo, si reimmerge nella lettura di una rivista come se io non esistessi. Sarei tentato di andarmene, ma la curiosità è troppa. Del resto, non ho fatto nulla di male e se questo Alvizaar dovesse chiedermi spiegazioni potrei chiarire tutto. Per darmi un contegno, osservo le cartine appese alle pareti come se stessi tranquillamente ripassando la geografia dei paesi baltici.

Trascorrono venti minuti. Nell'ufficio non vola più una mosca e inizio a spazientirmi. Nell'attimo in cui mi decido a protestare, la porta dell'ufficio si apre e appaiono i due contendenti. Dentro vedo un uomo alto, magro, sui sessant'anni portati bene, con i capelli bianchi e un completo scuro. Quello che esce è più giovane, sulla quarantina, con il volto tirato e nervoso, i capelli lunghi e spettinati, la barba di due giorni. Indossa dei jeans, una polo e un impermeabile. È il tipo d'uomo che piace alle donne, quello che vorrei essere io tra dieci anni. Sembra che non si sia ancora calmato.

"La avverto, signor Alvizaar, se becco quel cialtrone gli spacco la faccia. Gli spezzo le dita a una a una, in modo che non possa più scrivere stronzate del genere per il resto della sua vita. E niente di quello che dirà potrà farmi cambiare idea."

Dopo queste parole, lascia la CNCB sbattendo la porta e rischiando di mandare in frantumi la vetrina. Dopo un istante di esitazione, il presunto Alvizaar si volta verso di me.

"Il signor Lagrange, immagino? Se mi fa la cortesia di entrare..."

Si scosta per lasciarmi passare. Noto il tono secco, l'assenza di formule di cortesia e di un accenno di sorriso. Tutti dettagli che mi preparano al peggio, e infatti non mi sbaglio.

Chiude la porta e si accomoda su una grande poltrona senza chiedermi di fare lo stesso. Poi mi fissa con i suoi occhioni scuri, le mani giunte sotto il mento, quasi mi stesse giudicando. Se dovessimo arrivare alle mani, sono quasi certo di poter avere la meglio su un uomo della sua età, ma questo dato oggettivo non basta a rassicurarmi. Ha un velo di sadismo negli occhi, lo stesso che probabilmente hanno i padrini della mafia di tutto il mondo.

"E così lei è il complice di Sergeï Ivoon! Posso permettermi di chiederle qual è il suo ruolo e il suo tornaconto in tutta questa storia, signor Lagrange?"

"Io sarei il complice di Sergeï Ivoon? Ma se neanche lo conosco! Fino a un minuto fa, non sapevo nemmeno come si chiamasse di cognome."

"Signor Lagrange, la avverto subito che ho avuto una pessima giornata e che la mia pazienza è molto limitata."

"Ma le giuro che non lo conosco!"

Alvizaar si frega il volto con le mani. Inizio a sentire una fitta di terrore allo stomaco.

"Signor Lagrange, mi ascolti bene. Probabilmente potrei andare per vie legali, stando a quello che mi avete fatto lei e Sergeï, ma si dà il caso che non abbia tempo da perdere e quel poco di indennizzi che potrei ricavarne non mi interessa. In compenso, mi piacerebbe molto sapere quello che ha da dire a sua discolpa."

Stranamente, le sue parole mi tranquillizzano. Almeno ho la prova di non essere caduto tra le grinfie di banditi senza scrupoli, pronti a farmi fuori per un crimine di cui ignoro la natura. Se questo Alvizaar vuole denunciarmi alle autorità, faccia pure: non ho nulla da rimproverarmi. O quasi. Perché immagino che la traduzione mi sia stata pagata in nero. Decido di vuotare il sacco.

"Senta, ho incontrato Sergeï solo due volte. La prima quando mi ha consegnato il testo originale, e la seconda quando gliel'ho restituito insieme alla traduzione. Mi ha pagato per il lavoro ed è finita lì. Non so nient'altro. Se sono qui oggi, è per avere notizie della scemenza che ho tradotto."

"Ma se non lo conosceva prima, come ha fatto a entrare in contatto con Sergeï? E come fa a parlare una lingua così astrusa come il mesmeno?"

"Se proprio vuole saperlo, ho risposto a un annuncio che Sergeï ha pubblicato su '20 Minutes'. Se non mi crede, posso mostrarglielo, ce l'ho a casa. Per quanto riguarda il mesmeno, l'ho studiato all'università, un corso intensivo di due anni."

Mi guarda impassibile, non riesco a capire cosa pensi della mia versione dei fatti. Prima di rispondere, si accende con calma una sigaretta e ne aspira più della metà in un unico tiro. Per un attimo, vorrei ricordargli i danni provocati dal fumo, ma lascio perdere. Non è il momento adatto per questo genere di considerazioni.

"Signor Lagrange, a questo punto che dica la verità o meno non ha molta importanza, dal momento che quella... *scemenza* è già andata in stampa. E siccome lei rappresenta il nostro unico legame con quel libro, la pregherei semplicemente di firmare il contratto di edizione e di astenersi in futuro dal tradurre qualunque cosa abbia a che fare con la nostra rispettabile associazione. Spero di essere stato abbastanza chiaro, signor Lagrange."

Malgrado le minacce e il terrore che provo, non posso fare a meno di porgli la domanda per cui mi trovo qui:

"Mi sta dicendo che non ha cestinato il mio lavoro?".

"Eccome se avrei voluto! Ma sfortunatamente non mi è venuto in mente di controllare un'ultima volta quella *scemenza* prima di stamparla. Non sono solito bruciare i libri, per quanto mediocri come il suo, quindi non vedo altra soluzione che andare fino in fondo, sperando che questo increscioso episodio venga presto dimenticato. Dal momento che ha avuto la bontà di lasciarci i suoi recapiti, Nathalie la contatterà tra qualche giorno per stipulare un regolare contratto."

Ricordo vagamente di aver scritto il mio nome e il mio numero di cellulare sulla copia che ho consegnato a Sergeï. All'epoca credevo potesse servire per eventuali ritocchi. Alvizaar mi allunga un biglietto da visita dove compare il nome di Nathalie Vermont, caporedattore delle edizioni ELL'M, seguito da un numero di telefono e da un indirizzo. Non ci faccio caso, ma forse è la stessa strada in cui si trova la CNCB, forse addirittura lo stesso edificio.

"Edizioni ELL'M?"

"Sta per Estonia, Lituania, Lettonia e Mesmenia. E ora, se non ha altro da aggiungere, non la trattengo."

Il mio interlocutore si immerge nella lettura di un fascicolo, senza mostrare alcun rispetto per la mia persona, come se fossi già uscito dalla stanza. Non so come comportarmi. Sarei tentato di chiedergli che fine abbia fatto Sergeï, pur sapendo che non otterrei risposta. Lascio l'ufficio senza dire una parola, mortificato e sollevato al tempo stesso, e in un certo senso contento di sapere che non ho lavorato inutilmente. All'ingresso, Anna mi scruta con occhio inquisitorio. So benissimo che muore dalla voglia di sapere cosa ci siamo detti io e Alvizaar. Ma non ho alcuna intenzione di parlare con lei.

"Arrivederci, signorina."

"Arrivederci."

Una volta in strada, riguardo il biglietto da visita del mio editore. Il mio editore. Ripeto la formula magica. Da qualche parte nel mondo, c'è un editore di nome Nathalie Vermont che ha pubblicato un libro tradotto da un certo Thomas Lagrange. Io. Sto già aspettando la sua telefonata, anche se temo nuove sorprese. Ad ogni modo, ho già avuto abbastanza emozioni per oggi. Mi rimetto in tasca il biglietto da visita, decido di tornare a casa per pranzo e dimenticare tutta la faccenda. Lungo il tragitto, compro un pezzo di chorizo piccante, un peperone verde e delle uova. Un'omelette farcita e un bel piatto di spaghetti sono un pasto nutriente ed economico. Devo iniziare a fare attenzione ai soldi, perché i duemila euro di Sergeï sono agli sgoccioli e non ho alcun tipo di entrata. In questo periodo detesto l'idea di farmi mantenere, e ogni volta che Sandrine mi spinge a cercare lavoro lo vivo come una crudeltà, un modo per ricordarmi la condizione di indigenza che cerco disperatamente di dimenticare.

Nonostante i buoni propositi, non appena arrivo a casa mi precipito sulla traduzione. È più forte di me, ho bisogno di capire cosa avesse da rimproverarmi quel perfido di Alvizaar. Apro il manoscritto a caso e inizio a leggere:

Per dieci lunghissimi minuti, Katia spiò tra le assi del fienile i baci voraci che si scambiavano la sua amica Maria e il bel Chlobak. Verde di gelosia e incapace di reggere quello spettacolo, fuggì il più velocemente possibile, nonostante l'anca dolorante, e andò a rifugiarsi nell'unica locanda del paese. Dopo l'arrivo dei russi, il locale era sempre affollato e Katia scrutò la sala in cerca di un tavolo libero. Il problema con i russi era che spesso erano completamente ubriachi e per giunta chiassosi. Certa di non trovare la tranquillità che cercava, Katia decise di andarsene, quando sentì una voce maschile che la apostrofava.

"Bella signorina, sedetevi con noi!"

L'uomo indossava una divisa con berretto e, nonostante l'abbigliamento ridicolo, era bello quasi quanto l'amante della sua amica. Katia si diresse quindi verso di lui, nella speranza di trovare un po' di conforto.

"Cosa vi succede, signorina? Perché tante lacrime nei vostri begli occhi?"

"Non potete capire. Maria perderà la verginità prima di me e l'idea mi fa impazzire!"

Sono totalmente demoralizzato. Anche se rileggessi il testo dieci volte, sono convinto che non capirei cosa mi rimprovera quel losco figuro. Al limite, potrebbe non aver apprezzato il mio stile, ma non è certo un motivo valido per giustificare la scenata che mi ha fatto.

Preferisco cucinarmi qualcosa e dimenticare i miei guai. Metto a scaldare l'acqua per la pasta e aggiungo un pugno di sale grosso. Taglio il peperone a striscioline e il chorizo a rondelle, come piace a me. Questi semplici gesti hanno il potere di rilassarmi. Accendo la radio per ascoltare il notiziario. Mi piace avere una colonna sonora mentre cucino, soprattutto negli ultimi tempi, in cui mi capita sempre più spesso di essere a casa da solo.

Mentre sbatto le uova per l'omelette, un giornalista racconta gli sviluppi dell'ultimo scandalo. Lo ascolto distrattamente perché è da un pezzo che non seguo più la politica. Il peperone e il chorizo sfrigolano in padella, diffondendo un profumo che mi fa venire l'acquolina in bocca. E proprio nel momento in cui verso le uova sbattute, il giornalista pronuncia una parola che cattura la mia attenzione nonostante il crepitio di sottofondo.

"Infine, una notizia dell'ultimo minuto. Sembra che in Mesmenia abbiano scoperto un nuovo giacimento di terre rare. Se la notizia fosse confermata, potrebbe rivoluzionare il mondo delle energie rinnovabili."

È la prima volta che sento parlare della Mesmenia alla radio, ma non ho idea di cosa siano le terre rare. Mangio l'omelette e gli spaghetti in piedi, in cucina, perché sono impaziente di andare a cercare informazioni su Internet.

Dopo due ore di ricerche intensive, ho un'unica certezza: per capire cosa siano le terre rare, mi servirebbe un dottorato di ricerca in Chimica, o quantomeno una maturità scientifica. La prima cosa che capisco è che si chiamano terre rare ma non sono né terre né rare. E allora perché quest'appellativo bizzarro? I siti che visito spiegano che c'è una ragione storica. All'epoca in cui sono state scoperte, la distinzione tra terre e minerali non esisteva ancora, semplicemente perché nessuno era in grado di estrarre gli elementi utili dalle rocce che li contenevano. I siti mi rimandano alla famosa tavola di Mendeleev, incubo dei miei anni di liceo, con le caselle contenenti i simboli chimici degli elementi. Gli elementi che mi interessano non compaiono nella tabella principale ma in quella più piccola, in basso a sinistra, come un'isoletta su una carta geografica.

Sono immerso in nomi strani come lantanidi, neodimio, cerio, terbio ed erbio quando Sandrine rientra dal lavoro. Mi si avvicina, ma sono talmente assorbito dal mio compito che non alzo nemmeno gli occhi dallo schermo del computer.

"Ciao, cosa stai facendo?"

"Mi informo sulle terre rare."

"Cos'è, stai cercando una meta per le vacanze?"

Sandrine è talmente fuori strada che il suo commento mi strappa un sorriso.

"No, non c'entra. Sono cose strane. Cose chimiche che apparentemente si trovano sparse ovunque nella crosta terrestre, solo che non sanno come estrarle."

"E perché ti interessano tanto?"

"Ne hanno appena parlato durante il notiziario. Dicono che hanno trovato dei giacimenti di terre rare in Mesmenia."

Basta pronunciare la parola tabù perché Sandrine si irrigidisca.

"Ed è una notizia importante?"

"Credo di sì. Stando al giornalista, sembra uno scoop."

"E a cosa servono, queste terre rare?"

"Non lo so, non ci sono ancora arrivato. Stavo cercando di scoprire cos'erano."

Sandrine non condivide la mia curiosità e cambia drasticamente argomento.

"Cosa mangiamo?"

Merda, ero talmente assorbito dall'attualità mesmena che mi sono dimenticato di andare a fare la spesa. E il frigorifero è vuoto.

"Scusa, mi è passata l'ora. Ordiniamo del sushi?"

Fa una smorfia, e le si dipinge in volto un'espressione delusa. Da quando sono disoccupato, cerco di farmi perdonare inventando ogni sera una ricetta diversa, economica e naturalmente ipocalorica. Se anche per stasera facciamo un'eccezione, non è una tragedia. Rassegnata, Sandrine va a prendere il dépliant del ristorante giapponese senza fare commenti. Non ha bisogno di chiedermi cosa voglio, le rare volte in cui ordiniamo cibo nipponico mangiamo sempre gli stessi maki e gli stessi spiedini. Mentre è al telefono, accendo la tivù per seguire il telegiornale delle otto.

"Ci colleghiamo ora con il nostro corrispondente dalla Mesmenia, dove è stato scoperto un importante giacimento di terre rare."

Incuriosito, alzo il volume per sovrastare la voce di Sandrine. Mi fa un cenno per chiedermi di abbassare ma la ignoro. Sullo schermo appare un omone, tutto rosso per il freddo, con un colbacco verde in testa. Alle sue spalle, un paesaggio desolato, una distesa di neve grigiastra e alberi scheletrici. Esattamente l'idea che mi ero fatto della Mesmenia.

"Sì, Laurent, mi trovo nel piccolo borgo di Vlaskinsky, vicino al confine russo, dove è stato scoperto il giacimento. Come potete vedere alle mie spalle, tra la gente del posto c'è un certo fermento."

Probabilmente è da un po' che non si volta, perché dietro di lui ci sono solo alberi rinsecchiti e la sagoma di un uomo che si trascina in lontananza. Il giornalista in studio preferisce non commentare.

"Thierry, innanzitutto puoi spiegare ai nostri telespettatori cosa sono esattamente queste terre rare?"

Il rubicondo inviato si frega le mani per scaldarsi. Una nuvola di vapore bianco gli esce dalla bocca e dal naso. Scommetto che preferirebbe rifugiarsi nella prima taverna che trova a bere una tazza di vin brulé, piuttosto che rispondere alla domanda del collega.

"È importante fare chiarezza, Laurent, perché l'espressione stessa 'terre rare' può trarre in inganno. Sarebbe meglio parlare di 'metalli rari' e anche così la denominazione sarebbe inesatta, perché sono elementi piuttosto diffusi nella crosta terrestre. L'appellativo deriva dal fatto che sono state scoperte solo all'inizio dell'Ottocento, e proprio in ragione di questo ritardo si è pensato che fossero rare."

"Puoi dirci perché sono così preziose? Se non sono rare, perché tutto questo entusiasmo attorno al giacimento che hanno riportato alla luce?"

"Ottima domanda, Laurent. Perché tutto questo entusiasmo? In effetti, benché non siano rare, sono estremamente difficili da estrarre. In alcuni paesi – come la Cina, per esempio, che è uno dei principali esportatori – l'estrazione avviene mediante solventi che inquinano le acque circostanti e rendono completamente sterile il terreno coltivabile. Attualmente la Cina è il principale produttore di questi metalli rari, ma da qualche tempo minaccia di ridurre o addirittura sospendere le esportazioni. Potete immaginare, quindi, quanto sia importante per l'Europa avere un giacimento a portata di mano, per così dire."

"Grazie per il chiarimento, Thierry, ma non hai risposto alla mia prima domanda: qual è l'utilità di questi metalli così difficili da estrarre?"

"Giusto, Laurent. Be', anche in questo caso hanno un

ruolo fondamentale perché alcuni di questi metalli, come il terbio o il neodimio, sono diventati indispensabili per la vita di tutti i giorni. Certo, gli esperti devono ancora analizzare le terre trovate qui a Vlaskinsky, ma già sappiamo che contengono elementi impiegati nella fabbricazione di lampadine a basso consumo, schermi piatti e magneti potentissimi, come quelli utilizzati per esempio nei motori delle famose auto ibride o nelle pale eoliche. Capisci bene, Laurent, che sono elementi chiave nel campo delle energie rinnovabili, o energie verdi, come si dice oggi. Se i giacimenti scoperti in queste zone si rivelassero ricchi di questi elementi, la Mesmenia potrebbe avere un ruolo decisivo nell'economia mondiale del futuro."

"Grazie, Thierry, per tutte queste informazioni. Adesso vai a scaldarti un po', mentre noi apriamo la pagina dello sport con..."

L'omone sparisce dallo schermo e abbasso il volume voltandomi verso Sandrine. Per una volta, lo sport non mi interessa.

Sono elettrizzato da questo reportage e non posso fare a meno di condividere la mia eccitazione con Sandrine.

"Ma ti rendi conto? La Mesmenia è balzata agli onori della cronaca. Incredibile, no?"

"Sì, ma forse stasera erano a corto di notizie."

È palesemente molto meno entusiasta di me. E forse non ha tutti i torti, ma il suo commento mi infastidisce. Ho il presentimento che la Mesmenia entrerà di nuovo nella mia vita e non ne uscirà tanto presto.

10.

Tre giorni dopo

Nathalie Vermont non mi ha ancora contattato. Non mi è mai capitato di pensare tanto a una donna senza avere alcuna mira sessuale, specialmente alle sette del mattino, nel dormiveglia. Non ho idea di come sia fisicamente – quanto pesi, quanto sia alta, quanti anni abbia – e onestamente la cosa mi è del tutto indifferente. Credo che prima o poi si farà viva, come ha detto Alvizaar, che non sembra certo il tipo che parla a vanvera.

Ma c'è un altro problema che mi assilla. Tre giorni fa, avevo talmente fretta di lasciare l'ufficio del direttore della CNCB che non mi è nemmeno venuto in mente di chiedergli con quale titolo fosse stato pubblicato il romanzo. Così ieri sono andato in libreria, nella vana speranza di imbattermici per caso. Dopo aver gironzolato per dieci minuti tra gli scaffali della narrativa straniera, mi sono rivolto a un commesso. Digitando sul computer, ha trovato la ELL'M ma mi ha detto che si tratta di una casa editrice molto piccola e che la Fnac non vende i suoi libri. Mi ha consigliato di rivolgermi direttamente all'editore, e si è gentilmente offerto di darmi il numero di telefono.

Sandrine entra in camera da letto e si mette a frugare tra i vestiti. Ribalterà tutto l'armadio per cercare un paio di pantaloni o una gonna che mettano in risalto la sua irrisoria perdita di peso.

"Sei sveglio?"

"Mmm..."

"Dovresti alzarti. Su *Télématin* stanno per parlare della Mesmenia."

Mi comunica l'informazione in tono secco, quasi aggressivo, come se fossi responsabile di quella sorta di pubblicità occulta. Dopo la scoperta del giacimento di terre rare, la Mesmenia è diventata di moda. Ieri, la rivista "Géographie" ha pubblicato un reportage sulle ricchezze del sottosuolo e il mensile "Histoire" un servizio sui suoi attuali rapporti con la Russia. Perché non dovrebbe occuparsene *Télématin*?

Mi verso un caffè e sprofondo nel divano, giusto in tempo per vedere la pubblicità di un montascale inglese. Poi sullo schermo appare William Leymergie, il compagno di colazione di Sandrine.

"Come annunciato prima della pausa pubblicitaria, il *Bloc-Notes* di stamattina sarà interamente dedicato agli aspetti culturali della Mesmenia, e devo dire che i nostri cronisti hanno lavorato duramente per trovarne."

Il buon William se la ride, mentre entra in studio lo storico Frédérick Gersal – giacca blu Savoia e papillon color crema – con una marcia militare russa in sottofondo. La musica si interrompe, l'ospite si siede e si rivolge subito al conduttore.

"Ebbene sì, William, la Mesmenia. Un paese che ha rischiato persino di non esistere. Cosa sarà mai successo, mi chiederà? La risposta è molto semplice. Quando l'Estonia ha ottenuto l'indipendenza, dopo il crollo dell'Unione Sovietica, nel 1991, ci si è posti la domanda: cosa fare di quel piccolo paese nordico, di quella sorta di pustola paludosa affacciata sul Mar Baltico? Come c'era da aspettarsi, nessuno ne voleva sapere. E le ragioni di questo disinteresse sono facilmente intuibili. La Mesmenia era una delle regioni più povere dell'Urss, che peraltro ne comprendeva molte. Si pensava fosse un territorio sterile, che non produceva materie prime, abitato per giunta da un popolo burbero, che parlava una lingua di origine incerta che nessuno capiva all'infuori degli autoctoni. Si figuri, William, che non era nemmeno una via di transito verso l'Europa! E così, quando gli estoni hanno chiesto l'indipendenza, i russi hanno risposto: 'Benissimo, ma in questo caso dovrete prendervi anche la Mesmenia'. Al che gli estoni hanno risposto: 'Neanche per sogno, non abbiamo intenzione di farci carico di questi parassiti analfabeti e della palude in cui vivono'. Come vede, caro William, la situazione sembrava senza via d'uscita. Come evitare l'incidente diplomatico a un passo dal traguardo? Ebbene, i russi – d'accordo con gli estoni – hanno detto a quei poveri mesmeni: 'Sbrigatevela da soli'. E così si è formato questo staterello che nessuno voleva e che ora, ironia della sorte, sembra destinato a diventare la nuova Arabia Saudita."

Non ho imparato niente di nuovo. Il cronista successivo – un piccoletto scarmigliato, con gli occhietti vispi, di nome Alex Jaffray – parla della musica mesmena. Annuncia in tono beffardo che il suo servizio sarà piuttosto succinto. Presenta tre adolescenti brufolose, il cui principale successo è un remix in stile rap del grande classico *Poljuško Pole*, e un coro militare che canta *L'Internazionale* in mesmeno.

Il terzo ospite, un biondino con l'aria da primo della classe, fa la sua apparizione sulle note di *You're Simply the Best*. Ma dalla smorfia che fa si deduce che c'è del sarcasmo nella scelta musicale. Non appena la colonna sonora si interrompe, William lo interpella.

"Buongiorno, Damien. Allora, stamattina abbiamo una selezione di libri, come dire... fuori dal comune."

"Buongiorno, William. Ebbene sì, una selezione fuori

dal comune, può ben dirlo. Quando mi ha chiesto di proporle qualche romanzo tradotto dal mesmeno mi sono detto: 'Un gioco da ragazzi!'. Mi sono recato dai miei librai di fiducia, ho chiesto qualche consiglio, speranzoso, e invece niente. Assolutamente niente, il vuoto totale. Non esiste un solo libro che risponda a questo semplice requisito. E quel che è peggio è che nessun libraio ha saputo darmi informazioni su eventuali traduzioni. Come può ben capire, sono entrato nel panico. Ho iniziato a correre da tutte le parti e alla fine, quando ormai avevo perso ogni speranza, in una minuscola libreria del quinto arrondissement specializzata in narrativa dei paesi dell'Est, ho trovato questo libro. Si intitola *La vita rurale in Mesmenia*. Pare che l'autore, un certo Thomas Lagrange, l'abbia scritto prima in mesmeno e poi l'abbia tradotto in francese di suo pugno, ma non mi chieda il perché."

Sono pietrificato. In un colpo solo, scopro il singolare titolo del romanzo che ho tradotto e la circostanza non meno singolare che qualcuno mi considera l'autore di quel coso – a meno che non si tratti di un errore giornalistico, come spesso accade. Mentre parla, Damien sventola un volume piuttosto corposo, con la copertina nera e una piccola foto al centro che ritrae un paesaggio innevato, non privo di un certo fascino malinconico. Immagino che quell'oggetto sia la versione finale della mia traduzione. Sono talmente sotto shock che non riesco nemmeno a reagire.

"E dal momento che non ho trovato un solo libraio, tra tutti gli amici di *Télématin*, in grado di indicarmi tre libri mesmeni, per punizione ho chiesto a tre di loro di leggere *La vita rurale in Mesmenia*. Ed ecco le loro opinioni."

Parte il reportage. Il primo libraio è una donna sulla sessantina, in piedi davanti allo scaffale dei tascabili.

“Non è per niente facile dirvi cosa penso di questo libro. Ci conduce in un universo totalmente altro, in cui i codici del romanzo rosa sono scardinati dalla storia di una donna anziana che si innamora come un’adolescente. Emerge un senso dell’assurdo quasi britannico, eppure non si avverte nessuna volontà da parte dell’autore di parodiare questo genere letterario. Anzi, gli si potrebbe attribuire una sorta di ingenuità piuttosto spiazzante. Ho cercato di svelare il mistero che avvolge questo libro fino all’ultima pagina e, terminata la lettura, devo ammettere di essere rimasta piuttosto delusa. Altro non saprei dirvi.”

Secondo libraio. Un ragazzo giovane, molto magro, con delle pile di libri alle spalle di cui non riesco a leggere i titoli.

“Dirò una cosa che di solito non dico mai di un romanzo: l’ho letteralmente odiato. Innanzitutto, non si capisce nulla della trama, ci sono scene erotiche che si trasformano in scene di rissa senza alcun motivo. Le ragioni dei personaggi non sono chiare e, quando lo sono, risultano poco credibili. La storia dell’oggetto misterioso è totalmente sconclusionata. E poi, non so se sia colpa della traduzione, ma è scritto veramente male! Ci sono errori di sintassi che non farebbe neanche un bambino delle medie. Se dovessi dare un consiglio all’autore, gli direi di astenersi dal tradurre i suoi romanzi in futuro.”

Infine, la terza libraia, sulla trentina, piuttosto carina, comodamente seduta su una poltrona di pelle.

“Ho semplicemente a-do-ra-to questo libro! Certo, gli si potrebbe rimproverare qualche piccola incongruenza, qualche lacuna, una conclusione poco chiara, ma in fondo che importanza ha? Sospetto persino che l’autore abbia voluto stuzzicarci un po’ con questo finale senza capo né coda. Fin dalla prima pagina, vi troverete immersi in un mondo che richiama al contempo Almodóvar, Kusturica e i paesi nordici, un mondo gioioso, popolato da personaggi pittoreschi che vi faranno dimenticare i vostri piccoli problemi quotidiani. Assolutamente da leggere."

La telecamera torna su William Leymergie e Damien. Hanno l'aria divertita e vagamente colpevole dei giornalisti quando si abbandonano allo scherno durante il fuori onda. È il biondino a ricomporsi per primo.

"Dunque, come avete sentito, i nostri librai hanno pareri assai discordi e il miglior consiglio che possiamo darvi è quello di farvi da soli un'idea di questo romanzo."

"Facciamo un bell'in bocca al lupo a chiunque cercherà di procurarselo [ironico, questo William]. E nell'attesa, passiamo alle notizie meteo..."

Sandrine abbassa al minimo il volume del televisore.

"Cos'è questa storia? Lo sapevi?"

"Sapevo cosa?"

"Be', che il libro era stato pubblicato e che sarebbe stato presentato stamattina. E perché hanno detto che sei tu l'autore?"

"Mi era giunta voce che fosse uscito, ma a parte questo..."

"Come 'mi era giunta voce'? Non hai controllato? Lo sapevi o non lo sapevi?"

"Me lo avevano detto, sì. Per caso, tre giorni fa, sono passato davanti alla CNCB e sono entrato a chiedere."

"Sei passato davanti alla CNCB per caso? Cos'è, hai visto la luce accesa e sei entrato a chiedere se per caso avessero pubblicato il tuo libro?"

Ci siamo. La scenata che temevo è arrivata. Erano due mesi che non parlavamo della traduzione. Anzi, a pensarci bene, Sandrine non ne ha mai parlato. Mentre ci lavoravo, non mi ha mai chiesto come andasse o di cosa parlasse il libro, e non si è mai informata nemmeno dopo la consegna. L'unica cosa che le interessava, l'unica cosa che le sia mai interessata, era che trovassi un lavoretto del cavolo per andare avanti a soffocarmi con la sua infinita capacità di comprensione. Ha una bella faccia tosta a tirare in ballo il libro solo adesso che ne parlano in televisione.

Di fronte al mio silenzio, si alza.

"Be', non starò qui tutto il giorno ad aspettare una risposta che non vuoi darmi. Ho un lavoro, io."

"Aspetta! Non prenderla così..."

"E come vuoi che la prenda? Ti stai imbarcando in un affare losco e fai di tutto per tagliarmi fuori. Io sto qui tutti i giorni, come una cretina, a cercare di sostenerti e aiutarti a trovare lavoro, mentre tu trami alle mie spalle. Scusa se non la prendo con il sorriso!"

"Vedi di darti una calmata! Non ho avuto bisogno di tagliarti fuori, dal momento che ti sei tagliata fuori da sola. La verità è che questa traduzione ti è sempre stata sulle palle. Non sopporti l'idea che riesca a fare qualcosa da solo, senza il tuo aiuto. Hai paura che sfugga al tuo controllo, perché a un poveraccio come me non è concesso nemmeno un piccolo diversivo, dico bene? Confessa che mi vedi così!"

Sandrine ha le lacrime agli occhi. Mi pento immediatamente delle parole che ho appena pronunciato. Mi sono sfuggite di bocca, impazienti di lasciare la mia mente, senza che riuscissi a contenerne la violenza. Ci fissiamo in silenzio, consci di essere arrivati a una svolta, di aver oltrepassato un punto di non ritorno. Alla fine, Sandrine lascia la stanza, la sento prendere le scarpe e l'impermeabile all'ingresso. Fa un'ultima breve apparizione per urlarmi in faccia:

"Sinceramente, Thomas, da quando ti sei buttato su quella traduzione del cazzo non ti riconosco più".

Non ci credo. Ha detto "cazzo"! In quattro anni di convivenza, è la prima volta che la sento dire una parolaccia. La porta d'ingresso sbatte e mi ritrovo solo. Gli attori di una serie televisiva di infima categoria si muovono muti sullo schermo. Prendo il telecomando e spengo.

Non faccio in tempo ad alzarmi dal divano che squilla il cellulare. Il pensiero corre subito a Nathalie Vermont e ho un tuffo al cuore. Do un'occhiata e vedo comparire il numero di mia madre. Mi sforzo di rispondere.

"Thomas! Non indovinerai mai cosa ho appena visto su *Télématin*."

"Be', un'idea ce l'avrei."

Mia madre, che non ha l'abitudine di ascoltare le risposte dei suoi interlocutori, prosegue imperterrita.

"È appena uscito un romanzo sulla Mesmenia e l'autore si chiama come te! Ti rendi conto della coincidenza? Quando penso che hai studiato quella lingua all'università!"

"Non è una coincidenza, mamma. Sono io."

"Cosa?"

"Sono stato io a tradurre il libro."

"Non dire sciocchezze, Thomas. Come avresti potuto scrivere un libro in mesmeno?"

"Non l'ho scritto, mamma. L'ho solo tradotto."

"Be', non è quello che hanno detto in televisione."

"Si sono sbagliati."

"Non ci sto capendo nulla, ma spero che tu non ne abbia combinata un'altra delle tue."

Tipico di mia madre. Le secca talmente non avere l'ultima parola che cambia subito argomento, chiedendomi notizie di Sandrine e del lavoro da McDonald's, che giudica al di sotto delle mie potenzialità. Non le ho ancora detto che mi sono licenziato, così tergiverso e chiudo la conversazione con la promessa che io e Sandrine andremo a pranzo da lei una delle prossime domeniche.

La telefonata di mia madre mi ha messo di malumore, resto accasciato sul divano per quasi un'ora. Ma la mia breve esperienza di disoccupato mi insegna che è molto pericoloso restare con le mani in mano, è il modo migliore per abbandonarsi ai brutti pensieri. Così mi do una mossa ed esco a comprare i giornali.

Una volta a casa, mi metto a spulciarli. Come previsto, la Mesmenia è l'argomento del giorno. Tutti si domandano se i giacimenti verranno sfruttati. "Le Monde" affronta il problema dal punto di vista scientifico: qual è la concentrazione dei diversi metalli e che quantità dobbiamo aspettarci? Il giornalista tenta di fare una stima basandosi su uno dei giacimenti più importanti al mondo, il Bayan Obo, in Cina. E conclude che, al di sotto di una certa concentrazione e di una certa quantità, l'estrazione non sarebbe sufficientemente redditizia da giustificare l'inquinamento che provocherebbe. "Libération" e "Le Figaro" preferiscono un'analisi sociopolitica. Il primo scommette sull'apertura delle miniere e si schiera dalla parte di Androv Zornoïff, che descrive come un presidente stravagante e pieno di buona volontà. Stando all'articolo, quest'uomo determinato saprà di certo sfruttare l'occasione per dare al paese una solida economia. "Le Figaro", invece, lo considera un personaggio senza polso, opportunista, incompetente e incapace di prendere decisioni, quindi prevede gravi disordini nel paese.

Dopo due ore di lettura forzata, abbandono i giornali. Non riesco a concentrarmi, non riesco a trattenere una riga di quello che leggo, ancora meno a farmi un'opinione.

Nonostante il litigio con Sandrine e le notizie sulla stampa, non faccio che pensare alle rivelazioni di *Télématin*. Grazie a William Leymergie, ora so come si presenta il libro e come si intitola: *La vita rurale in Mesmenia*. Un titolo strano, più adatto a un saggio che a un romanzo rosa. Mi chiedo chi abbia potuto fare una scelta del genere.

Probabilmente la stessa persona che mi ha attribuito la paternità dell'opera.

11.

Due giorni dopo

A mezzogiorno pranzo con Richard. Non l'ho più visto da quando è venuto a cena a casa nostra. Quando ho risposto al cellulare, ero fermamente deciso a chiedergli spiegazioni per l'atteggiamento stupido che aveva avuto quella famosa sera, ma mi ha preso in contropiede. Mi ha detto che alla fine Charlotte gli aveva dato il permesso di scrivere un articolo su di lei, e che la stesura gli stava portando via tutto il tempo libero. Per descrivere ventiquattr'ore nella vita di una trader, deve raccontare come sceglie i vestiti la mattina, cosa mangia a colazione, come guida il fuoristrada, quante telefonate riceve in auto. Pare che la gente sia molto interessata a questi dettagli, vai a sapere perché. Charlotte ha anche chiesto un'autorizzazione al suo capo perché Richard potesse trascorrere un'intera giornata in ufficio con lei. Così ha avuto la possibilità di intervistare i suoi colleghi e pranzare con loro.

Charlotte ha deciso di stare al gioco ma in cambio gli ha posto alcune condizioni, ha detto Richard al telefono, e a pranzo vorrebbe parlarmi proprio di questo. Non so di cosa si tratti, ma ho il sentore che non mi piacerà.

Mi sto preparando per uscire, quando squilla il cellulare. Numero sconosciuto.

“Signor Thomas Lagrange?”

Indovino subito a chi appartiene la voce all’altro capo del filo.

“Sì?”

“Sono Nathalie Vermont delle edizioni ELL’M. La chiamo a proposito del romanzo *La vita rurale in Mesmenia.*”

“Sì. Ero impaziente di ricevere la sua telefonata.”

È la pura verità. Da quando ho saputo che il romanzo è stato pubblicato e da quando ho visto la puntata di *Télématin*, non vedo l’ora di leggere il mio nome in copertina e di sfogliare le pagine come farei con qualunque altro libro.

“Sì, sì, lo so. Ma dobbiamo vederci con una certa urgenza. È libero oggi?”

Faccio un rapido calcolo. Richard mi ha dato appuntamento in una pizzeria del quindicesimo arrondissement, non molto lontana da casa sua, mentre la ELL’M si trova nel diciassettesimo, accanto alla CNCB. Ci vorrà un’oretta per raggiungerla, e con tutto quello che dobbiamo dirci io e Richard, ne avremo almeno per tre ore.

“Alle quattro può andare bene?”

Nathalie Vermont accetta, mi conferma l’indirizzo e riaggancia.

Quando entro in pizzeria, Richard è già seduto con un bicchiere di whisky vuoto davanti. Sta leggendo “Libération” e non appena mi vede inizia a sventolare il giornale.

“Ciao. Hai visto i titoli di oggi?”

“No. Che succede?”

Per una volta, stamattina non ho saccheggiato l’edicola. La routine che mi impongo da due mesi a questa parte inizia a innervosirmi.

“La Russia minaccia di invadere la Mesmenia, come quando l’Iraq ha invaso il Kuwait.”

“L’Europa non permetterà che accada una cosa del genere, e Zornoïff non si arrenderà tanto facilmente.”

"Probabilmente hai ragione, ma ciò non toglie che la situazione sia a rischio."

Ripiega il giornale e lo appoggia sulla panca. Il cameriere viene a prendere l'ordinazione. Non ha perso tempo, dal momento che mi sono appena seduto. Come sempre, ordino una quattro formaggi e lui una quattro stagioni, una caraffa di rosso e una d'acqua. Il cameriere si allontana.

"Ti sembrerà strano vedere la Mesmenia in prima pagina..."

"Strano è dire poco. Specialmente dopo che hanno parlato del mio libro in televisione."

"Scherzi?"

"Giuro. A *Télématin*. Un intero servizio."

Gli racconto tutto. Ma proprio tutto, senza omettere alcun particolare, nemmeno la paura che mi ha fatto Alvizaar con la sua aria da mafioso. Da quando ho letto l'annuncio su "20 Minutes", è la prima volta che mi confido apertamente con qualcuno, come farebbe un ragazzino con il suo prete preferito, nel buio del confessionale. Gli racconto addirittura che ho ripreso a sognare Mali e che penso a lei tutto il giorno. So che non è prudente confidarmi con Richard. È il mio migliore amico da anni, ma in presenza di Sandrine o di mia madre sarebbe perfettamente in grado di tradirmi. Davanti a loro prende le distanze da me, si comporta da genero ideale, che disapprova il comportamento dell'amico irresponsabile ma che gli resta accanto per impedirgli di mettersi nei guai. So come è fatto, ma non riesco a fare a meno di vuotare il sacco. A mia discolpa, devo dire che Richard ha la sincerità di uno schizofrenico: quando siamo soli, mi sostiene al cento per cento, senza riserve. E ho troppo bisogno del suo parere per mettere a tacere le preoccupazioni degli ultimi giorni.

In questo preciso istante, mi ascolta con gli occhi sgranati, interrompendomi di tanto in tanto con esclamazioni incredule. Concludo il racconto con la telefonata di Nathalie Vermont.

"Ma è una storia pazzesca! E non sai che fine abbia fatto Sergeï?"

"Assolutamente no. Prima di andare di persona alla CNCB, ho provato a chiamarlo un milione di volte ma non ha mai risposto. Si chiama Sergeï Ivoon o qualcosa del genere. Di lui so solo che è originario dell'Estonia e che non parla mesmeno, ma è un po' poco per rintracciarlo."

Mangiamo la pizza in silenzio. Richard fa un cenno al cameriere per chiedergli un'altra caraffa di vino. Non dico niente, anche se onestamente mi sembra che beva un po' troppo. Terminata la pizza, riannodo il filo dei pensieri ad alta voce.

"Chiederò a questa Nathalie se conosce Sergeï, e le chiederò anche perché mi hanno scambiato per l'autore del libro."

Richard continua a masticare in silenzio. Mi sento sempre più a disagio. So di avergli raccontato troppe cose. Se dovesse spifferare qualcosa a Sandrine, per come la conosco, andrebbe su tutte le furie. Ma pregarlo adesso di tenere la bocca chiusa sarebbe inutile: assumerebbe un'aria indignata e mi chiederebbe per chi l'ho preso. Decido quindi di cambiare argomento.

"E dimmi un po', il tuo articolo su Charlotte?"

"Uscirà il mese prossimo sull''Économiste moderne'. Sono contento del risultato e mi hanno pagato bene."

Eppure non sembra molto soddisfatto, e mi ricordo di quello che mi ha detto al telefono.

"E quali sono le condizioni che ti ha imposto Charlotte?"

"Vuole che ci trasferiamo a Londra."

Dentro di me lo sospettavo. Più di una volta ho sentito Charlotte tessere le lodi della City, paragonare la fiorente Borsa londinese alla nostra povera realtà parigina, e sapevo che moriva dalla voglia di attraversare la Manica per andare a lavorare in Inghilterra. Per Richard è diverso. Fa già fatica a trovare lavoro in Francia, mi chiedo come farà a scrivere per i giornali inglesi.

"E pensi di andarci?"

Sospira senza grande entusiasmo.

"Credo di sì. L'ho promesso a Charlotte e, se non vado, sarà rottura assicurata."

"Lei ha già trovato lavoro?"

"No, ma lo sta cercando forsennatamente."

"E cosa hai intenzione di fare, una volta là?"

"Non so, ma almeno parlo inglese, è già qualcosa."

Richard ha sempre sognato di viaggiare, ma non credo che Londra fosse tra le mete che aveva in mente. Un giorno mi aveva confidato che gli sarebbe piaciuto lavorare per il "National Geographic", fare servizi sui vulcani peruviani, sui templi khmer cambogiani, sugli aborigeni australiani. Temo che l'uomo d'affari londinese, con ombrello e bombetta, non risulti abbastanza esotico ai suoi occhi. Sospira ancora.

"Bene, possiamo cambiare argomento? Il solo pensiero mi innervosisce. Cosa dice Sandrine della storia di Sergeï?"

Proprio come temevo. Sembra più preoccupato per lei che per me, e non è escluso che Sandrine lo abbia già chiamato per informarlo dell'uscita del libro. Se le cose stanno così, Richard è un grandissimo ipocrita, che davanti a me fa finta di non sapere nulla. A pensarci bene, sono quasi certo che quei due si siano parlati. La litigata con Sandrine sulla pubblicazione del romanzo non ha avuto strascichi, lei non ha ripreso l'argomento nemmeno quando è rientrata a casa la sera. Eppure sentivo che nel suo comportamento c'era qualcosa di impostato, di calcolato, come se agisse seguendo i consigli del suo amico Richard il Traditore, che adesso è seduto davanti a me e tenta di scucirmi informazioni con i suoi occhioni innocenti. Se crede di riuscire a fregarmi una seconda volta, se lo può scordare. Do un'occhiata all'orologio cercando una scusa per andarmene, ma non ce n'è bisogno: sono già le 15.10.

"Merda, arriverò in ritardo. Ti spiace se vado? Non voglio farmi aspettare al primo appuntamento, farei una brutta impressione."

Sono già in piedi.

"Nessun problema, vai pure e tienimi al corrente."

Corro verso la fermata della metropolitana. Quando arrivo a destinazione sono le 15.58. È un palazzo ottocentesco, a trenta metri dalla sede della CNCB. Accanto al portone c'è una targa nera, come quella degli studi medici, che recita "Edizioni ELL'M – terzo piano a sinistra", e sul citofono un'etichetta più sobria con la scritta "ELL'M". Suono. Dopo qualche secondo, un fastidioso crepitio mi indica che hanno aperto il portone. Attraverso l'atrio del palazzo e, senza cercare l'ascensore, salgo le scale come un razzo fino al terzo piano.

Mi accoglie una ragazza, intenta a limarsi le unghie. Vedendomi entrare, non sorride e si volta verso l'ufficio alle sue spalle.

"Nathaliiiie! È arrivata la persona che aspettavi!"

"Falla entrare."

"Prego, prima porta a destra."

Sono piuttosto intimidito da quest'accoglienza sgarbata ma non dico nulla. Busso, una voce mi invita a entrare e così faccio.

La stanza, con le modanature al soffitto e il caminetto in disuso, potrebbe essere la sala da pranzo di un'abitazione privata. Tutta la casa editrice, del resto, sembra un appartamento e sono sicuro che, se avessi la sfacciataggine di aprire tutte le porte, troverei la cucina e il bagno. Ma non sono qui per questo. Mi concentro sulla ragazza, o meglio sulla ragazzina, seduta dietro la scrivania che si alza per stringermi la mano. Avrà al massimo venti-ventidue anni, è alta, bionda, slanciata e piuttosto carina. Con il tailleur nero e gli occhiali, sembra una bambina che ha rubato gli abiti della mamma per giocare a fare l'adulta.

"Thomas Lagrange? Sono Nathalie Vermont. Piacere di conoscerla."

"Piacere mio."

"Prego, si accomodi. Abbiamo un sacco di cose da dirci."

Mi indica un tavolino tondo con due sedie.

"Innanzitutto, complimenti per il libro. Sono sicura che sia splendido, lo leggerò non appena ne avrò il tempo."

Il complimento mi lascia di stucco. Non avrei mai immaginato che un editore potesse ammettere apertamente di aver pubblicato un libro senza averlo nemmeno letto. Mi pare assurdo, e non posso fare a meno di chiedere spiegazioni.

"Oh, è molto semplice. Il nonno mi affida le opere che vuole pubblicare per la CNCB. Brochure, saggi, libri d'arte. Di solito, non sono mai romanzi. Non devo leggere tutto quello che arriva, perché il nonno ci tiene a farlo di persona. Io mi occupo essenzialmente dell'impaginazione, del formato, dell'immagine di copertina. Poi ordino le copie al tipografo, e quando le ricevo seguo la distribuzione, spedendo i volumi alle librerie specializzate in paesi baltici, alle associazioni culturali e roba del genere. Capisce?"

Quello che capisco è che Nathalie Vermont non è un vero editore. È una sorta di impiegata, di collaboratrice della CNCB. E inoltre, pare che abbia avuto il posto unicamente per meriti genetici. Sono curioso di approfondire.

"Suo nonno è il signor Alvizaar? È lui che le dà lavoro?"

"Certo. Sa, per fare strada nella vita bisogna saper sfruttare i propri contatti."

Vorrei farle notare che certe persone i contatti li hanno fin dalla nascita e altre no, ma lascio perdere. Dopotutto, non sono qui per sbandierare le mie riflessioni filosofiche da disoccupato inacidito. Torno sulla questione che mi sta a cuore.

"E così, se ho ben capito, è stato suo nonno a leggere la mia traduzione?"

"Be', in teoria sì, ma in pratica no."

Faccio fatica a capire come si possa leggere un libro in teoria e non in pratica, ma non approfondisco l'argomento perché ho l'impressione che la ragazza non lo padroneggi appieno. Così affronto la questione da una prospettiva diversa.

"Sa almeno che non ho scritto io il romanzo? L'ho solo tradotto dal mesmeno, e devo confessarle che sono rimasto molto sorpreso quando mi sono visto attribuire la paternità dell'opera da un cronista di *Télématin*."

"Be', allora non doveva mettere il suo nome sul frontespizio. E dovrebbe ringraziarmi, perché ho rischiato di far stampare anche il suo numero di telefono, che compariva appena sotto. Fortunatamente me ne sono accorta in tempo e l'ho cancellato."

Scoppia a ridere in modo decisamente poco professionale. Faccio un respiro profondo e insisto facendo appello a quel po' di pazienza che mi è rimasta.

"Ma saprà almeno chi ha scritto il libro? Avrà una vaga idea del perché io sia citato sia come autore sia come traduttore?"

Ha un istante di esitazione poi, come una bambina colta sul fatto, si morde il labbro inferiore e mi risponde in tono seccato:

"No, non so chi abbia scritto il libro. E se il suo nome compare due volte è per colpa mia, ma non l'ho fatto apposta. Ad ogni modo, il nonno ha detto che non è un problema".

"Sa almeno chi è Sergeï? Sa qual è il suo ruolo in tutta questa storia? Lui conoscerà senz'altro il nome dell'autore!"

La mia interlocutrice fa una smorfia molto eloquente per dirmi che non sa rispondere alle mie domande, che giudica peraltro assolutamente prive di interesse. Faccio un sospiro rassegnato, per comunicarle che possiamo cambiare argomento.

"Comunque non le ho chiesto di venire qui per parlare di Sergeï o dell'identità dell'autore. Stamattina è successa una cosa incredibile."

Questa ragazza ha una concezione davvero strana del mestiere di editore. Probabilmente non ha mai sentito parlare di deontologia professionale. In fin dei conti, se non se ne preoccupa lei, non vedo perché dovrei farlo io. Torno dunque al tema principale.

"Sta parlando del servizio di *Télématin*?"

"Esatto. A essere sincera, non ho visto la trasmissione, ma alle nove di stamattina il mio cellulare ha iniziato a squillare. Prima di mezzogiorno ero sommersa di richieste: privati, piccole librerie, persino la Fnac voleva il suo libro. Il problema è che ne ho fatte stampare solo cento copie, e non potevo soddisfare tutte le richieste, capisce?"

Rispondo con un sospiro, questa ragazzina che gioca a fare l'imprenditrice è scoraggiante. Gongola, palesemente fiera di sé, e tenta di assumere un tono professionale.

"E in quel momento ho avuto un'idea geniale. Mi sono detta che bisognava assolutamente fare una ristampa, di almeno diecimila copie. Il problema è che noi editori abbiamo dei vincoli finanziari, e per una piccola impresa come la mia una ristampa ha dei costi colossali. Quindi ho chiamato subito il nonno per chiedergli il permesso e i soldi necessari."

Ora non si morde più il labbro, anzi sfodera addirittura un sorriso smagliante.

"Sa, è stata una dura lotta. All'inizio il nonno non voleva sentire ragioni, ho dovuto supplicarlo, minacciarlo di dare le dimissioni e di escluderlo per sempre dalla mia vita. Gli ho anche detto che, se lei avesse deciso di firmare con una grossa casa editrice, avremmo perso tutti i proventi dell'opera.

Alla fine ha accettato. Ma a una condizione: non vuole più sentir parlare di questa storia e quindi devo sbrigarmela da sola. Ecco perché l'ho convocata oggi: vorrei che firmassimo un contratto, signor Lagrange."

Nathalie Vermont smette di parlare e mi guarda profondamente compiaciuta. Forse si aspetta che impazzisca di gioia e la ringrazi, ma la deludo. Di fronte alla mia mancata reazione, si sente quindi in dovere di allungare la lista dei suoi successi.

"E non è tutto! Ho anche contattato il tipografo. In via del tutto eccezionale, può consegnarmi le copie la prossima settimana. Dobbiamo solo organizzare la distribuzione. Non male per una sola giornata di lavoro, no?"

Non so nulla di editoria e non riesco a quantificare la notorietà che può raggiungere un libro stampato in diecimila esemplari. Non vorrei ritrovarmi in una situazione difficile da gestire.

"Si potrebbe cambiare il nome dell'autore, o precisare che il romanzo è anonimo?"

"Non vedo perché fare una scelta simile. Sarebbe una complicazione inutile. Se l'autore rimane lei, riscuoterà i diritti e non correrà alcun rischio, glielo assicuro."

Non avevo ancora pensato all'aspetto finanziario, e sono proprio le prospettive di guadagno a spingermi ad accettare.

"Bene. Ho già preparato tutte le carte."

Con aria soddisfatta, tira fuori un fascicolo dal cassetto e me lo mette sotto il naso. Comincio a leggerlo, ma è lungo e scritto in caratteri minuscoli. Nathalie Vermont inizia a spazientirsi.

"È un contratto standard, l'ho scaricato da Internet. Stabilisce che lei è l'autore del libro e ha diritto al dieci per cento netto del prezzo di copertina su ogni copia venduta. Ho fissato il prezzo a 14,99 euro, può facilmente calcolare la parte che le spetta. Purtroppo, al momento non sono in grado di versarle un anticipo, ma riceverà la somma dovuta entro un anno a partire da oggi. Le sta bene?"

Se venderò tutte le copie del libro, tra un anno intascherò quindicimila euro, che per me è una piccola fortuna. L'idea inizia a piacermi, tanto che potrei arrivare a credere di essere davvero io l'autore. L'unico problema è che, se il romanzo verrà pubblicato su larga scala, vorrei fare le cose per bene e sottoporre la traduzione a un esperto.

"Immagino che qualcuno rileggerà il testo prima della ristampa. Un professionista, intendo. Probabilmente ci sarà qualche refuso da correggere, non crede?"

Ripenso alle battaglie a colpi di cotton fioc, all'oggetto misterioso dai magici poteri, ai particolari geografici e storici che non ho verificato e che meriterebbero un controllo. Ma Nathalie Vermont non sembra dello stesso parere.

"Bisogna battere il ferro finché è caldo, signor Lagrange. Le assicuro che il libro va bene così com'è."

12.

Un mese dopo

Finalmente gli esperti hanno espresso un primo verdetto sulle terre rare della Mesmenia. Sono unanimi nel ritenere che i giacimenti scoperti siano tra i più ricchi al mondo, almeno quanto quelli di Bayan Obo, in Cina. Non solo i minerali contengono uno spettro molto ampio di metalli – quasi tutti quelli appartenenti alla famiglia dei lantanidi, come il terbio e il neodimio –, ma alcuni hanno una concentrazione mai osservata fino a oggi. Risolto il problema della densità, gli scienziati stanno valutando la quantità di metalli che sarà possibile estrarre. Senza attendere il risultato, il presidente mesmeno Androv Zornoïff ha deciso di aprire le miniere e di iniziare a sfruttarle, provvedimento che sta già provocando i primi disordini.

Improvvisamente, un sacco di gente ha iniziato ad accampare diritti su questi terreni. Gli eredi dell'antica aristocrazia fondiaria moscovita hanno impugnato i contratti di proprietà stipulati prima della Rivoluzione d'ottobre. I discendenti dei contadini che lavoravano quei campi nel periodo comunista, producendo solo qualche manciata di cavoli e barbabietole, hanno reclamato i loro benefici. I ribelli che hanno liberato il paese dall'invasore russo sono pronti a imbracciare le armi per avere la loro fetta di torta. Ci manca solo che qualche ubriacone che ha smaltito la sbornia da quelle parti chieda un piccolo rimborso per aver contribuito a fertilizzare il terreno.

In Europa e nel resto del pianeta si discute di ambiente. Gli ecologisti di tutto il mondo, dal Canada all'Australia, dall'Inghilterra alla Germania, alzano la testa per manifestare contro lo sfruttamento dei giacimenti. Credevo che per questa gente la scoperta di metalli utili alla produzione di energie rinnovabili fosse una benedizione, ma la faccenda non è così semplice: l'estrazione implica l'utilizzo di solventi estremamente inquinanti che gli ambientalisti non vedono di buon occhio.

Se in Mesmenia c'è qualche ecologista, per ora non si è ribellato, dal momento che non se ne sente parlare nonostante non manchino i reportage sul paese. Per la prima volta, vedo in televisione le immagini di Govnia, la capitale mesmena. La città è molto meno povera di quanto avessi immaginato ascoltando le descrizioni di Mali. Mi colpisce in particolare il palazzo presidenziale. Potrebbe tranquillamente figurare su un dépliant turistico. Il resto del paese, invece, è desolante. Le case sembrano baracche costruite secoli fa, le strade non sono asfaltate e non c'è traccia di veicoli a motore. Seguo attentamente i servizi, in particolare quelli sulla popolazione locale. So che è folle, ma mi dico che se per caso un giornalista si imbattesse nel bel visetto di Mali non potrebbe fare a meno di intervistarla e non vorrei perdermelo per niente al mondo.

Come sempre, quando la notizia è succosa, i media cercano di spremerla fino all'ultima goccia e ne parlano tutti i giorni. Stamattina tiene banco una grande manifestazione internazionale: in diverse città del mondo, gli ecologisti hanno preso d'assalto i principali edifici pubblici, appendendo striscioni con slogan anti-Mesmenia. I giornalisti concordano nel definirlo un passo avanti nella lotta contro lo sfruttamento delle miniere di terre rare.

Non dovrei lamentarmi di tutto questo fermento. Il libro che mi è stato erroneamente attribuito sta andando a ruba. La settimana scorsa sono passato di nuovo alla Fnac e l'ho visto in vetrina, con una fascetta che lo indicava come la scelta del libraio. Ho guardato la fascetta e ho provato un moto d'orgoglio, immediatamente seguito da una punta d'imbarazzo. Avrei voluto urlare che ero io il traduttore dell'opera, ma se l'avessi fatto sono certo che qualche cretino mi avrebbe chiesto perché l'avessi scritto prima in mesmeno. Per prudenza, non ho detto nulla. E non ho battuto ciglio nemmeno ieri pomeriggio, quando ho visto una donna di una certa età che lo leggeva in metropolitana.

In compenso, le recensioni negative sulle riviste specializzate o sulla pagina della cultura non mi toccano affatto. Le leggo con distacco, senza sentirmi preso di mira, e quasi mi diverto quando mi imbatto in un articolo che stronca l'opera con argomenti al vetriolo, come quello apparso oggi sull'"Express":

"La vita rurale in Mesmenia" – Possiamo solo rammaricarci per la comparsa di questo oggetto volante non identificato nella galassia letteraria. Questo libro scritto male è al contempo insipido e sconclusionato, comico e drammatico, e non si riesce a capire quale fosse la reale intenzione dell'autore. Autore doppiamente colpevole perché, a detta dell'editore, avrebbe commesso il crimine prima in mesmeno, poi in francese. Da evitare assolutamente, anche per l'ambientazione, anche se volessimo farci un'idea di come fosse un tempo la Mesmenia.

Mia madre ha finalmente accettato l'idea che sia io il Thomas Lagrange del libro e mi telefona ogni volta che lo vede in vetrina o legge un articolo che mi riguarda. In altre parole, mi chiama tutti i giorni. Anche se non lo dice, credo sia fiera di me. Lo sento dal modo in cui gongola quando mi racconta dei vicini di casa invidiosi. Al termine di ogni telefonata, però, non riesce a fare a meno di ricordarmi che il successo non durerà e che farei meglio a trovarmi un lavoro vero.

Sandrine è un altro paio di maniche. Non ha nemmeno letto il libro, nonostante sia rimasto per giorni sul tavolino in soggiorno. Ha palesemente deciso di ignorare la mia nuova vita mediatica, come se bastasse passarla sotto silenzio per sminuirla. La vedo nervosa, sempre sul chi va là. Non so più come comportarmi. Quando faccio un passo verso di lei, parlando per esempio di quanto potrei guadagnare tra qualche mese, si chiude a riccio e io resto lì come un cretino, con le mie speranze e le mie angosce. Di conseguenza, mi chiudo anch'io e così passiamo intere giornate a parlare solo di banalità. A letto faccio solo il minimo sindacale e ho smesso di cucinarle i piattini dietetici che le piacciono tanto. Così ha ricominciato a ingozzarsi di pizza e cioccolato, lanciandomi sguardi di sfida. I risultati della nuova dieta non si sono fatti attendere: sta ingrassando a vista d'occhio e ha ripreso a vestirsi come un sacco di patate, con maglioni larghi e gonne informi.

Ed è quello che sta facendo in questo preciso istante. Sono ancora a letto, mezzo addormentato, e la vedo con la coda dell'occhio che cerca di infilarsi jeans e gonne senza riuscire a chiudere la lampo. Con un gesto di stizza, li butta per terra e passa all'abito successivo, in cui spera di far entrare le sue rotondità.

Rido senza pietà e dichiaro:

"Io non porterò a casa lo stipendio, ma a te converrà portarne a casa due se hai intenzione di cambiare guardaroba ogni tre mesi".

Si volta come se le avessi lanciato una freccetta nel sedere. Mi fissa per qualche secondo senza dire una parola, e improvvisamente mi sento un serpente malefico che si è infilato per sbaglio nel suo letto. Esce dalla camera in silenzio, ma mentre chiude la porta faccio in tempo a vedere l'espressione triste del suo viso.

Resto a letto, incapace di muovermi, schiacciato dal senso di colpa. Perché sono colpevole, tre volte colpevole, mille volte colpevole, ed è questo il mio problema. Posso dire o fare quel che mi pare, ma la realtà è questa: Sandrine ha un atteggiamento irreprensibile nei miei confronti. Mi ha sostenuto quando ho dato le dimissioni, ha accettato che perdessi tre settimane su una traduzione del cavolo, e adesso paga l'affitto, fa il bucato e prepara da mangiare senza farmi pesare nulla. Dove la trovo una donna così? Sono sincero: sono quattro anni che conviviamo, e non rimpiango nemmeno un giorno della nostra vita insieme. Il problema è il suo eterno bisogno di gratitudine: per tutto, da tutti, sempre. Ha talmente bisogno del riconoscimento altrui che la sua intera esistenza è diventata un gigantesco sacrificio. Non perde occasione di dimostrarmi la sua abnegazione: mi lascia il posto vicino all'oblò in aereo e la coscia quando mangiamo il pollo, mi fa scegliere il film quando andiamo al cinema e non brontola se vado allo stadio o a giocare a biliardo con gli amici. In una parola, è perfetta.

Solo che, a lungo andare, trabocco di riconoscenza, sprizzo riconoscenza da tutti i pori, rischio l'overdose. E come in tutte le overdose, gli effetti sono devastanti. Quando non ne posso davvero più, divento aggressivo, mi concedo cinque minuti di cattiveria allo stato puro e poi, inevitabilmente, sono divorato dal rimorso e dal senso di colpa, proprio come accade stamattina.

Alla fine trovo la forza di alzarmi. Per farmi perdonare, almeno in parte, decido di andare a comprarle un maglioncino di cachemire color rosa antico, che ho visto in vetrina la settimana scorsa. So che adora la morbidezza del cachemire e il colore le starà d'incanto. È certamente una spesa folle, ma credo di doverle delle scuse.

Soprattutto perché Sandrine ha accettato ancora una volta di farmi un enorme favore. Stasera, alla Maison de la Radio, c'è la registrazione del programma di France Inter, *La Masque et la Plume*. Mi ha telefonato Nathalie Vermont, eccitatissima, per avvisarmi che i cronisti avrebbero parlato del libro. Non appena l'ho saputo, mi è venuta una gran voglia di partecipare in incognito alla registrazione. Ma non mi sembrava il caso di andarci da solo. Così ne ho parlato a Sandrine che, malvolentieri, ha accettato di accompagnarmi. È stata così gentile da telefonare a Richard, invitando anche lui e Charlotte. Come da copione, la simpatica trader ha declinato l'invito e andremo in tre. Sempre che Richard non abbia cambiato idea o non abbia dimenticato il giorno e l'ora dell'appuntamento, cosa del tutto plausibile. Ho troppo bisogno del suo sostegno per lasciare che sia il caso a decidere della sua presenza, così lo chiamo per avere conferma.

"Mmmm... Pronto, Thomas?"

Sono le 11.54. Forse l'ho svegliato o forse inizia a bere di buon mattino, ad ogni modo ha la bocca impastata.

"Sì, ciao. Tutto bene?"

"Tutto bene, e tu?"

"Ti chiamavo per stasera. Sei sempre intenzionato a venire?"

"La trasmissione alla radio? Sì, come prevede la mia agenda fitta di impegni. Ma non hai paura che qualcuno possa riconoscerti?"

"No. Non posto mai le mie foto sui social, non corro alcun rischio. Ci vediamo alle 19.15 davanti alla Maison de la Radio?"

"Ok. A stasera."

"A stasera."

Riagganciamo contemporaneamente. Come me, anche Richard sta attraversando un brutto periodo. L'articolo che ha scritto sulla vita di Charlotte è stato pubblicato come sperava, ma non ha avuto alcuna risonanza. Affrontando un tema caldo, pensava di fare un primo passo verso la celebrità, pensava che i caporedattori l'avrebbero chiamato per commissionargli altri pezzi. Non è andata così e ci è rimasto male, con l'aggravante che adesso dovrà seguire Charlotte a Londra. Ho anche l'impressione che ce l'abbia con me, perché il mio libro ha riscosso un successo immediato mentre lui è costretto a lavorare come un mulo per farsi un nome nel mondo del giornalismo. Ma non ho voglia di affrontare l'argomento, non ammetterebbe mai di essere invidioso. Penso che gli passerà.

Sandrine mi ha chiamato per avvertirmi che sarebbe tornata a casa a cambiarsi, aveva paura di prendere freddo se la trasmissione fosse finita tardi. Non ha fatto alcun accenno alle cattiverie che le ho detto stamattina, ma ho capito dalla voce che era triste e stanca. Così mi sono precipitato a comprarle il dono di riconciliazione, e quando ha aperto la porta di casa mi ha trovato in corridoio che la aspettavo con il regalo in mano.

"Sorpresa!"

Guardandomi con espressione più stupita che felice, esclama un "Oh!". Non allunga la mano per prendere il pacchetto, ma almeno l'effetto sorpresa è riuscito.

"Be', cosa aspetti? Aprilo!"

Prende il regalo, si siede sul divano, lo scarta e vede il maglione che ho scelto con tanta cura.

"È magnifico, ma non avresti dovuto."

Sono le parole che mi aspettavo, ma c'è qualcosa che non va. Non ha usato il tono giusto e non le si accende alcuna scintilla negli occhi, segno che davvero non avrei dovuto comprarlo, questo maledetto maglione. Naturalmente, ha ragione. I nostri problemi attuali non si risolvono certo con un regalo. Lascia il maglione sul divano e va in camera da letto a cambiarsi. Per quanto possa capire il suo comportamento, il suo rifiuto mi mette di cattivo umore.

Arriviamo alla Maison de la Radio con dieci minuti di ritardo. Richard è lì che aspetta, con i biglietti in mano. Ci spiega che lo spettacolo è gratuito, ma siccome i posti sono pochi hanno distribuito delle contromarche. Lungo il tragitto ho tenuto per mano Sandrine, e la sentivo rigida come un bambino capriccioso che non vuole andare a scuola. L'ho costretta ad affrettare il passo, per questo ora ha il fiatone ed è un po' imbronciata. Si rasserena solo quando vede Richard, che le dà un bacio sulla guancia e mi stringe la mano. Mi accorgo che ha il volto teso, ma non faccio commenti. Raggiungiamo la fila che ha iniziato a scorrere.

"Sei sicuro che nessuno ti riconoscerà?"

"Ti ho già detto che nessuno mi ha mai visto in faccia. Sono qui in incognito, a meno che tu non voglia fare il coglione rivelando a tutti la mia identità."

Non avrei dovuto dargli questo suggerimento, perché inizia subito a mettersi in mostra dicendo a voce alta: "Ma sei Thomas Lagrange, il celebre scrittore mesmeno…".

Qualcuno si volta, stupito e incredulo. Gli do una gomitata nelle costole perché la smetta di dire stupidate e Sandrine scoppia a ridere, come se avesse fatto la battuta del secolo. La loro complicità mi innervosisce.

Senza aggiungere una parola, entriamo nello studio di registrazione 105 e troviamo posto in sesta fila. Una posizione intermedia, né troppo lontano né troppo vicino ai critici. Così non avrò l'impressione che si rivolgano direttamente a me ma potrò osservare le loro reazioni.

Prima che cominci lo spettacolo, il conduttore Jérôme Garcin ci spiega come funziona il programma. È diviso in due parti, una dedicata ai libri, l'altra al cinema. La parte sui libri sarà trasmessa su France Inter domenica prossima, quella sul cinema la domenica successiva. Dopo questa breve introduzione, salgono sul palco i critici letterari. Su quattro, non ne conosco nessuno. A mano a mano che entrano in scena, Richard mi sussurra all'orecchio i loro nomi: Olivia de Lamberterie, Arnaud Viviant, Anne Delplanque e Jean-Louis Ezine. Parte la sigla e la voce suadente di Jérôme Garcin annuncia che *La Masque et la Plume* sta per cominciare. Iniziano a leggere e commentare i messaggi dei radioascoltatori sulla puntata precedente, il clima è allegro e spiritoso. Non riesco a concentrarmi abbastanza per seguire la conversazione. Il tizio seduto davanti a noi ha in mano il programma della serata. Lo sbircio e scopro che il mio libro sarà il terzo a finire sulla graticola. Solo ora mi rendo conto che tra poco lo analizzeranno, lo sezioneranno, lo maltratteranno, lo faranno a pezzi. Per la prima volta, mi sento responsabile dell'opera e non mi va che la demoliscano in pubblico. Non importa che nessuno sappia chi sono, a parte Sandrine e Richard, è una questione personale tra me, il libro e i critici. Vorrei tapparmi le orecchie, uscire dallo studio, tornare indietro nel tempo e non aver tradotto quel maledetto libro. Troppo tardi. In men che non si dica, arriva il mio turno. Jérôme Garcin scopre subito le carte.

"E ora affronteremo un tema sulla bocca di tutti: la Mesmenia. Noi però non parleremo di terre rare, ma di una simpatica nonnina che vive una curiosa storia d'amore con un soldato russo di trent'anni più giovane di lei. Bene, chi vuole cominciare?"

Silenzio. Gli ospiti si lanciano occhiate beffarde. Le risatine tra il pubblico preludono al massacro. Olivia de Lamberterie prende la parola.

"Ebbene, non ci crederete, ma a me il romanzo è piaciuto molto. Non so perché, forse perché mi aspettavo il peggio, ma trovo che abbia delle qualità."

"Ah! Sono impaziente di sapere quali, perché anche cercando bene, leggendo e rileggendo l'ho trovato assolutamente privo di interesse."

"Be', innanzitutto è breve..."

Risate generali. Sprofondo nella poltrona.

"Ma non è solo questo. Sono d'accordo con Arnaud, è scritto con i piedi, ho avuto l'impressione che né l'autore, né il traduttore – che tra parentesi sono la stessa persona –, né l'editore abbiano rivisto il testo. Raramente mi è capitato di imbattermi in un simile concentrato di incongruenze, ed è indubbiamente pieno di altri difetti che lascerò commentare ad Arnaud e Jean-Louis. Nonostante tutto, credo che abbia un certo fascino. Questa donna anziana che rincorre l'amore della sua vita per tutta la Mesmenia, come un'adolescente appena uscita dal guscio, con l'aiuto di un'amica vecchia e ingenua quanto lei... be', l'ho trovato commovente. Sì, non mi vergogno a dirlo, mi sono commossa."

Gli altri critici sul palco sono piegati in due dalle risate, il pubblico è in estasi. Do un'occhiata ai miei accompagnatori. Richard sghignazza insieme al resto della combriccola, mentre Sandrine abbozza un sorriso benevolo.

"Mi piacerebbe sapere cosa si sia fumata Olivia prima di leggere il libro, perché dev'essere roba buona [risate del pubblico]. In verità, raramente mi è capitato di leggere un romanzo tanto brutto. Si capisce lontano un miglio che l'autore – questo Thomas Lagrange sbucato dal nulla – ha voluto sfruttare la popolarità della Mesmenia, dando alle stampe questo oggetto letterariamente rivoltante. E la cosa peggiore è che ha funzionato, e infatti ne stiamo parlando. E a questo proposito, Jérôme, sappi che non ti farò certo i complimenti per la scelta. Ho addirittura il sospetto che si tratti della trovata pubblicitaria di qualche importante casa editrice, e che presto spunterà una rivelazione che solleverà un gran polverone."

"Cosa vorresti dire? Stai forse insinuando che Thomas Lagrange non esista? E allora chi avrebbe scritto il libro? Credi che possa trattarsi di un noto scrittore che si nasconde dietro uno pseudonimo?"

"È un'ipotesi. Del resto, il fatto che autore e traduttore siano la stessa persona è già abbastanza sospetto."

"Non ne capisco il motivo. Chi potrebbe giocare così sporco?"

"Non saprei... Houellebecq, o Patrick Sébastien. Non sarebbe certo la prima volta."

"Ti faccio notare, caro mio, che il libro è uscito prima della scoperta dei giacimenti di terre rare. All'epoca l'interesse per la Mesmenia era pari a quello per la pesca dei buccini nel Mar Nero durante la stagione dei molluschi. E se Houellebecq o Sébastien o qualunque altro provocatore fossero riusciti a prevedere il successo di un libro del genere, avrebbero il dono della preveggenza."

"Bene. Credo che per stasera non riusciremo a far cambiare idea a Olivia. Anne, non abbiamo ancora sentito il tuo parere. Anche tu sei vittima del fascino del misterioso Thomas Lagrange?"

"Ti dirò, fatico ad ammetterlo [altre risate del pubblico], ma sono sostanzialmente d'accordo con Olivia. È un libro, come dire... diverso. Smettila di sghignazzare, Arnaud, voglio leggerti un brano. Pagina 57.

"Stretti l'uno all'altra, i due amanti assaporavano in silenzio il piacere di rivedersi. Maria si stringeva sempre più forte a

Chlobak, dondolandosi lentamente. L'uomo gemette di desiderio e le sue mani, come due folletti impazziti, iniziarono una danza indemoniata sui glutei di Maria. La donna notò un capistniou *che spuntava da terra. Ma toh, disse tra sé e sé, sta arrivando la primavera. In effetti, al suo villaggio, si usava festeggiare l'arrivo della bella stagione il giorno in cui il primo* capistniou *verde faceva capolino dal terreno ancora gelato. Allora, ogni famiglia preparava uno dei diciassette piatti tradizionali di questa zona della Mesmenia e la sera, nella sala comunale, tutti gli abitanti del villaggio condividevano il pasto primaverile in un'atmosfera allegra e gioviale. Ripensando a quella scena, Maria provò una punta di nostalgia. Si rimise subito a sedere, sistemandosi il corsetto che Chlobak le aveva stropicciato durante le loro effusioni."*

Non so se sia colpa del tono con cui l'ospite ha letto il brano, ma tutti stanno ridendo. Quando penso agli sforzi che ho fatto per tradurre quel paragrafo, mi sento vagamente offeso. Per esempio, ho cercato su Internet cosa fosse un *capistniou* e ho scoperto che è una sorta di grosso cavolo molto brutto. A differenza delle altre varietà, quella mesmena produce dei semini molto apprezzati dagli abitanti di quelle terre. Sono certo che questa Anne Delplanque non sappia nemmeno cosa sia un *capistniou*, ma ciò non le impedisce di continuare a blaterare dal palco, incurante dell'ilarità generale che ha provocato.

"E potrei leggervi decine di pagine simili a questa. E allora dico… complimenti! In un'epoca in cui il sesso è dappertutto, in cui qualunque scribacchino può fare successo inanellando un'oscenità via l'altra, ben venga uno scrittore che ha il coraggio di inserire qualche riga bucolica in mezzo a una scena che sarebbe stata di una banalità impressionante. Ebbene sì, provo molta tenerezza nei confronti di questo Thomas Lagrange e gli lancio un accorato appello: Thomas

Lagrange, se mi sente, continui a scrivere, la supplico! E se un giorno le verrà voglia di venire con me a veder spuntare i *capistniou*, non abbia timore di lasciare i suoi recapiti al qui presente Jérôme: me li comunicherà."

Anne Delplanque attende che il pubblico smetta di fischiare e rumoreggiare, poi riprende:

"Tornando a cose più serie, mi piace molto l'idea di descrivere i sentimenti di una donna di una certa età. Sono d'accordo, il libro è goffo, pieno di errori di ortografia e sintassi, e probabilmente non sarebbe dovuto uscire in questa veste ancora incompiuta, ma nel complesso provo una certa simpatia per questo romanzo e per il suo autore".

"Bene, credo che i nostri radioascoltatori abbiano capito che questo viaggio in Mesmenia ha trovato più sostenitori tra le donne che tra gli uomini. E ora tuffiamoci nell'universo del poliziesco con il nuovissimo romanzo di..."

Ho le orecchie in fiamme, e probabilmente di un rosso fluorescente, ma almeno sono sopravvissuto all'esame. Un rapido sguardo a Sandrine e Richard mi dice che stanno già ascoltando le critiche sul libro successivo, cosa che non sono assolutamente in grado di fare.

13.

Tre giorni dopo

Il mio libro è su tutti i media. Non c'è rivista, trasmissione letteraria o talk show che non ne parli. Dicono tutto e il contrario di tutto. Alcuni lo trovano patetico, emblematico della povertà culturale in cui versa la nazione. Altri lo giudicano brillante, poetico, originale, e si dicono piacevolmente sorpresi di vedere un uomo capace di affrontare con tanto pudore un tema delicato come la sessualità femminile nella terza età. C'è persino un simpaticone che l'ha definito "concettuale", sostenendo che gli errori di ortografia e sintassi sono intenzionali, volti a violare l'ultimo tabù della lingua francese, e che il presunto autore-traduttore di questo capolavoro avanguardista è senz'altro un genio.

L'effetto è stato immediato. Nel giro di tre giorni, ho visto due persone intente a leggere il romanzo in metropolitana. Due donne di una certa età – circostanza che conferma la tesi di Jérôme Garcin secondo cui avrei un pubblico prevalentemente femminile. A un certo punto, ho addirittura avuto l'impressione che una delle signore mi strizzasse l'occhio. Mi sono sentito in imbarazzo, poi mi sono ricreduto. Come avrebbe fatto a riconoscermi? La mia foto non è apparsa da nessuna parte. No, probabilmente la donna non mi ha fatto l'occhiolino, avrà avuto un granello di polvere sotto la palpebra, un tic nervoso o qualcosa del genere.

Sono soddisfatto del mio successo, ma c'è qualcuno che lo è ancora di più: Nathalie Vermont. Mi ha chiamato poco fa, sovreccitata.

"Pronto, Thomas?"

Da quando le vendite sono salite alle stelle, ha iniziato a darmi del tu e a chiamarmi per nome. Cerco come posso di fare lo stesso, ma non sono mai riuscito a dare del tu con facilità alle persone che non conosco.

"Sì, Nathalie?"

"Ho un'ottima notizia per te. La ristampa è già praticamente esaurita."

"Ed è una bella notizia?"

"Certo! Vuol dire che ne faremo un'altra. Ti ricordi quando ho detto che bisogna battere il ferro finché è caldo? Il nonno mi ha autorizzato a ristamparne ventimila copie! Fantastico, no?"

"Sei sicura di venderle? Ci vogliono un sacco di soldi, e se poi le copie ti restano in magazzino?"

"Non preoccuparti. Con il battage pubblicitario attorno al libro e con quello che sta succedendo in Mesmenia, andranno via come il pane. È matematico."

Non sono affatto certo che la matematica abbia un qualche ruolo nelle vendite del romanzo, ma non ho fatto commenti. Avevo un'altra idea in testa, a mio avviso molto più interessante.

"E dimmi, se il libro dovesse continuare ad andare bene, potrei avere un piccolo anticipo?"

L'entusiasmo iniziale si è smorzato all'istante.

"Ma certo. Solo che devo prima chiedere al nonno. Sai, è ancora molto arrabbiato con te e il tuo amico Sergeï, e poi forse vorrà investire i primi guadagni nella nuova ristampa. Quanto vorresti?"

Ero così sicuro che rifiutasse che non mi ero nemmeno posto la domanda.

"Che ne dici di cinquemila euro?"

"Tremila, va bene?"

Non avevo alcuna voglia di contrattare, così ho accettato subito. Era meglio di niente. Ho deciso di passare a riscuotere nel pomeriggio.

Dopo aver riagganciato, ho ripensato alle parole di quell'oca di Nathalie a proposito della risonanza mediatica dei fatti accaduti in Mesmenia e delle ripercussioni sulle vendite del libro.

Sotto la spinta dei movimenti ecologisti, l'Europa ha chiesto al governo mesmeno di sospendere l'attività delle miniere e di continuare le ricerche. Pare che l'ampio spettro di metalli rari presente in quei terreni e la loro densità non bastino a giustificare l'estrazione. I giornali che approfondiscono l'argomento spiegano che è una questione di quantità. Per esempio, nel giacimento cinese di Bayan Obo, le riserve di ossidi di terre rare sono stimate attorno ai quarantotto milioni di tonnellate. Questa cifra basterebbe da sola a legittimare l'inquinamento generato dall'estrazione. Ma il giacimento di Vlaskinsky in Mesmenia potrebbe fruttare cinquanta volte meno di quello cinese. Se queste stime fossero confermate, il rapporto fra i danni ambientali prodotti dai solventi e i vantaggi che ne deriverebbero non giustificherebbe lo sfruttamento del giacimento. In questo caso, l'Europa imporrebbe un veto.

Il governo mesmeno, nella persona del presidente Androv Zornoïff, protesta, implora e minaccia persino di lasciare l'Unione Europea se continuasse a opporsi. Secondo lui, i giacimenti rappresentano un'occasione unica per la Mesmenia, quella di uscire dall'anonimato e dal ristagno economico in cui versa da quando è stata creata. È dunque pronto a tutto pur di avviare i cantieri, e la Russia sembra appoggiare la sua decisione. Sono giorni che i telegiornali aprono con la notizia del braccio di ferro tra Europa e Russia.

In Mesmenia, la popolazione urbana, che finora non si era fatta sentire, ha iniziato a mobilitarsi. La maggioranza sostiene la politica governativa e non perde occasione di manifestarlo davanti alle telecamere delle televisioni straniere. Gli oppositori, poche centinaia in tutto, si stanno organizzando per creare un movimento ambientalista. Hanno come capo un certo Piotr Toulkoff, discendente da una ricca famiglia mesmena, una di quelle che reclamano la proprietà dei terreni in cui si trovano i metalli rari. Su tutti i giornali campeggia la sua bella faccia da divo americano anni cinquanta, con i capelli biondi, gli occhi violacei e la mascella volitiva.

Sono ossessionato da tutti questi eventi. Li seguo di ora in ora, come se la mia vita dipendesse dalle sorti della Mesmenia. Quando vedo le immagini di una manifestazione, scruto i volti che spuntano dalla folla sperando di riconoscere quello di Mali. So che non dovrei farlo, so che questa fissazione non mi porterà da nessuna parte. Ma ho bisogno di un diversivo, di un passatempo che mi faccia dimenticare il mio stato di disoccupato e la mia incapacità di uscire dal vicolo cieco in cui mi ritrovo.

Sandrine continua a ignorare la mia popolarità. Ogni volta che affronto l'argomento, si volta dall'altra parte e cambia discorso. Comincio a pensare che sia invidiosa del mio successo, o che sia talmente meschina da non rallegrarsene semplicemente perché non vi ha avuto alcun ruolo. Continua invece a spulciare tra le offerte di lavoro, con un'ostinazione che mi esaspera. Ogni volta che legge un annuncio per un posto da magazziniere, cameriere o commesso, me lo sbatte sotto il naso come se avesse trovato il Sacro Graal, la soluzione a tutti i nostri problemi. Non capisco nemmeno come possa pensare che mi rassegni a fare lavoretti del genere, dopo il successo mediatico che ho avuto.

Non più tardi di ieri sera, ha dimostrato per l'ennesima volta di avere vedute incredibilmente ristrette. Eravamo sul divano a guardare un film idiota quando mi ha chiesto se poteva cambiare canale. Non avevo niente in contrario e non sospettavo nulla. Così ha fatto un po' di zapping per farmi credere che la scelta fosse casuale, poi, come niente fosse, si è fermata su un talk show. All'inizio non capivo, ma dopo dieci minuti ho cominciato a vederci chiaro. Gli ospiti erano ex vincitori di *Star Academy*: una ragazza che sosteneva di aver cantato un brano di successo quando era bambina, un tizio che aveva scritto un bestseller vent'anni prima ma che poi non era riuscito a sfondare. Avevano tutti una storia squallida da raccontare, chi si era dato all'alcol e alla droga, chi era caduto in depressione, chi si era indebitato fino al collo, e tutto solo per essersi lasciato incantare dalle ingannevoli sirene della celebrità. Immagino che Sandrine sperasse di intavolare una discussione "seria e ragionevole" sull'argomento. Della serie "anche tu potresti essere fra gli ospiti di una trasmissione del genere tra quindici anni, se non troverai un lavoro stabile nelle prossime ore". Ma non ci sono cascato: non ho detto niente e sono andato a letto. Più tardi, quando mi ha raggiunto in camera, ha allungato la mano verso di me ma le ho voltato la schiena fingendo di dormire.

Sono appena entrato in casa, dopo aver recuperato l'assegno da tremila euro. Non riesco a smettere di pensare alla conversazione telefonica a cui ho assistito nello studio di Nathalie. Stavo per salutarla quando è squillato il telefono.

"Pronto? Oh, nonnino, stavo giusto per chiamarti."

Era Alvizaar. Incuriosito, mi sono fermato accanto alla porta. Nathalie, tutta presa dalla conversazione, non faceva caso a me. Immobile, ascoltavo le sue risposte cercando di immaginare le domande all'altro capo del filo.

"Sì, sì, ho ricevuto il manoscritto."

"..."

"Lo spedisco subito in tipografia. Mille copie, come si era detto."

"..."

"Be', non male come risarcimento, spero che apprezzi lo sforzo che stai facendo per lui."

"..."

"Sì, sono qui in ufficio con lui. Glielo ricorderò, d'accordo. Un bacio, nonnino."

Ha riagganciato tutta sorridente. Mi ha detto che era il nonno – come avevo intuito. Aveva deciso di pubblicare un altro libro sulla Mesmenia, una specie di saggio sull'artigianato locale. Senza scomporsi, mi ha informato che non avrei ricevuto altri assegni prima della scadenza prevista dal contratto, indipendentemente dal volume delle vendite. Stavo per ribellarmi a questo furto legalizzato, che priva l'autore di soldi che gli spettano di diritto, quando mi sono ricordato di non essere io l'autore del libro e ho preferito sorvolare sull'argomento. Al pensiero che il vero scrittore potesse farsi vivo, mi si è stretto lo stomaco. Cosa sarebbe successo? Avrei dovuto giustificarmi per l'ennesima volta? Mi avrebbe denunciato pubblicamente per plagio? O peggio ancora, avrei dovuto restituire l'anticipo ricevuto? Ho preferito non pensarci, e me la sono svignata senza pretendere altri soldi.

Uscendo per andare alla ELL'M, ho dimenticato il cellulare a casa. Mi accorgo di aver ricevuto almeno quindici telefonate. Sono tutte di Richard, che mi ha lasciato più volte lo stesso messaggio: "Thomas, chiamami non appena ascolti la segreteria, ho avuto un'idea geniale di cui vorrei parlarti. Ti piacerà un sacco, amico". Nell'ultimo messaggio, si spazientisce: "Ma insomma, si può sapere cosa cazzo stai facendo? Passa direttamente da me non appena senti il messaggio. Se non ti parlo entro stasera, esplodo".

Lo richiamo. Una, due, tre volte. Adesso è lui a non rispondere. Sono quasi le sette e Sandrine sta per tornare dal lavoro. Non ho particolarmente voglia di vederla stasera, e muoio dalla curiosità di sapere quale sia l'idea geniale di cui parlava Richard. Forse ha scoperto chi è il vero autore del libro, cosa che vorrei tanto sapere anch'io. O forse è riuscito a rintracciare Sergeï e ha delle rivelazioni da farmi su di lui. Dopo un attimo di esitazione, decido di lasciare un biglietto sul frigo per Sandrine e corro a casa di Richard.

Abitiamo entrambi lungo la linea 6 del metrò. Lui alla fermata La Motte-Picquet-Grenelle, io a Place d'Italie. È comodo. Mi è sempre piaciuta questa linea che entra ed esce dal sottosuolo, sembra di essere sulle montagne russe e di avere in premio la vista sulla Torre Eiffel. Sarà stupido e infantile, ma la adoro. Alla fermata Saint-Jacques, sento il cellulare che vibra in tasca. Lo estraggo con gesto febbrile, sperando di veder comparire il numero di Richard. È Sandrine. Non rispondo e mi rimetto in tasca il cellulare. Se solo mi lasciasse un po' in pace, sono certo che tra noi le cose andrebbero meglio. Ci vogliono circa venti minuti per raggiungere La Motte ma, nonostante i posti liberi, resto in piedi aggrappato alla sbarra. Quando si aprono le porte, mi precipito in strada e corro fino a casa di Richard. Spero almeno che abbia fatto lo sforzo di aspettarmi, visto che mi sono sorbito tutto il tragitto.

Mi attacco disperatamente al citofono, e dopo mezzo minuto sento la voce irritata di Richard. Non ha lo stesso tono che aveva al telefono.

"Chi è?"

"Sono io. Apri."

Il portone emette un ronzio. Lo spingo e salgo fino al terzo piano alla velocità della luce. Richard ha già socchiuso la porta dell'appartamento e avverto da subito una strana tensione. Sento delle voci provenire dal soggiorno, e improvvisamente ho la sensazione di essere di troppo.

"C'è qualcuno?"

"Sì. Vieni, siamo qui."

Entro nel salotto di design, arredato con cura da Charlotte. Divano di pelle bianca, mobili in vetro e acciaio, maschere africane alle pareti. Niente a che vedere con il nostro trilocale ammobiliato Ikea. Richard è seduto sul divano, polpaccio sinistro sul ginocchio destro e mano sinistra sul ginocchio sinistro; Charlotte è in piedi accanto al tavolo. Quando entro, si voltano entrambi verso di me e smettono di parlare. Ho la netta sensazione di aver interrotto qualcosa. Per qualche secondo cala il silenzio, poi con una vitalità che quasi mi spaventa, Charlotte passa all'azione: sbuffa come un vecchio bollitore per esprimere tutta la sua esasperazione, quindi attraversa la stanza a grandi falcate urtandomi nel passare. La sento brontolare accanto all'appendiabiti dell'ingresso, poi la porta sbatte e torna il silenzio. Sono pietrificato.

"Cos'ha? Cosa le ho fatto?"

"Niente. Tu non c'entri nulla. Non ti preoccupare, le passerà."

"Sì, ma insomma..."

"Lascia perdere, ti dico. Hai ricevuto i miei messaggi?"

"Sì, per questo sono venuto. Avete litigato per colpa mia?"

"No, tu non c'entri."

Con uno sforzo, si alza dal divano.

"Bevi qualcosa?"

Senza attendere la risposta, si dirige verso la credenza e prepara due whisky doppi. Resta a guardare il bicchiere per un attimo, poi solleva lo sguardo e dichiara:

"Voglio scrivere un articolo su di te".

"Cosa vuoi fare?"

"Scrivere un articolo su di te. Chi sei, da dove vieni, perché hai tradotto quel libro, com'è finito nelle tue mani. Non un articolo all'acqua di rose, un pezzo serio, lusinghiero, in cui spiego che sei un erudito, che conosci i paesi dell'Est in generale e la cultura slava in particolare, che hai interrotto gli studi in seguito a una delusione d'amore e che sei riuscito a rinascere dalle tue ceneri. La stessa cosa che ho fatto con Charlotte, capisci?"

Mentre si fa fuori il whisky in un sorso solo e va a fare rifornimento, rifletto sulla sua proposta. Non voglio che il mio nome e la mia storia vengano sbattuti in prima pagina. Cosa succederebbe se il vero autore del libro venisse a conoscenza dell'articolo di Richard? Forse penserebbe che abbiamo superato il limite. E se mi denunciasse? O se contrattaccasse su un altro giornale facendoci cadere nel ridicolo? Perché non bisogna illudersi: chiunque abbia partorito un romanzo del genere non deve avere tutte le rotelle a posto. La storia di questa vecchietta arrapata non può che essere spuntata dal cervello di un intellettuale fallito, e non ho nessuna voglia di ritrovarmi faccia a faccia con uno scrittore fuori di testa.

Ma c'è un altro tarlo che mi tormenta. Alvizaar potrebbe essere un mafioso e Sergeï il suo scagnozzo. Forse Alvizaar conosce l'identità dell'autore ma, per un motivo o per un altro, non vuole rivelarla. Così come non voleva che il libro venisse pubblicato. Mi sopporta solo perché non può fare altrimenti e perché gli servo da prestanome: finché ci sono io, per i media non esiste alcun legame tra il romanzo e la CNCB. Se dovesse uscire l'articolo di Richard, quest'equilibrio si romperebbe e mi ritroverei nei guai fino al collo.

Per tutti questi motivi, decido di rifiutare la proposta di Richard.

"Sai, non credo sia una buona idea..."

Per la prima volta da quando sono entrato, mi guarda. Sembra stupito.

"Perché? Per te sarebbe una pubblicità enorme."

"Ma non sono certo di volere tutta questa visibilità. Non so da dove arrivi il libro, non so chi lo abbia scritto e non so nemmeno dove sia il tizio che me l'ha commissionato. E onestamente, non ho alcuna voglia di conoscere le risposte a queste domande."

"Oh, frena. Daremo una spiegazione semplice e non rischierai un bel niente."

"Sarà... ma non cerco pubblicità e non voglio che escano articoli su di me. Punto e basta."

Si butta sul secondo bicchiere di whisky, e quando alza gli occhi il suo sguardo mi fa quasi paura.

"A te non importa niente dei miei casini, giusto? Ho bisogno di questo articolo. Per te è sempre tutto facile: lasci il lavoro e nessuno te lo rinfaccia, traduci un romanzo di merda e diventa un bestseller, hai una ragazza che bacerebbe la terra su cui cammini e la tratti come una pezza da piedi. Perché non pensi un po' anche agli altri, ogni tanto?"

Mi chiedo quanti whisky abbia bevuto prima che io arrivassi. Credo sia stata la litigata che ho interrotto a metterlo di cattivo umore. Per questo decido di rimandare la discussione.

"Sei ubriaco fradicio. Se vuoi ne riparliamo domani."

Questa semplice verità ha il potere di calmarlo per una ventina di secondi. Guarda il fondo del bicchiere come se si stupisse di vederlo vuoto.

"Allora, posso scriverlo questo articolo sì o no?"

"Assolutamente no."

"Sei uno stronzo."

Non ho intenzione di farmi insultare. Poso il bicchiere mezzo pieno sul tavolino.

“Bene, lo stronzo torna a casa. Puoi telefonarmi domani, quando ti sarai dato una calmata.”

Sbatto la porta, esattamente come ha fatto Charlotte una ventina di minuti fa. Per la gioia dei vicini. Sono talmente nervoso che arrivo alla fermata della metropolitana praticamente di corsa. Sono le nove e un quarto, a quest'ora il convoglio è mezzo vuoto. L'ora di punta è già passata e i nottambuli non sono ancora rientrati. Con la coda dell'occhio, vedo qualcuno che sta leggendo *La vita rurale in Mesmenia.* Tanto per cambiare, è una donna di una certa età. Vorrei strappargielo dalle mani e lanciarlo sui binari.

14.

Una settimana dopo

Richard non mi ha più richiamato. Né per scusarsi, né per cercare di convincermi che scrivere un articolo su di me fosse una buona idea. Ma l'ha scritto davvero il pezzo e, vista la rapidità con cui è uscito, mi chiedo se per caso non l'avesse già pronto il giorno del nostro litigio. Me ne sono accorto l'altro ieri, quando sono andato in edicola a comprare i giornali.

Non acquisto molto spesso riviste, sono troppo care per le nostre modeste finanze. Ma l'altro ieri non ho potuto evitare di comprare "L'Express" perché in copertina si stagliava la mia faccia in tutto il suo splendore. Per usare un eufemismo, perché con le palpebre socchiuse, le spalle spioventi e il sorriso ebete, sembro un imbecille che sta per compiere una rapina. Al momento, non mi sono ricordato dove e quando fosse stata scattata la foto, poi mi è venuto in mente. Durante una serata di bevute in compagnia di Richard, nel periodo in cui eravamo ancora single. Era stato lui a scattarla. Nell'originale ero abbracciato a una bionda, ma sulla copertina, grazie a Photoshop, sono sparite sia la bionda sia la mia spalla destra. E sopra questa meravigliosa foto ritoccata compare un titolo ancor più lusinghiero: "Thomas Lagrange, autore o impostore?".

Stavo per rubare tutto il pacco di riviste, come si vede fare in certi film. Poi mi sono ricreduto, non sarebbe servito a niente. Ecco cosa ha scritto:

Mentre la Mesmenia è sulla bocca di tutti, sta spopolando il libro di un certo Thomas Lagrange, La vita rurale in Mesmenia. *Come sottolineava qualche settimana fa il collega di* Télématin *Damien Thévenot, si tratta dell'unico romanzo mesmeno mai tradotto in Francia. Questo primato basterebbe da solo a stuzzicare la nostra curiosità, ma ben altre domande si pongono intorno a questo libello, che alcuni osannano e altri denigrano. Nessuno infatti, negli ambienti ufficiali, ha mai sentito parlare del suo misterioso autore e traduttore, Thomas Lagrange. E allora chi è e che cosa ha voluto dimostrare, scrivendo il romanzo in mesmeno e traducendolo nella lingua di Molière? Pensava forse di accrescerne il valore e l'autenticità? È forse un noto esperto di paesi baltici, un emerito linguista, uno specialista di dialetti in via d'estinzione? Un francese di seconda generazione, bilingue dalla nascita?*

Per scoprirlo, ho ricostruito la vita di questo giovane autore e sono certo che le informazioni raccolte lasceranno di stucco i miei lettori così come hanno stupito me. Questo ventisettenne, borgognone da parte di padre e basco da parte di madre, nell'arco della sua breve vita non ha mai messo piede in Mesmenia. Ancor più strano è che fino a poco tempo fa esercitasse la professione di cameriere in una famosissima catena di fast food. Questi elementi, lungi dal soddisfare la mia curiosità, hanno suscitato altre domande: come e perché questo giovane francese, senza laurea e senza alcun legame con la Mesmenia, ha imparato la lingua mesmena? Se è davvero lui l'autore, come gli è venuta l'idea di questo romanzo e perché si è preso la briga di scriverlo in una lingua che non parla quasi nessuno? Se invece non è lui l'autore, allora chi è e perché la traduzione è stata affidata a Thomas Lagrange? E infine, come hanno fatto a pubblicare il libro ancora prima che la Mesmenia fosse sulle prime pagine di tutti i giornali? Per trovare la chiave del mistero, mi sono rivolto alla casa editrice ELL'M. *L'affascinante caporedattrice Nathalie Vermont mi ha spiegato di aver ricevuto il libro dal suo unico committente, la* CNCB, *la Casa della nuova cultura baltica, dove ho proseguito le mie indagini.*

Ma è lì che le mie fonti si sono inaridite. Un certo Igor Alvizaar, presidente di quest'associazione, non ha voluto rispondere alle mie domande. Ma grazie alle informazioni ricevute da un'impiegata compiacente, posso rivelare ai miei lettori che un dipendente della CNCB *– l'unico a essere in contatto con il nostro autore – è sparito in circostanze misteriose, poco dopo l'uscita del famoso libro. Se quest'uomo dovesse farsi vivo, saprebbe senza dubbio spiegarci la natura dei suoi rapporti con Thomas Lagrange. Sono convinto infatti che questi rapporti siano all'origine del simpatico romanzetto. Nel frattempo, l'enigma resta irrisolto.*

Ma come è venuto in mente a Richard, il mio migliore amico, di scrivere una roba simile? Dopo quasi dodici anni di amicizia? Era così a corto di soldi? Crede che non mi sia già esposto al ridicolo da solo?

Ho riletto l'articolo, e probabilmente l'avrei rifatto una quindicina di volte se non fossi stato interrotto dalla suoneria del cellulare. Era Nathalie Vermont, raggiante e sovraeccitata.

"Hai visto che si parla di noi sull''Express'? Che tu ci creda o no, è la prima volta che il mio nome compare su un'importante testata! Fantastico, no?"

Questa ragazza è un'incosciente. Capisco che sia felice di leggere il suo nome sui giornali e, tra parentesi, non stento a credere che sia la prima volta che accade, ma dovrebbe rendersi conto che non c'è niente di cui rallegrarsi nel vedere la propria vita esposta al pubblico ludibrio.

"Hai letto l'articolo? Hai visto di cosa parla?"

"Sì, sì, lo so. Avrebbero potuto evitare di tirare in ballo il nonno e la segretaria. Nonnino mi ha appena chiamato e non è per niente contento. Ciò non toglie che sia una gran trovata pubblicitaria."

Ha parlato con disinvoltura, come se non le importasse niente delle funeste conseguenze che l'articolo potrebbe avere sulla mia promettente carriera di traduttore e sulla mia vita in generale. Forse esagero, ma in cuor mio non so di cosa siano capaci Sergeï e Alvizaar. Da quel che ho visto, quei due non mi sembrano molto equilibrati. Senza contare la reazione del vero autore. Non so perché, ma ho la sensazione che i miei guai siano solo all'inizio e che quest'articolo scatenerà la loro reazione. Nell'attesa, devo cercare di riportare alla ragione Nathalie.

"Non sto parlando di tuo nonno, della segretaria o del suo gatto d'Angora, sto parlando di me. Di me e di quell'articolo! Nel caso in cui te ne fossi dimenticata, ti ricordo che non sono io l'autore di quel maledetto libro, e non ho nessuna voglia di vedere Sergeï o chiunque altro piombare a casa mia per farmela pagare."

"Stai scherzando? Adesso basta con queste paranoie! Certo, c'è stato un piccolo errore di attribuzione, per così dire, ma finora nessuno ti ha accusato di plagio. Probabilmente all'autore non dispiace che tu gli faccia da prestanome. Adesso devi entrare nel personaggio e comportarti come se avessi scritto un romanzo di successo."

Di fronte a tanta malafede, resto senza parole. La cosa peggiore è che forse Nathalie crede davvero a tutte le scemenze che dice. Probabilmente Alvizaar non le racconta dei suoi sporchi traffici. Nathalie interpreta il mio silenzio come un segno d'assenso e riprende a sproloquiare in tono ancora più esaltato, quasi infervorato.

"E non ti ho ancora detto il meglio: l'articolo ha fatto impennare le vendite! Sai cosa abbiamo deciso io e il nonno, appena prima di chiamarti? Di ristampare il libro. E stavolta faremo le cose in grande. Cinquantamila copie, ti rendi conto? Con quelle già uscite e vendute, ci stiamo avvicinando alla magica cifra di centomila copie. È un vero trionfo. Adesso, però, devi attivarti e rispondere alle domande dei giornalisti."

Me lo aspettavo. Naturalmente, sono felice di come stanno andando le vendite. Dopotutto, per essere disoccupato, non me la passo poi tanto male, anche se per ora ho intascato solo qualche spicciolo. Ma Nathalie sembra dare per scontato che pur di arricchirmi sia disposto a fare il pagliaccio davanti alla stampa. Per questo ho cercato di dissuaderla con il tono più fermo di cui ero capace. Ma evidentemente non è bastato a scoraggiarla.

"Thomas, cerca di ragionare. La promozione è parte integrante della vita di un romanzo. Tu l'hai partorito e adesso devi aiutarlo a crescere e andare avanti fino a quando lo vedrai troneggiare in tutte le librerie. Non devi preoccuparti: sono il tuo editore, e sarò anche la tua addetta stampa. Tutto quello che devi fare è seguire le mie istruzioni, d'accordo?"

Ho abbandonato la partita con un sospiro. Con un po' di fortuna, non si farà vivo nessuno e Nathalie metterà da parte quest'idea balzana.

Dopo aver riagganciato, ho riletto ancora una volta l'articolo di Richard. Quello che mi mandava su tutte le furie non erano tanto le parole sgradevoli che aveva usato quanto il fatto che avesse pubblicato l'articolo a mia insaputa. Così ho provato a chiamarlo, ma quell'invertebrato senza palle non ha risposto. Allora gli ho lasciato un messaggio in segreteria, che suonava più o meno così: "Lo sai che sei un grandissimo stronzo? Cosa ti è sfuggito esattamente, quanto ti ho detto che non ne volevo sapere dell'articolo? Se è questa l'importanza che dai alla nostra amicizia, allora puoi scordartela. E non farti più sentire, capito?".

Ho riagganciato con rabbia. Era la prima volta che litigavo con una segreteria telefonica e la cosa mi ha fatto bene. Una volta svuotato il sacco, sono uscito a fare una passeggiata. Certo, avrei dovuto restare a casa a cercare lavoro, come mi chiedeva insistentemente di fare Sandrine, ma in quel momento non ne ero in grado.

Questo accadeva due giorni fa e da allora non ci sono novità. Nessun articolo sui giornali, nessuna telefonata particolare. Ho fatto bene ad abbandonare Nathalie al suo delirio e a non allarmarmi: i giornalisti hanno altre gatte da pelare, non stanno certo a preoccuparsi di un poveraccio come me.

Almeno su questo, Sandrine è d'accordo: non riesce proprio a immaginare che a qualcuno interessi il mio successo. In compenso, quando ha letto l'articolo, ha dimostrato per l'ennesima volta da che parte stava. Terminata la lettura, mi ha guardato con i suoi occhioni innocenti:

"Un bel colpo per Richard, no?".

"Cosa? Pensi al bene di Richard? E a me non pensi? Hai letto cosa ha scritto di me?"

"Devo ammettere che descriverti come un povero cameriere di fast food non è molto simpatico, ma a parte questo mi sembra che non abbia detto nulla di grave."

"Ma certo che è grave! Ha detto un sacco di bugie, nonostante gli avessi proibito di farlo. Pensa che disastro se la notizia venisse rilanciata dalle televisioni."

Le parole che ho pronunciato sono suonate strane alle mie stesse orecchie, come se fossi improvvisamente diventato il protagonista di un romanzo di John Grisham, vittima di un terribile complotto a cui nessuno crede e trattato da tutti come un paranoico. In qualità di compagna ufficiale, Sandrine avrebbe potuto almeno dimostrare un po' di compassione nei miei confronti e indignarsi per il comportamento di Richard. E invece no. Ha preso apertamente le difese del mio nuovo nemico. Evidentemente non si è accorta della rabbia che mi saliva dentro, perché ha continuato a difenderlo.

"Non capisco perché ti scaldi tanto, Thomas, pensa un po' anche a lui. Charlotte gli rende la vita difficile perché lui non riesce a sfondare nel mondo del giornalismo. Minaccia di trascinarlo a Londra, dove Richard non vuole assolutamente trasferirsi. Il suo può anche essere un articolo infelice, ma credo sia solo un tentativo di uscire da questa situazione. A questo servono gli amici, o no?"

Non credevo alle mie orecchie. Con le sue teorie psicoanalitiche da quattro soldi, è riuscita a perdonare Richard senza provare la minima empatia per me. Ma la psicoanalisi non c'entrava, e nemmeno la psicologia, stava semplicemente perorando la causa di Richard. Inoltre, aveva un tono freddo e distaccato, come se mi accusasse di essere stato egoista nei confronti del suo caro amico. Se avessi risposto, credo che sarei esploso. Sandrine, come niente fosse, ne ha approfittato per rincarare la dose.

"Sai una cosa? Non credo che tutto il mondo abbia gli occhi puntati su di te. Se qualcuno dovesse telefonare a casa, dirò che non abiti qui e nel giro di qualche giorno vedrai che nessuno parlerà più di questa storia."

Con tutta la naturalezza possibile, si è alzata per andare a prendere chissà quale dolce dal frigo. L'ho vista osservare di sfuggita le bolle di pittura nell'angolo sopra al lavello. So bene che sperava che approfittassi del periodo di disoccupazione per sistemare la casa. La pittura in cucina, il box doccia in bagno, lo sciacquone del water, le mensole in soggiorno. È un ritornello che conosco a memoria, ma non ho avuto la forza di mettermici. Con buona pace del mio senso di colpa cronico. Quando è tornata a tavola, non pensava già più all'articolo di Richard. Mentre mangiava, ha preso un foglietto appoggiato su una sedia che non avevo notato.

"Tieni, guarda. Ho trovato un annuncio di lavoro che forse può interessarti."

Mi ha messo davanti un annuncio dell'agenzia di collocamento che aveva scaricato da Internet. Si trattava di un posto da responsabile del reparto salumeria di un ipermercato. All'inizio pensavo scherzasse, poi ho capito che faceva sul serio. Ero a un passo dal diventare uno scrittore di fama nazionale e la mia ragazza mi stava chiedendo di andare a vendere prosciutti e salsicce in uno squallido quartiere di periferia. Ho lasciato la cucina sbattendo la porta. Nelle tre ore successive, mi ha tormentato con argomenti di fronte ai quali non sapevo cosa ribattere: diceva che avrei avuto un esaurimento nervoso, se avessi continuato a trascorrere le giornate chiuso in casa da solo, e che dovevo fare qualcosa per riprendere in mano la mia vita. E per finire, mentre stavo per uscire a fare due passi per distendere i nervi, mi ha urlato le parole che probabilmente le bruciavano in gola da tempo: "Sai, Thomas, non possiamo andare avanti così ancora per molto!".

Ho fatto il giro dell'isolato, e al rientro mi sentivo più tranquillo. A malincuore, ho telefonato al numero riportato sull'annuncio. Nonostante abbia alzato i toni, so benissimo che Sandrine non mi metterebbe mai alla porta con lo zaino in spalle, è geneticamente incapace di fare cose simili. La pressione che sento è molto più sottile e dolorosa di questo timore. Se restassi a casa a non far niente, riuscirei a tirare avanti con i soldi che mi ha anticipato Nathalie ma avrei comunque l'impressione di farmi mantenere. Mi sentirei ancora una volta in debito con lei per l'ospitalità, e mi sentirei ancora una volta soffocare per la gratitudine. Credo dunque di non avere altra scelta: se riuscirò a ottenere quello stupido posto da salsicciaio, lo accetterò.

Mi ha risposto un uomo, dandomi appuntamento per un colloquio, il giorno dopo, in tarda mattinata, in qualche remota periferia, a quasi due ore di metropolitana dal centro di Parigi.

Eccomi dunque sul binario della RER B, alla fermata Denfert-Rochereau, in viaggio verso questo insulso colloquio. Mia madre mi ha appena lasciato un messaggio per chiedermi chi fossero questi dipendenti della CNCB e per suggerirmi di non mettermi nei guai con il libro, parole che hanno riacceso la mia rabbia nei confronti di Richard. Il binario è affollatissimo e, a causa di un problema tecnico annunciato all'altoparlante, la prossima corsa è prevista tra dodici minuti. Rischio di arrivare in ritardo e, se questo disguido mi costasse il lavoro, Sandrine non me lo perdonerebbe mai. Sarei costretto a mentire e a inventare una scusa per spiegarle come mai non abbia ottenuto il posto. Se lo ottengo, invece, venderò salsicce per il resto dei miei giorni. E se non sarà questo lavoro, sarà un altro dello stesso genere. Mi sento in trappola, schiacciato dal mio cupo destino.

Sento vibrare il cellulare in fondo alla tasca. È un numero sconosciuto. Per prima cosa, penso a un giornalista. Esito a rispondere, ma alla fine la curiosità ha il sopravvento. Ad ogni modo, non ho niente da fare mentre aspetto il metrò e sarò sempre in tempo a riagganciare se la conversazione dovesse prendere una brutta piega. Decido di rispondere.

"Pronto?"

"Pronto? Thomas?"

Riconosco la voce ma non riesco a collegarla a un nome o a un viso. Poi lentamente capisco, e il cuore inizia a battermi all'impazzata.

"Non so se ti ricordi di me. Sono Malislovna Jerona, la tua ex insegnante di mesmeno."

Malislovna. Avrei dovuto riconoscere la sua voce fin dal primo istante, ma è molto cambiata: l'accento mesmeno adesso quasi non si sente più. Mi fischiano le orecchie, ho l'impressione di aver preso una tegola in testa, di svegliarmi da un incubo, come se i quattro anni appena trascorsi non fossero mai esistiti. Riesco a malapena a farfugliare qualcosa.

"Malislovna! Certo che mi ricordo di te. Come stai?"

"Bene, grazie. Mi piacerebbe vederti, se ti va."

"Ma certo, quando preferisci?"

"Anche subito, se vuoi. Alle dieci al Falstaff, piazza della Bastiglia."

"Perfetto. Arrivo subito."

15.

Mezz'ora dopo

Mi precipito in metropolitana, faccio la strada di corsa ed entro al caffè Falstaff con il fiatone. Passo in rassegna i tavoli e mi soffermo su due ragazze sedute da sole, una bassa alle prese con il cellulare e una più robusta, con gli occhiali, intenta a leggere. Scarto d'ufficio la prima, perché Mali non può essere diminuita di statura in quattro anni. In compenso può essere ingrassata, così ho una leggera esitazione sulla seconda. Mi accingo a verificare, quando la vedo, proprio lei, in fondo alla sala scura. Splendida, ancora più bella di quanto me la ricordassi. E sempre vestita in modo strano. Una gonna verde mela, un maglione rosa confetto scollato a V, di uno strano materiale peloso, e i capelli chiari raccolti in una lunga treccia sfatta. Chiunque altra sarebbe apparsa ridicola conciata in quel modo, mentre Mali è raggiante, e tutto il resto del bar mi sembra improvvisamente triste e spento. Mi ha visto prima lei e mi ha fatto un cenno, sorridendo.

Mi avvicino al suo tavolo, mi sporgo per baciarla sulle guance e mi siedo di fronte a lei. Mi sento goffo come uno scolaretto al primo appuntamento. Mali deve aver intuito il mio disagio, perché fa un adorabile broncetto prima di iniziare a parlare.

"Ne è passato di tempo."
"Puoi dirlo forte."
Ha un accento ancora meno spiccato di persona che al telefono. Sono talmente rapito che faccio fatica a parlare. Fortunatamente, Mali è più spigliata di me.
"Non sai che piacere rivederti!"
Lo dice con entusiasmo e in modo molto spontaneo, prendendomi la mano per sottolineare la frase. Se ben ricordo, non ha motivo di essere così felice, dato che ai tempi dell'università non avevamo alcun rapporto. Ma non sono così stupido da rivangare il passato. Getto invece un rapido sguardo alla sua mano e constato con sollievo che non ha la fede. Mali se ne accorge e tende le dita della mano sinistra. Fa un respiro profondo.
"Divorziata, da sei mesi. Triste, no?"
Annuisco, senza ribattere. Preferisco affrontare un problema più concreto, che potrebbe avere dei vantaggi se il nostro rapporto dovesse approfondirsi.
"E abiti a Parigi?"
"Mi sono trasferita in un appartamentino non molto distante da qui, che Antonio mi ha lasciato dopo il divorzio. Sto in rue du Béarn, la conosci?"
Non conosco la via e Mali mi spiega che è nel Marais. Mio malgrado, il nome di Antonio riecheggia nella mia testa ispirandomi una profonda gelosia. Vorrei sapere tutto del loro matrimonio: chi era quell'uomo, dove abitavano, se erano felici insieme, perché si sono separati. So di essere indiscreto, ma le faccio la domanda diretta.
"Sei stata sposata per molto?"
"Due anni. Antonio è italiano. Abbiamo vissuto a Roma per un anno, nel palazzo che ha ereditato dai suoi genitori, ma non ha funzionato. Mi sentivo troppo… straniera."
"Capisco, dev'essere stata dura vivere a Roma non parlando l'italiano."

"L'italiano lo parlo, il problema non era quello. Sai, Tonio aveva vent'anni più di me. All'inizio, mi sembrava l'uomo perfetto. Conosceva molta gente nell'ambiente della moda e credevo che potesse aiutarmi a creare una mia linea di abbigliamento, o addirittura a diventare stilista, una stilista apprezzata in tutto il mondo, come Sonia Rykiel, ma non è andata così. Stava tutto il tempo ad amministrare i beni di famiglia, era schiavo delle convenzioni sociali, della morale, non appena sperimentavo cose nuove si preoccupava dello scandalo... Insomma, non riuscivo ad abituarmici e così abbiamo deciso di divorziare. Del resto, è per questo che... Ma ho già parlato abbastanza. Dimmi di te piuttosto, come te la passi? Hai una compagna? Come hai fatto a scrivere un romanzo in mesmeno? Ti sono bastate le mie lezioni? Sono lusingata, sai..."

Ci siamo appena ritrovati, mi sembra troppo presto per confessarle tutta la verità sul mio libro. Ripiego dunque sulla prima domanda e le parlo di Sandrine, di quanto sia gelosa del libro, di quanto abbia sempre soffocato la mia creatività e della sua paura di perdermi. Sull'onda dell'entusiasmo, le comunico la mia intenzione di lasciarla nei prossimi giorni. Probabilmente sto correndo troppo, ma mi chiedo se quest'incontro non sia la spinta di cui avevo bisogno per prendere il volo. Dopotutto, se avessi dato retta a Sandrine, a quest'ora sarei a uno stupido colloquio di lavoro per diventare commesso in salumeria, mentre seguendo il mio istinto me ne sto tranquillo e beato, seduto davanti a un caffè, e soprattutto davanti alla ragazza più bella del mondo.

Mi guarda intensamente, come se pendesse dalle mie labbra, e mi rendo conto che sta solo aspettando che le parli del libro. Così mi decido ad affrontare l'argomento.

"La traduzione non è merito mio, come ben sai. È solo grazie a te che *La vita rurale in Mesmenia* è andata in porto, grazie alla migliore professoressa dell'universo. E tu invece, parli italiano e il tuo francese è talmente migliorato da quando ci siamo visti l'ultima volta..."

Per una frazione di secondo, ripenso al giorno in cui le ho proposto di bere un caffè con me e all'ultima frase che mi ha detto: "Non credo che sia una buona idea". Poi cerco di levarmi dalla testa il ricordo di quello spiacevole episodio.

"Parlo anche russo, tedesco e inglese, ma non è niente in confronto a te che sei riuscito a scrivere un intero romanzo in mesmeno e a tradurlo in francese!"

Questa profusione di complimenti ci imbarazza un po' e tra noi cala il silenzio. Dopo qualche secondo, Mali decide di romperlo, con un gran sorriso.

"Ti va di mangiare qualcosa?"

Dal momento che ho rinunciato al colloquio e che non ho altri impegni per la giornata, accetto. Paghiamo le consumazioni e lasciamo il caffè. C'è il clima ideale per fare una passeggiata. Di comune accordo, ci dirigiamo verso il Marais. Siccome non sono più costretto a guardarla negli occhi, trovo il coraggio di farle la domanda che mi assilla da quando ho ricevuto la sua telefonata.

"Mali, non credere che non sia felice di vederti, ma mi chiedevo... perché mi hai cercato?"

"Sì, capisco che possa sembrarti strano. Te lo spiegherò mentre pranziamo. Mi ero completamente dimenticata di te, sai, poi ho letto un articolo sull''Express' che parlava del tuo libro, ho visto la tua foto, e mi è venuta un'idea... Così ho contattato il tuo editore per avere il tuo numero ed eccoci qui..."

Sono parole piuttosto offensive, ma non commento. Preferisco concentrarmi sul presente. Il lato positivo è che Mali sembra avere in serbo dei progetti per noi, il che significa che la rivedrò. Sono impaziente di conoscerli ma, per non fare la figura del ragazzino incapace di controllarsi, ripiego su una domanda banale.

"E Nathalie ti ha dato il mio numero?"

"Mi ha chiesto se fossi una giornalista e le ho risposto che ero l'amica che ti aveva insegnato il mesmeno. Spero di non aver fatto una gaffe."

"Assolutamente no, è solo che per il momento sto cercando di evitare i giornalisti."

"Capisco, è il prezzo della celebrità. Ma sai, ci sono anche molti vantaggi e bisogna approfittarne..."

Mali sembra pronta a farmi una rivelazione di importanza capitale, ma in quel preciso istante passiamo davanti a un ristorantino italiano, il classico locale intimo, con le tovaglie a quadri e le candele sui tavoli.

"Aspetta, ho sempre voluto provare questo posto."

Mi mette una mano sul braccio per fermarmi e inizia a leggere il menù. Non riesco a muovermi, come se il leggero contatto delle sue dita sulla camicia mi avesse folgorato.

"Che ne dici?"

La seguirei ovunque, un ristorante vale l'altro... annuisco ed entriamo. Ci accoglie una musica soffusa. Dal momento che è ancora presto, siamo gli unici clienti e il cameriere, un po' stupito, ci fa accomodare e ci porge garbatamente i menù. Scelgo velocemente una pizza ai quattro formaggi e Mali opta per una sogliola con crema di finocchi. Senza chiedere il mio parere, ordina una bottiglia di vino bianco.

Avrei voluto riprendere la conversazione sui progetti che Mali ha in serbo per noi, ma non appena il cameriere si allontana inizia a parlare degli ultimi fatti accaduti in Mesmenia.

Ieri sera, con una rapidità improvvisa, i rivoltosi sono passati all'azione. Dopo una giornata di manifestazioni come ce ne sono state tante nelle ultime settimane, alcuni sostenitori di Piotr Toulkoff e una manciata di indipendentisti sono entrati nel palazzo del presidente Zornoïff, al grido di "*Nechta hosti Russaia*" – che significa "No alla Russia". Invece di intervenire, la guardia nazionale ha lasciato che penetrassero negli appartamenti privati e, in due ore, la folla ha occupato il palazzo. Fortunatamente, i manifestanti non erano tipi violenti e non erano armati. Quindi non ci sono stati saccheggi, e nemmeno morti o feriti. Una volta dentro, pare che gli invasori, piuttosto disorientati, si siano muniti di grossi pennarelli e abbiano abbellito i ritratti degli ex funzionari con corna e baffi. Senza offesa, ma li trovo abbastanza impreparati in materia di azioni di protesta. Mi guardo bene dall'esprimere il mio giudizio a Mali, nel caso in cui fosse dalla parte dei manifestanti.

Il presidente Zornoïff, con dignità e sangue freddo, ha lasciato il palazzo e si è rifugiato insieme ai familiari a casa di un ministro. Avvolto in un cappotto di pelliccia lungo fino ai piedi, con il nasone tondo arrossato dal freddo, ha risposto alle domande dei giornalisti con sorprendente disponibilità. Ha dichiarato con ferma sicurezza che sarebbe tornato a casa quando i bambini si fossero dati una calmata. Così ha chiamato gli oppositori ieri sera, dice Mali in tono sprezzante, "i bambini".

"E stamattina, hai avuto notizie?"

"Mi ha chiamato mia madre. Ora sembra sia tutto tranquillo. Immagino che ci vorrà qualche giorno perché la situazione si stabilizzi del tutto."

"Tornerai a casa?"

Mali sembra stupita dalla mia domanda, come se avessi detto qualcosa di completamente folle.

"A che scopo? Credi che riuscirei a far ragionare il vecchio Zornoïff? E poi sono contenta che la Mesmenia sia sulla bocca di tutti."

Mali mi lancia uno sguardo malizioso e allusivo.

"Che ne dici di parlarne da un'altra parte?"

Ero talmente preso dalla conversazione che non mi sono accorto del tempo che passava. Improvvisamente, realizzo che i nostri piatti sono vuoti e che i camerieri stanno aspettando che ce ne andiamo con malcelata impazienza. Di sua iniziativa, Mali chiede il conto ed estrae il portafoglio.

"Ti ho invitato io. Per festeggiare il nostro incontro."

Allunga la carta di credito al cameriere, paga e mi dice che va a sistemarsi il trucco. È il primo punto in comune che ha con Sandrine: anche lei non riesce a lasciare un ristorante senza prima ispezionare il bagno. Ne approfitto per controllare il cellulare che ho in tasca e che mentre mangiavo ho sentito vibrare più volte. Sandrine ha cercato di contattarmi, probabilmente per sapere come fosse andato il colloquio. Dovrei chiamarla, dirle che non l'ho superato, che non mi sono nemmeno presentato. Dovrei farlo. E invece spengo il telefono.

Una volta in strada, Mali mi prende sottobraccio come se fosse la cosa più naturale del mondo. Mi imbarazza un po' sentirla avvinghiata a me in quel modo. Sono bloccato in una posizione piuttosto scomoda e al tempo stesso non voglio muovermi per paura che si scosti. Ma Mali non sembra accorgersi di nulla.

"Sai, è meraviglioso essere qui con te. Ho la sensazione di rivedere un vecchio amico. A te posso dire tutto, su Tonio, sul mio paese. Capisci tutto."

Il suo entusiasmo è eccessivo. Non siamo mai stati amici e non è vero che capisco tutto, anzi. Ma quell'affermazione mi lusinga e non la contraddico. Camminiamo in silenzio per il Marais, rue de Turenne, rue des Francs-Bourgeois, rue Pavée, rue des Rosiers, rue Vieille-du-Temple. Di tanto in tanto, Mali fa un commento sulla bellezza di Parigi, sul suo amore per questa città, sul privilegio di viverci.

"Non puoi capire la fortuna di nascere in Francia, o in Italia, circondati da queste meraviglie architettoniche."

"Ti riferisci alla Mesmenia?"

"Sì. Non hai idea di quanto sia brutto il mio paese. Tutti quegli edifici grigi e senz'anima, che risalgono all'epoca del comunismo. Le città sono il regno del funzionalismo, la campagna è povera e sporca. Lassù è l'orrore. E non c'è nemmeno il sole a riscaldare tutta quella miseria."

"Non ci tornerai più?"

"Per viverci, intendi? Nemmeno nei miei peggiori incubi. Certo, ho lasciato i miei genitori, i miei fratelli, mia sorella, e la lontananza a volte mi pesa. Ma poi penso al futuro che potrei avere in quel paese disgraziato. Tornare lassù vorrebbe dire seppellirmi viva."

"Cosa farai, allora?"

Mi stringe forte il braccio, costringendomi a fermarmi per guardarla. Ha gli occhi lucidi e un gran sorriso sulle labbra.

"Ecco una bella domanda! È esattamente quello che mi sono chiesta, dopo aver incassato i soldi del divorzio. Poi è scoppiato il caso delle terre rare, la Mesmenia è diventato un paese alla moda e ho avuto un'idea geniale."

Alla faccia della modestia! Prosegue, senza darmi il tempo di fare domande.

"Mi sono detta che avrei potuto fare affari con i miei connazionali. Soprattutto abiti, sai, ho sempre avuto una passione per la moda, ma anche per la gastronomia e l'artigianato. Come si dice da noi, se ti addormenti aspettando il disgelo, ti svegli con il culo ghiacciato, e così ho acquistato un negozio, qui, nel Marais, e ho fatto arrivare un sacco di articoli da mettere in vendita. È proprio qui davanti."

Con un cenno del capo, indica una vetrina piuttosto stretta, buia, sulla quale intravedo una scritta luminosa che recita "Un piccolo angolo di Mesmenia". Capisco che non ci troviamo in questa via per caso. Evidentemente, Mali ha un'idea in testa e sto al gioco per cercare di saperne di più.

"Ma è fantastico! Credi che funzionerà?"

"Non so, ma ce la metterò tutta. Del resto, è per questo che ti ho telefonato oggi... Quando ho letto l'articolo... sai, su quel giornale... mi sono ricordata di te e mi sono detta che forse avresti accettato di autografare le copie del libro nel mio negozio per darmi un po' di visibilità."

È questo dunque il grande progetto a cui lavoreremo insieme. Sono deluso e lusingato al tempo stesso. Certo, non potevo aspettarmi che improvvisamente realizzasse di aver sempre provato un'attrazione folle nei miei confronti e, tutto sommato, questa richiesta d'aiuto non è poi così gravosa rispetto all'opportunità di approfondire il nostro rapporto. Nathalie sarebbe felice di vedermi partecipare alla promozione del libro e non credo che Sergeï, Alvizaar o qualche scrittore rancoroso possa scovarmi in questa minuscola bottega. Così accetto la proposta con tutta la disponibilità di cui sono capace e Mali si getta subito tra le mie braccia.

"Oh, Thomas! Grazie, grazie, grazie! Potresti passare un paio di volte la settimana, che ne dici? Metterò dei manifesti in vetrina per comunicare le date, e aggiungerò una sezione sul mio sito web per parlare del tuo libro e dire che in negozio organizziamo degli incontri con l'autore..."

Ho l'inquietante sensazione di essere stato incastrato. Da un pomeriggio di autografi, sono passato a un posto da volontario a tempo pieno che non sono affatto certo di volere. D'altra parte, se accetto, avrò la possibilità di vedere Mali tutte le volte che voglio. Non so ancora come comportarmi, quando Mali si scosta appena, pur continuando a tenermi le mani sulle spalle. Ha lo sguardo leggermente velato, gli occhi socchiusi e un'espressione che ho paura di fraintendere.

"Sei talmente cambiato, Thomas. Sei diventato un uomo eccezionale, sei..."

Mentre parla, avvicina il viso al mio e la sua frase mi muore sulle labbra. Un attimo dopo, sento il suo corpo morbido, caldo, dolce stringersi a me. Faccio scivolare la mano dal collo al seno, al ventre, mentre la bocca umida di Mali mi divora la nuca, ricoprendola di piccoli baci voraci. Con uno sforzo, mi scosto leggermente.

"Credo che dovremmo continuare questa conversazione altrove," le mormoro all'orecchio con il tono più sensuale possibile e Mali risponde allo stesso modo: "Abito proprio sopra al negozio".

16.

La mattina dopo, presto

Vengo svegliato da un lampo di luce bianca. Per un attimo mi chiedo dove sono, poi mi ricordo. Sono a casa di Mali. Mali che ho baciato, che ho tenuto tra le braccia, con cui ho fatto l'amore con gioia, passione, tenerezza... Mali, Mali, Mali. Mali in sottoveste verde mela a pois malva, che in questo preciso istante è a cavalcioni su di me, con una macchina fotografica in mano.

"Ops, ho scordato di togliere il flash. Spiacente."

Non sembra affatto dispiaciuta, stando al sorriso che ha sulle labbra. Mi chiedo come le sia venuto in mente di scattare fotografie appena sveglia, poi capisco: probabilmente vuole immortalare la nostra prima notte. Lusingato, le restituisco il sorriso e vado a caccia di complimenti in tono languido.

"Buongiorno, cosa stai facendo?"

"Scatto qualche foto per il sito."

Mi raddrizzo di colpo e Mali cade sul letto al mio fianco, ridendo. Mi viene in mente che la sera prima, sull'onda dell'emozione, ho accettato di promuovere il libro in negozio per aiutarla negli affari. Ormai è troppo tardi per tirarmi indietro, ma posso comunque cercare di limitare i danni.

"Aspetta! Non vorrai davvero pubblicare delle mie foto nudo, sdraiato sul letto?"

"Ma no, figurati. Stavo solo facendo delle prove. Su, alzati, abbiamo un bel po' di lavoro da fare, oggi."

E su queste parole, sparisce in una stanza che dev'essere il bagno. Mi alzo e vado a ispezionare il frigo. È totalmente vuoto, nemmeno uno yogurt magro o una carota ammuffita. Peccato, non ho fame ma avrei bevuto volentieri un succo d'arancia. Invece mi scolo un bicchiere d'acqua tiepida e vado a sdraiarmi sul divano di pelle.

Il mio cellulare vibra a intervalli regolari. Lo tiro fuori dalla tasca dei jeans e ascolto i messaggi in segreteria. Come c'era da aspettarsi, l'ultimo è di Sandrine. Me lo ha lasciato stamattina, verso le sei. Mi supplica di richiamarla, con voce piagnucolante. Conto in tutto otto messaggi da parte sua, ma più risalgo indietro nel tempo e più ha un tono tranquillo. Il primo è addirittura frivolo, mi chiede semplicemente se il colloquio è andato bene. Il colloquio per il posto da salsicciaio, me ne ero completamente dimenticato.

Fra una scenata di Sandrine e l'altra, anche mia madre mi ha lasciato un messaggio. Mi chiede in tono autoritario dove ho intenzione di passare la notte, come se fossi ancora un adolescente che ha deciso di dormire fuori casa. Sandrine deve averla avvisata. Sono sempre state come due dita della stessa mano, quando si tratta di allearsi contro di me.

Il primo istinto è quello di richiamare Sandrine, profondermi in scuse e raccontarle una bugia, del tipo "non ho passato il colloquio e non ho avuto il coraggio di tornare a casa, allora sono andato a ubriacarmi con un vecchio amico". Sono così abituato a giustificarmi che l'idea prende forma da sola, meccanicamente, mentre sto ancora ascoltando i messaggi. Poi, di colpo la mia mente si ribella. Sono stufo di sentirmi sempre in colpa, di essere costretto a strisciare come un verme ogni volta che sfuggo al suo controllo. E in ogni caso, mi rifiuto di fare questi giochetti alle sette del mattino. Sandrine può anche aspettare stasera per farmi la sua scenata strappalacrime.

Sto per riagganciare, quando la segreteria mi comunica che c'è un messaggio più vecchio, lasciato ieri pomeriggio alle 15.07 da Nathalie. Con voce sovreccitata, immagina che abbia letto l'articolo apparso su "France Soir", mi informa che i giornalisti sono scatenati e mi chiede di richiamarla il prima possibile.

Il mio orologio fa le 7.10, è troppo presto per richiamare Nathalie, e in ogni caso devo leggere l'articolo di "France Soir" prima di parlare con lei. Mali esce dal bagno, avvolta in un mini-asciugamano, con i capelli umidi, bella da morire.

"Che programmi hai, oggi?"

"Be', non saprei... Fare colazione, tanto per cominciare."

"Buona idea. Vai a prendere le brioche?"

Fruga nella borsa e mi allunga un mazzo di chiavi. La bacio voracemente e la informo che dovrò assentarmi un'oretta, senza precisare che andrò a comprare un giornale in cui è apparso un altro articolo che mi riguarda. Esco dall'appartamento, mi precipito giù per le scale e mi dirigo verso la Bastiglia. Trovo un'edicola che ha appena aperto, compro "France Soir" e mi siedo in un angolino tranquillo di un bar in piazza. A quest'ora del mattino, non ci sono molti clienti e i camerieri non hanno nulla da ridire vedendomi aprire il giornale su due tavolini. Sfoglio le pagine dall'inizio alla fine, ma non trovo una riga che mi riguardi. C'è un lungo articolo sul palazzo presidenziale di Govnia e sui danni al patrimonio artistico compiuti dai nuovi ecologisti mesmeni, ma non penso che Nathalie si riferisse a questo. Inizio a innervosirmi, quando ho un'improvvisa illuminazione. Vista l'ora in cui mi ha lasciato il messaggio, probabilmente parlava dell'edizione precedente e non di quella che ho tra le mani. Finisco il cappuccino, lascio quattro euro accanto alla tazza e mi dirigo a passo di marcia verso l'edicola.

"Mi scusi, non avrebbe 'France Soir' dell'altroieri?"

"Dell'altroieri? Non è più in vendita."

"Ma le è rimasta qualche copia invenduta?"

"Non sono più in vendita. Le rispediamo al mittente."

"Sono già in viaggio?"

"Non so."

"Potrebbe controllare, per favore? La supplico, è molto importante!"

L'uomo mi fulmina con lo sguardo, sospira e alla fine si dirige verso il retrobottega. Torna con in mano il prezioso quotidiano e lo sbatte sul bancone.

"Altro? 'Le Monde' della settimana scorsa? 'Le Figaro' del mese scorso?"

Gli faccio un gran sorriso per dimostrargli che apprezzo la sua ironia.

"Quanto le devo?"

"Niente. Offre la ditta."

Lo ringrazio velocemente e inizio a spulciare il giornale per strada. L'articolo che cerco è a pagina 3. Si intitola *Thomas Lagrange, l'uomo che amava le vecchiette?* Mi si rizzano i capelli in testa. Ma che storia è questa? Quali idiozie, quali illazioni si nascondono dietro questo titolo? Immagino che il punto interrogativo sia un alibi per permettere al giornalista di scrivere qualunque fandonia. Mi incammino verso l'appartamento di Mali. Ho bisogno di tranquillità per scoprire quali rivelazioni mi riservi "France Soir".

Quando entro in casa, Mali è seduta davanti al computer. Purtroppo si è rivestita, indossa una gonna arancione pitonata e un maglione a losanghe chiaramente fatto a mano. È talmente concentrata sul lavoro che vedendomi entrare alza appena gli occhi. Probabilmente non dovrei disturbarla, ma la mia innata curiosità prende il sopravvento.

"Cucù, sono io. Cosa stai facendo?"

"Come puoi vedere, sto aggiornando il sito web. Hai portato le brioche?"

"Ehm, no... mi sono dimenticato."

"Non fa niente."

Sono sempre il solito. Fortunatamente, non sembra avercela con me. Mi stampa un bacio sulle labbra e va in cucina a preparare un tè.

"Bene, iniziamo a organizzare il primo incontro?"

Ormai è diventato un chiodo fisso. Avevo intenzione di leggere "France Soir", telefonare a Nathalie, tornare a casa e rifilare una scusa a Sandrine. Ma in una frazione di secondo, il sorriso di Mali cancella tutti i miei programmi. La prospettiva di passare un'intera giornata con lei mi sembra più sensata. O anche qualcosa in più di una sola giornata. Perché non lasciar passare qualche giorno, qualche settimana, tanto per schiarirmi le idee? Fare una pausa, concedermi una vacanza, seguire l'istinto? Al momento, non sono in grado di scegliere tra Mali e Sandrine, tra il diavolo e l'acqua santa, tra il fascino e la ragione. Se Mali accettasse di ospitarmi, potrei concentrare le mie energie sulla promozione del libro e prendere una decisione sulla mia vita privata solo in un secondo momento, a mente lucida per così dire.

"Ok, organizziamo l'incontro. Ti spiace se mi trasferisco momentaneamente a casa tua? Vado a prendere un po' di roba, sistemo una faccenda con il mio editore e poi sono tutto tuo..."

"Benissimo. Anzi, se sei qui sarà più facile lavorare. Fai quello che devi fare, io vado a prendere le brioche."

Se tutto potesse essere così semplice nella vita! Mali esce, e in sua assenza mi immergo nella lettura di "France Soir".

La sorpresa si è diffusa ieri in tutti i circoli letterari della capitale, quando si è appreso che Thomas Lagrange, autore e traduttore dell'ormai celebre La vita rurale in Mesmenia, *non ha alcun rapporto diretto o indiretto con questo paese. Come ha rivelato uno dei nostri rispettabili colleghi, infatti, Thomas Lagrange è in contatto solo con un'associazione che risponde al nome di* CNCB. *Ma cosa sappiamo esattamente di questa associazione, e qual è la natura dei suoi rapporti con il giovane scrittore? Intervistato, Igor Alvizaar, presidente della suddetta associazione, ha negato qualunque collaborazione con Thomas Lagrange, affermando che gli intrallazzi del sedicente scrittore non lo riguardano in nessun modo, e ha minacciato di denunciare per diffamazione chiunque sostenga il contrario. La veemenza stessa della smentita ci ha indotto a chiederci cosa nasconda questo libro apparentemente banale. A una seconda lettura, sono molte le domande che restano senza risposta: perché un uomo dell'età di Thomas Lagrange dovrebbe sentire il bisogno di scrivere un libro che parla dei primi amori di una donna anziana? E cos'è l'oggetto misterioso che compare a metà libro senza che nessuno sveli la sua reale natura? È possibile che le ingenue assurdità presenti nel romanzo non abbiano l'innocente scopo di divertire il lettore, ma nascondano in realtà un torbido segreto, direttamente collegato ai recenti episodi avvenuti in Mesmenia? Se così fosse, lo stesso tempismo con cui è stato pubblicato il libro potrebbe apparire sospetto a un'analisi più approfondita. Al momento, non siamo in grado di fornire informazioni più precise, ma siamo certi che nei prossimi giorni riusciremo a gettare nuova luce sulle pagine firmate da Thomas Lagrange…*

L'articolo continua su questi toni deliranti. Ma cos'è saltato in mente al giornalista? Non avrebbe potuto occuparsi d'altro, come fanno tutti? Non c'è da stupirsi che Nathalie sia andata su tutte le furie leggendo questo cumulo di menzogne. Anch'io ho i fusibili pronti a saltare. Adesso come faccio a dedicarmi alla promozione del libro senza espormi al ridicolo? Forse sono addirittura in pericolo di vita. Ho bisogno di calmarmi prima di discuterne con Nathalie, così decido di risolvere per prima cosa il problema del trasloco.

Vado in bagno a fare una doccia veloce. È ben accessoriata questa doccia, con i getti multipli che apro al massimo. Non si faceva mancare niente questo Tonio, è davvero l'ideale per svegliarsi. Mi asciugo e mi rimetto i vestiti del giorno prima in un batter d'occhio. Mali non è ancora rientrata, così le lascio un biglietto accanto al computer, esco e corro verso la fermata del metrò. Alla fermata Bastille, prendo la linea 5 che mi porta in Place d'Italie. Qui incontro un'altra donna, stavolta di mezza età, intenta a leggere *La vita rurale in Mesmenia*. Inizio a chiedermi seriamente se, al di là dei giornalisti, esista almeno un uomo che abbia dato un'occhiata al mio libro. Uscendo dalla metropolitana, come al solito, faccio una deviazione per non passare davanti al McDonald's. Mi sento un po' in colpa con Alice, Farid e gli altri, ma non ho alcuna voglia di vedere la faccia da topo di Martial.

Quando entro, l'appartamento mi sembra angusto, vecchio, sporco. Nonostante l'abbia lasciato solo ventiquattr'ore fa per andare al colloquio, provo un senso di estraneità. Probabilmente è il paragone con quello di Mali, pulito, luminoso e accogliente, a farmi quest'effetto. Voglio restarci il meno possibile. Vado in camera da letto a prendere la borsa della palestra e ci infilo alla rinfusa magliette, pantaloni, mutande e calzini. Mi sposto in bagno e metto in una busta lo spazzolino da denti, la schiuma da barba, il rasoio e lo shampoo antiforfora. Ora devo passare alle cose serie: le scartoffie. L'assicurazione medica, le buste paga, la dichiarazione dei redditi, il contratto con la ELL'M e le fotocopie di *La vita rurale in Mesmenia* che avevo fatto ormai un secolo fa. È tutto ordinato in cartellette di colore diverso, con le etichette bianche in alto a destra che recano l'elegante scrittura di

Sandrine. Sono quattro anni che tiene i conti e sistema i nostri documenti con meticolosità. Passo in rassegna tutti i faldoni, per essere sicuro di non dimenticare nulla.

Credo di aver preso tutto quello che mi serve. La borsa mi sembra stranamente vuota per contenere la mia vita degli ultimi quattro anni, ma è inutile star qui a filosofeggiare.

Prima di uscire, passo in cucina. L'unica cosa che mi resta da fare è lasciare un biglietto a Sandrine: è dura, ma devo assolutamente farlo. Scrivo solo poche righe.

Sandrine, ci tenevo davvero a superare il colloquio e so quanto fosse importante per te, ma quando le porte della metropolitana si sono aperte non sono riuscito a salire. Dobbiamo ammetterlo tutti e due: ultimamente il nostro rapporto si è trovato di fronte a un bivio, e non so bene che direzione prendere. So di doverti molto, ma a volte il nido che credevamo accogliente si rivela una trapunta soffocante che ci rimboccano fin sotto il naso. Ho bisogno di spazio, di libertà, e questa vita angusta è diventata una gabbia per me. Devo allontanarmi per riflettere, per capire cosa fare della mia vita, della nostra vita, sempre di poter ancora immaginare un futuro insieme. Sono venuto a prendere le mie cose. Non avercela con me, ti prego, e non cercare di contattarmi nelle prossime settimane: ti prometto che lo farò io quando mi sentirò pronto. Ti abbraccio. Abbi cura di te.

Ho la sensazione di essermela cavata piuttosto bene, senza raccontare bugie e con la giusta dose di sentimento. Attacco il biglietto allo sportello del frigo con un magnete colorato, appoggio il mio mazzo di chiavi sul tavolo e lascio l'appartamento. L'idea che possa essere l'ultima volta che mi trovo in questa casa, improvvisamente mi abbatte, mi svuota dentro.

Sono talmente immerso nei miei pensieri contraddittori

– da un lato il senso di abbandono che proverà Sandrine e dall'altro la gioia di aver ritrovato Mali – che inavvertitamente passo davanti al McDonald's. L'ho appena oltrepassato, quando sento una voce alle mie spalle.

"Thomas? Lo dicevo che eri tu! Hai cambiato strada in questi ultimi tempi? Non ti ho visto passare nemmeno una volta, da quando ti sei licenziato!"

Alice, la mia ex collega, mi guarda sorridendo. Potrebbe avercela con me perché non sono mai andato a salutarla, ma so che è al di sopra di queste meschinità.

"Hai tempo di prendere un caffè? Sono in pausa."

Con uno sforzo, ricambio il sorriso. Dopo un attimo di esitazione, accetto il suo invito. Dopotutto, Alice era più di una semplice collega, eravamo amici. Di comune accordo, andiamo a sederci in un bar a un centinaio di metri dal McDonald's. È qui che venivamo tutti i giorni, quando lavoravamo insieme. Non appena ci accomodiamo, Alice parte all'attacco.

"Allora questo libro, racconta. Quando l'ho visto in libreria non riuscivo a crederci! È per scriverlo che ti sei licenziato?"

"Direi piuttosto che è stato Martial a mettermi alla porta. Ma sì, era per scrivere il libro che volevo tre settimane di congedo. L'hai letto?"

"Certo che sì! Mi ci sono buttata non appena ho visto il tuo nome. È un libro molto tuo. In alcuni momenti mi sembrava di sentire la tua voce. Solo la scelta del tema mi ha un po' sorpreso. Come ti è venuto in mente di raccontare la storia di una vecchietta?"

"Oh, sai, a volte non siamo noi a scegliere. È il soggetto che ci viene a cercare, se così si può dire."

"Capisco."

Intuisco dalla sua espressione che non ha assolutamente capito. Piuttosto di scendere nei dettagli, preferisco cambiare argomento.

"E tu come stai? Martial vi dà ancora filo da torcere?"

"Non l'hai saputo? L'hanno cacciato. Quel cretino ha allungato un po' troppo le mani su una nuova dipendente. Una studentessa, la classica figlia di papà che voleva sperimentare la vita vera. Si dà il caso che non abbia apprezzato la visione della vita vera che le offriva Martial e che il padre sia avvocato, ti lascio immaginare il seguito..."

Me lo immagino benissimo e non mi strapperò i capelli per le sorti di quello stronzetto che mi ha rovinato la vita per tre anni.

"Se proprio vuoi saperlo, ben gli sta!"

Con un cenno del capo, Alice mi comunica che è d'accordo con me. Per qualche istante cala il silenzio, poi torna all'attacco.

"Immagino che Sandrine sia tremendamente fiera di te per il libro...?"

Quando Sandrine veniva a prendermi al lavoro, aveva l'abitudine di fermarsi a chiacchierare con Alice e credo che fossero a un passo dal diventare buone amiche. Mi sento dunque in dovere di dire la verità.

"No, non proprio. Direi piuttosto che è gelosa del mio successo, e per dirla tutta ci stiamo lasciando."

"Cosa? Mi... mi dispiace... ma..."

Alice è palesemente più incredula che dispiaciuta, e io alzo subito la guardia.

"E perché? Perché dovrebbe dispiacerti?"

Sono stato più aggressivo di quanto volessi. Stavolta, Alice sembra mortificata.

"Devi scusarmi, ma... insomma... Ho l'impressione che Sandrine non sia un tipo geloso. Forse non sta a me dirlo, ma ho sempre creduto che Sandrine ti adorasse. E anche tu eri pieno di attenzioni nei suoi confronti... Le facevi regali, cucinavi per lei..."

Alice balbetta, parlare di un argomento che non avevamo

mai affrontato la mette a disagio. Non devo avere un'aria molto convinta, perché continua a giustificarsi.

"Ti ricordi la volta in cui le hai organizzato una festa di compleanno a sorpresa qui al McDonald's? Quante risate! A mezzogiorno avevi riempito di lassativi l'hamburger di Martial per fare in modo che tornasse a casa, e aveva funzionato. Avevamo chiuso alle otto, con il rischio di essere licenziati, e avevi preparato un magnifico barbecue nella saletta sul retro. Era stata una festa perfetta, al fast food se la ricordano ancora tutti. Ne ho riparlato con Farid proprio la settimana scorsa. Sandrine aveva le lacrime agli occhi. Sai, quel giorno, mi sono detta che mi sarebbe piaciuto incontrare un ragazzo come te..."

Dopo questa rivelazione, ammutolisce e arrossisce un po'. Penso a Sandrine e alla nostra vita insieme. Di fronte al mio silenzio, Alice si sente ancora una volta obbligata a rilanciare la conversazione.

"So benissimo che non sono affari miei. È solo che è raro incontrare una coppia come la vostra, due persone così complementari. Lei la seriosa e tu l'estroso, avevamo l'impressione che foste fatti l'uno per l'altra. Scoprire che anche una coppia come la vostra può separarsi è triste, capisci?"

Capisco benissimo e non ce l'ho con lei. Quello che Alice non sa è che in questo momento Mali mi sta aspettando da qualche parte e che ormai è tardi per fare marcia indietro. La rassicuro brevemente sulla sua indiscrezione, le prometto che tornerò a trovarla e la lascio quasi di corsa per raggiungere il dolce giaciglio di Mali.

Giunto davanti al suo palazzo, la vedo armeggiare in negozio e non resisto alla tentazione di dare un'occhiata. Quando varco la porta, sono investito da un milione di colori, uno più sgargiante dell'altro. Le pareti sono dipinte di rosso e verde fosforescente, mentre gli stand crollano sotto il peso di tonnellate di abiti variopinti. Sparsi qua e là, ci sono scaffali pieni di bottiglie, cibo in scatola di produzione artigianale e oggetti di legno di cui ignoro l'utilizzo. Mali si accorge della mia presenza, abbandona il lavoro e mi si getta al collo.

"Ciao, tutto bene? Che ne pensi del negozio? Tutti i vestiti vengono da una sartoria del Nord della Mesmenia."

Con un gesto della mano abbraccia tutti quei capi arcobaleno, poi indica con fierezza uno stand in particolare.

"E quelle sono creazioni mie. Io invio i cartamodelli e loro mi spediscono gli abiti. Belli, no?"

Immagino che un neanderthaliano sotto l'effetto di una buona dose di LSD potrebbe trovarli sexy, ma sono certo che Mali non apprezzerebbe il complimento. Così preferisco esprimerle tutta la mia sincera ammirazione per il lavoro che è riuscita a fare in soli due mesi. Accoglie i miei elogi con un sorriso modesto e un'alzata di spalle.

"Oh, non è niente di che. Sai, mi hanno aiutato degli amici. Sali in casa? Finisco di pianificare il tuo incontro e ti raggiungo, d'accordo?"

Non deve ripetermelo due volte, tanto più che Nathalie sta aspettando la mia telefonata. Recupero le chiavi e salgo le scale, cercando di non pensare a chi possano essere gli amici che hanno aiutato Mali a sistemare la boutique. Mi siedo sul divano e chiamo Nathalie, che risponde al primo squillo.

"Thomas! Mi chiedevo dove fossi finito. Hai letto l'articolo su 'France Soir'?"

"Sì, l'ho letto. È delirante. Non ci sono torbidi segreti in quello che ho scritto."

"A noi non interessa, Thomas. L'importante è che si parli di te. Ti rendi conto di quanta pubblicità ci regala quest'articolo?"

"Sì, ma perché tuo nonno ha parlato di 'intrallazzi', come se fossi un criminale?"

Nathalie ridacchia all'altro capo del filo.

"Probabilmente voleva punzecchiarti, devi ammettere che non ti sei comportato tanto bene con lui."

"Io? Ma io non ho fatto niente! È Sergeï che...

"Non importa. Ciò che conta ora è che ti prepari, perché spunteranno giornalisti da tutte le parti."

"Ma io non ho fantasia..."

"Raccontalo a qualcun altro, Thomas, con il tuo libro hai ampiamente dimostrato di cosa sei capace. Quello che posso fare per te è lasciarti un po' di tempo. Non darò il tuo numero diretto e sceglierò con cura le interviste a cui dovrai rispondere. Dopotutto, è il compito di ogni editore. Quanto a te, ti consiglio di trovare una storia da raccontare, perché ne avrai bisogno, intesi?"

Ci lasciamo con questo accordo. Vorrei avere più tempo per riflettere su tutta la faccenda ma proprio in quell'istante arriva Mali, a riprova del fatto che d'ora in avanti non avrò più un minuto per me.

"*Привет любвеый!*"

Significa "Buonasera, tesoro" in mesmeno. Queste due parole hanno il potere di dissolvere tutte le mie angosce.

17.

Due giorni dopo

Tutta l'Europa è in preda a una mesmenomania galoppante. Gli ecologisti si sono arresi presto e Zornoïff è rientrato a palazzo, ma le ricerche sul giacimento di terre rare sono ripartite alla grande. Qual è l'estensione del suddetto giacimento? Avrà diramazioni fino in Estonia o addirittura fino in Russia? Le diramazioni avranno la stessa concentrazione di metalli preziosi del giacimento originale? O ancora, ce ne saranno anche nel Mar Baltico? E se così fosse, sarà possibile sfruttare le risorse sottomarine? Nei programmi televisivi, gli esperti si succedono tentando di dare spiegazioni a colpi di cifre, grafici e tabelle, tanto che in Francia tutti conoscono a memoria i simboli chimici dei lantanidi, nella tavola periodica di Mendeleev.

Sull'onda dell'entusiasmo, Bruxelles ha messo in piedi una commissione per valutare la possibilità di concedere degli aiuti alla Mesmenia. Le modalità potrebbero essere le più svariate: un'esenzione dalle imposte della durata di cinque anni per le aziende che si trasferiscono nel paese, fondi speciali in vista del rifacimento della rete stradale o sovvenzioni all'agricoltura.

Mali segue il dibattito con interesse. Non sembra amare

molto il vecchio Zornoïff, come lo chiama lei, ma in fondo credo che le terre rare, gli ecologisti e la politica mesmena la lascino piuttosto indifferente. La sua unica preoccupazione è quella di vedere la Mesmenia sulle prime pagine dei giornali e ricavarne pubblicità per la sua attività commerciale. È convinta che in un batter d'occhio sarà conosciuta in tutta la Francia, addirittura in tutta Europa, e che presto "Un piccolo angolo di Mesmenia" diventerà il nome di una catena di boutique in franchising.

Non oso contraddirla, ma qualunque imbecille si renderebbe conto del numero ridicolo di clienti che attira il suo negozio. Persino io me ne sono accorto e non riesco a capire come possa essere così cieca a riguardo. Ma questa cecità fa parte del suo fascino. È talmente determinata, talmente appassionata, che nessuno può resisterle. A differenza di Sandrine, non si preoccupa del futuro. In base al principio che la fortuna aiuta gli audaci, cavalca senza esitazioni verso il successo. Non inventa falsi problemi. Sapendo che ha appena divorziato e che ha investito tutti i suoi soldi in questa misera boutique, avrebbe tutte le ragioni del mondo per cadere in depressione. E invece no, ci crede e sgobba da mattina a sera. Stando con lei, prendo lezioni di ottimismo e coraggio tutti i giorni.

Eppure vorrei che mi concedesse almeno un decimo dell'attenzione che dedica al suo negozietto. Certo, facciamo l'amore ogni volta che riesco a catturarla e a stringerla fra le braccia. Sembra sempre un po' sorpresa, ma non si rifiuta mai, anzi. Si presta a tutti i miei giochetti con entusiasmo e passione, ma quando ricado sul letto, grondante di sudore e appagato, mi bacia la punta del naso e si rimette al lavoro.

È così che è riuscita a organizzare la mia presentazione in meno di quarantott'ore e oggi mi ritrovo in negozio, seduto dietro un tavolino di legno, ad attendere pazientemente l'arrivo dei fan. Per sicurezza, ho chiesto a Nathalie di darmi una cinquantina di copie del libro, che ha avuto la meschinità di vendermi al prezzo che applica ai librai. Fortunatamente, potrò rifarmi delle spese rivendendole in nero.

Su ordine di Mali, sono arrivato in negozio alle 8.30 del mattino, e finora – il mio orologio segna le 10.45 – non ho visto un solo lettore. Per fortuna, posso distrarmi contemplando Mali che, in mancanza di clienti, si dà da fare cambiando l'allestimento in vetrina.

Nell'istante in cui mi alzo per sgranchirmi le gambe, entra una donna anziana, con il mio libro sottobraccio.

"È lei Thomas Lagrange? Sono qui per le dediche, come ho letto in salumeria."

Effettivamente, Mali ha affisso dei volantini in tutti i negozi del circondario per annunciare l'evento. Avrei preferito che alla mia prima cliente non fosse venuto in mente di venire a vedermi mentre ordinava un pezzo di sanguinaccio o delle salsicce, ma immagino di non potermi permettere il lusso di scegliere i miei lettori. In compenso, se spera di farmi firmare la copia che ha sottobraccio si sbaglia di grosso. Mica lavoro gratis, io. Le sto spiegando che se ci tiene alla dedica deve ricomprare il libro, quando interviene Mali.

"Ma cosa dici, Thomas? Certo che firmerai la copia della signora, e le scriverai anche una bella dedica."

Poi si volta verso la vecchietta con il magnifico sorriso che usa per sedurre l'intero pianeta.

"Deve scusarlo, signora, sa come sono gli artisti... Quando si svegliano con il piede sbagliato, sono dei veri orsi..."

La donna mi lancia uno sguardo di fuoco.

"Voglio che scriva: 'A Germaine, con tanto affetto'."

"Ma certo, sarà felice di scrivere tutto quello che vorrà."

Apro bocca per protestare, ma Mali aggrotta le sopracciglia e mi costringe a sedermi al tavolo in silenzio. La vecchietta scruta il libro con aria sospettosa. Dopo aver verificato che la mia scrittura sia leggibile e che abbia riversato tutto il mio amore sulla pagina, lo richiude, ringrazia Mali e se ne va.

Una volta soli, Mali mi spiega quale sia l'obiettivo di questi incontri. Non sono qui per vendere il libro, e nemmeno per farmi promozione. Sono qui per aiutare il negozio a decollare. Sono come il pezzo di gruviera in una trappola per topi. Attiro le prede, le adesco, e quando sono a portata di registratore di cassa, entra in scena lei per addentare il contenuto dei loro portafogli. Gli uomini si sentiranno obbligati a comprare un paio di bottiglie di Kroach'Vodka e le donne non potranno fare a meno di uscire con un guardaroba nuovo. Per una frazione di secondo, ho una visione terribile: la vecchia che esce dal negozio con indosso una minigonna pitonata, arancione fluorescente, come quelle che mi circondano. Fortunatamente, la nonnina è sfuggita alle grinfie di Mali.

Riprendo posto dietro al tavolo di legno, convinto che mi annoierò a morte fino all'orario di chiusura della saracinesca, e invece mi sbaglio di grosso. A partire dalle undici, i clienti cominciano ad arrivare. Be', non si può dire che ci sia la fila, ma di certo non sto a girarmi i pollici, ed è un buon segno. La maggior parte sono donne tra i quaranta e i settant'anni, ma di tanto in tanto ho la piacevole sorpresa di alzare gli occhi e vedere un viso più giovane. Gli uomini non sono molti, e i tre o quattro temerari che vengono a chiedermi l'autografo hanno anche loro superato la data di scadenza.

Alle due del pomeriggio, le mie statistiche sono smentite dall'arrivo di un ragazzo sulla trentina. Ipotizzo immediatamente che sia stato attratto dal fondoschiena di Mali, che invece di preoccuparsi della mia carriera di romanziere è ancora alle prese con la vetrina. Il ragazzo vaga nel minuscolo locale come se cercasse qualcosa in particolare e mi sento obbligato ad avvicinarlo per attirare la sua attenzione. Devo insistere, ma alla fine ammette di ricordare lontanamente il mio nome. Sembra sinceramente sorpreso di scoprire che ho scritto un libro e accetta di acquistarne una copia, oltre alla bottiglia di Kroach'Vodka che Mali gli infila tra le mani. Paga e, da perfetto cafone, si dirige verso l'uscita senza chiedermi nemmeno un autografo. Indignato, lo rincorro per porgli una dedica che accoglie con una sprezzante alzata di spalle. Ma nel momento in cui prendo in mano la penna, non sa cosa dettarmi e io, da scrittore alle prime armi, non ho ancora un bagaglio di frasi fatte da sfoderare. Così gli racconto la trama del libro per dargli qualche spunto. Non appena scopre che ho scritto un romanzo che parla di vecchiette, scoppia a ridere, una risata vagamente irritante che non ricambio. Dopo cinque minuti di discussione, ci accordiamo per "Alla nonna, da parte del nipotino che la adora". E finalmente lascia il negozio, con un sospiro di sollievo che preferisco non interpretare.

Dopo di lui, ho diritto a una lunga pausa. Vado a comprare un panino a un chiosco per strada e torno a mangiarlo nella boutique. Mali mi guarda con disapprovazione, ma fingo di ignorarla. Sono pronto a sacrificare tutto per lei, tranne le necessità del mio stomaco.

Verso le cinque, Mali viene a sedersi accanto a me per stilare un primo bilancio della giornata. Ha venduto molti meno abiti di quanto avesse previsto. In compenso, sono sparite tutte le bottiglie di Kroach'Vodka e tutte le scatolette di cervella di coniglio – la gente ha gusti strani. Mali sta già pensando a una seconda giornata di autografi: deve trovare una strategia per attirare le donne giovani che, mi spiega, sono le principali destinatarie della sua linea d'abbigliamento. E proprio nel momento in cui pronuncia queste parole, entrano loro.

Per *loro* non intendo le ragazze, sarebbe troppo bello. Intendo un gruppo agguerrito di vecchiette che hanno l'aria di conoscersi. A un primo sguardo, ho l'impressione che siano almeno una dozzina, ma è solo un'impressione dettata dal panico. Di fatto sono solo cinque, ed è più che sufficiente. Arrivano armate di libri, ognuna ha il suo, prova che sono qui per me. È un gruppo talmente bizzarro che sono quasi spaventato.

Si posizionano ordinatamente in fila indiana davanti alla mia scrivania e, a turno, mi tendono la loro copia dettandomi la dedica.

La prima è una signora dell'alta borghesia, con un tailleur pied-de-poule e una boccuccia a forma di culo di gallina, che scandisce: "Ad Adèle, con amicizia".

La seconda è una nonnina grassottella che indossa una sorta di paralume a fiori e, a prima vista, sembra piuttosto intimidita. Mi chiede di scrivere: "A Henriette, con i miei migliori omaggi".

Poi arriva una sportiva in tuta da ginnastica blu, apparentemente più giovane delle amiche, e mi detta: "A Liliane, che dei bei ragazzi è una fan". Quando le restituisco il libro, struscia la mano contro la mia mettendomi in palese imbarazzo.

La seguente indossa un maglione viola, dei jeans che le arrivano fino alle ascelle ed è piuttosto anonima. Probabilmente non ha molta fantasia, perché pretende solo un modesto "A Monique, da parte di Thomas", rinunciando a inventare rime allusive.

Infine, in ultima posizione, si avvicina una Marylin incanutita, dall'espressione ammiccante, che mi sussurra un sensuale "Mille baci alla bella Emma". Anche questa mi ispira una certa diffidenza.

Non appena una di loro si allontana, Mali la prende per mano. Dalla mia postazione, riesco quasi a vederla mentre si lecca le dita. Perché Mali è una vecchia volpe, ha già intuito i loro gusti e ha capito che, nonostante l'età, rappresentano un gruppo di potenziali clienti. Henriette e Monique si mostrano particolarmente interessate. Mi preparo ad assistere a una sfilata di obbrobri quando, con mio gran sollievo, le sento lamentarsi che tra gli abiti esposti non c'è la loro taglia. Allora Mali suggerisce degli accessori, come sciarpe, guanti, borsette. Ci vuole una certa abilità a riuscire a vendere delle manopole di pelliccia di coniglio in primavera, e la mia ammirazione per Mali aumenta ulteriormente.

L'unica refrattaria alla moda mesmena è la prima vecchietta, di nome Adèle. Guarda le amiche con malcelata disapprovazione, poi, stringendo al petto la copia del libro che le ho dedicato, si volta verso di me con sguardo avido. Senza darmi il tempo di battere in ritirata, inizia a farmi una raffica di domande. Il libro è ispirato a una storia vera? Diventerà un film? Sono mai stato in Mesmenia? Come ho fatto a imparare questa lingua semisconosciuta? Rispondo a monosillabi, ma la mia riluttanza non la scoraggia, anzi. Apre il romanzo su una pagina contrassegnata da un post-it – e questo mi dice che il suo agguato era premeditato – e si mette a leggere con impegno.

Andreï Bergoff abitava insieme alla sua numerosa famiglia nella casa più grande del villaggio, situata verso la metà della terza laterale a sinistra del corso principale, entrando in città da nord, nord-ovest, a trecentocinquanta metri circa dal pollaio in cui Maria aveva sorpreso Chlobak. L'uomo era zoppo, gobbo e guercio, ovvero soffriva di un terribile strabismo. In qualunque altra parte del mondo, quel fisico ingrato avrebbe rappresentato un grave handicap, ma in Mesmenia nessuno si formalizzava, tanto più che l'uomo ne aveva approfittato per defilarsi al momento di partire per la guerra, ed era rimasto uno dei rari esemplari maschi della sua generazione in tutta la regione. Quanto all'età, era poco più vecchio di Maria, di cui era innamorato sin dall'infanzia – prova che la bruttezza fortifica, perché Andreï Bergoff non era molto lontano dai settantacinque anni.

Adèle alza gli occhi.

"Non crede di aver esagerato un po', giovanotto? Fra l'altro è difficile immaginare che, una ventina di pagine dopo, un uomo della sua età e con i suoi problemi fisici si metta a correre come una lepre, raggiungendo la velocità dei soldati russi probabilmente allenati e nel pieno delle forze. Non trova?"

Mi ricordo benissimo di quel passaggio. Iniziava con oscure considerazioni sulle origini della famiglia Bergoff, che ho sostituito con alcune informazioni sulla topografia del villaggio, a mio avviso più interessanti per il lettore francese. Anche la digressione sui gusti estetici dei mesmeni, così diversi dai nostri, è stata una mia invenzione: mi è parsa necessaria per dare credibilità al ruolo che Andreï assume nel romanzo. Dopo tutti gli sforzi che ho fatto, trovo particolarmente ingiusto farmi rimproverare da una nonnina che perde tempo a disquisire sulle performance olimpiche di un personaggio minore.

Fortunatamente non devo rispondere, perché Mali conclude le vendite e si avvicina insieme al gruppo di vecchiette, che hanno tutte in mano una busta con la scritta "Un piccolo angolo di Mesmenia". Arrivano giusto in tempo perché possa sentire la frase "il mesmeno è una bella lingua".

Comincio a conoscere Mali. Ha il sorriso estasiato di chi ha appena avuto un'idea geniale, e conferma la mia intuizione rivolgendosi alla signora perfettini.

"Stavo giusto proponendo alle sue amiche, perché non impararla, questa bella lingua?"

Adèle la guarda con aria piuttosto sorpresa.

"Ma... ma non so nemmeno una parola di mesmeno e non saprei dove trovare un insegnante."

"Potrei farvi io da insegnante, se volete, l'ho già fatto in passato. Sono stata anche la professoressa di Thomas. Sarei felicissima di essere la vostra."

Le vecchiette si guardano con aria interrogativa. Nessuna

vuole assumersi la responsabilità di decidere, ma il loro desiderio di accettare è quasi palpabile. Anche Mali dev'essersene accorta, perché rincara la dose con il suo miglior sorriso.

"Non vi costerà molto, sapete. Vi farei un prezzo di favore, naturalmente."

Dopo un nuovo scambio di occhiate, alla fine la sportiva Liliane si lancia.

"Be', potrebbe essere divertente..."

"Saremmo molto alla moda..."

"Potrebbe anche raccontarci di come vivono gli abitanti del suo paese..."

"Ma non ci darà troppi compiti a casa, vero?"

Parlano tutte insieme, dando la loro totale adesione al progetto. La mia meravigliosa Mali le rassicura, le stimola, le raggira, e in meno di venti minuti decidono di iniziare le lezioni l'indomani pomeriggio. Lasciano il negozio e, non appena svoltano l'angolo, Mali chiude la porta a chiave e mi si getta al collo.

"Grazie, grazie, grazie! Sei riuscito a far decollare i miei affari!"

Le do una leggera pacca sulla schiena, chiedendomi se il suo comportamento sia davvero dettato dall'amore.

18.

Una settimana dopo

Le vecchiette hanno iniziato il corso. Mali ha imposto un ritmo infernale, con tre sedute di due ore a settimana. La sua cosiddetta tariffa di favore ammonta a ottanta euro a lezione per persona e le fa guadagnare quattrocento euro in un pomeriggio, milleduecento euro a settimana e quattromilaottocento euro al mese. Il tutto al netto di spese e imposte, dal momento che si fa pagare in nero, naturalmente. Sandrine avrebbe obiettato che così facendo non avrebbe beneficiato di alcuna copertura previdenziale o contributo pensionistico, ma Mali è al di sopra di questi calcoli.

Siccome in negozio non c'è abbastanza spazio, riceve le sue allieve a casa. Qualcuno potrebbe pensare che le stia turlupinando, che approfitti della loro ingenuità per spacciare due o tre parole di mesmeno, sgranocchiando dolcetti e sorseggiando tè, ma posso assicurare che prende molto seriamente il suo ruolo. Ha rispolverato i corsi che teneva all'università, li ha adattati con cura alle nuove matricole, e si occupa lei stessa di fare le fotocopie che distribuisce a ogni lezione. Personalmente, ammiro la sua serietà professionale e non credo che le stia imbrogliando.

Per non chiudere il negozio durante il corso, mi ha chiesto di fare dei turni. Ovviamente, ho subito accettato di farle questo piccolo favore. Dopotutto, mi ospita gratuitamente da dieci giorni e devo dire che non è un impegno molto gravoso. Gli incontri per autografare il libro sono stati un mezzo successo all'inizio, ma non sono riuscito a fidelizzare la clientela come sperava Mali. Non biasimo gli assenteisti: bisogna riconoscere che la boutique propone a prezzi esorbitanti una merce che non vorrei nemmeno se me la regalassero. Per la maggior parte del tempo, resto seduto a sfogliare riviste. Ho suggerito a Mali di installare un piccolo televisore in un angolo della stanza, ma si è fermamente opposta all'idea. Secondo lei, dobbiamo recitare la parte dei commessi molto impegnati, anche quando in negozio non c'è un cane. Credo si chiami pensiero magico: Mali è convinta che comportandoci come se avessimo un mucchio di clienti, un giorno li avremo davvero. Al posto della televisione, mi costringe ad ascoltare a ciclo continuo una musica mesmena che si sposa a meraviglia con il resto della boutique.

Io sono più preoccupato per il comportamento di Mali che per gli scarsi introiti del negozio. Fin dal giorno in cui ci siamo rivisti, mi sono reso conto che non prova alcun trasporto nei miei confronti. È stata tristemente chiara sull'argomento. Ma quando mi sono trasferito a casa sua, ero convinto di poter trovare la strada del suo cuore. Avevo la certezza che l'avrei conquistata utilizzando le mie migliori armi di seduzione, ma con lei non ce n'è una che funzioni. La ascolto per ore, le regalo fiori, le preparo cenette a lume di candela, ma non riesco a suscitare in lei la minima emozione. Ieri sera mi ha chiesto di accendere la luce, perché le candele non illuminavano abbastanza il piatto. A letto, asseconda tutti i miei desideri, ma subito dopo torna a dedicarsi alle sue attività. Ai suoi occhi, esisto solo quando parlo di affari e di metodi per incrementarli.

Quando sono solo in negozio, non faccio che pensare a lei e inventare nuove strategie per attirare la sua attenzione. Impazzirei, se di tanto in tanto non mi squillasse il cellulare, regalandomi qualche gradita distrazione. Richard ha cercato di contattarmi diverse volte. La prima, mi ha lasciato un lungo messaggio di scuse per l'odioso articolo che ha scritto contro di me. Mi ha spiegato che il caporedattore l'aveva costretto a rivelare particolari che mi rendessero ambiguo agli occhi del pubblico. Nei messaggi successivi, parla di Sandrine e dello sconforto in cui l'ha gettata il mio allontanamento. Alla fine, mi chiede sempre di richiamarli, lei e lui. Quasi in tono di supplica. Ho salvato i messaggi e li riascolto regolarmente. Dovrò pur ricontattarli un giorno o l'altro, non posso permettermi di sparire dalle loro vite senza alcuna spiegazione. Mi serve solo un po' di tempo, e il mio istinto mi dice che non è ancora arrivato il momento.

E poi c'è Nathalie. Anche lei mi chiama tutti i giorni, ma a lei rispondo sempre. A inizio settimana, abbiamo deciso che inaugurerò la mia vita mediatica sulla carta stampata. Sono riuscito a tenere a bada il mio terrore di Sergeï, di Alvizaar e del misterioso autore convincendomi che, se avessero voluto vendicarsi, sarebbero già passati all'azione. In compenso, ho spiegato a Nathalie che l'idea di affrontare i giornalisti mi metteva in agitazione. Mi vedevo già balbettare davanti a degli sconosciuti divertiti. Ha capito e mi ha procacciato un'intervista per un mensile intitolato "Psicologia donna". Ho incontrato la redattrice tre giorni fa e ho capito che Nathalie aveva fatto bene a convincermi. Come promesso, ho avuto la possibilità di prepararmi le risposte, correggermi, interrompere l'intervista e riprenderla quando volevo. La giornalista è stata molto comprensiva e mi ha appena spedito il testo perché lo approvassi prima della pubblicazione sul numero del mese prossimo:

PSICOLOGIA DONNA: Buongiorno, signor Lagrange.

IO: Buongiorno.

P.D.: Lei è l'autore di *La vita rurale in Mesmenia* e ha gentilmente accettato di parlare con noi del suo libro. Signor Lagrange, lo ha scritto in mesmeno e poi lo ha tradotto in francese. Potrebbe dirci qualcosa di più sul suo legame con questo paese?

IO: Il mio legame con la Mesmenia è molto semplice. Ho imparato il mesmeno quasi dieci anni fa, quando ero ancora all'università. Io e la mia insegnante siamo diventati molto amici, ed è grazie a lei che sono sempre rimasto in contatto con questo paese, anche se non ci sono mai stato di persona.

P.D.: Ecco dunque chiarito il primo punto. Ma veniamo all'argomento del romanzo. Oggi si fa un gran parlare di donne che preferiscono uomini più giovani, come accade nel suo libro. Cosa pensa di queste donne chiamate *cougar*?

IO: Credo che abbiano ragione. A pensarci bene, è vero: gli uomini di una certa età sono spesso attratti da donne più giovani, perché il contrario dovrebbe apparire scandaloso?

P.D.: Tuttavia, nel suo libro, il tema della donna *cougar* è affrontato in modo abbastanza radicale, se posso permettermi. La protagonista è una settantenne che vive in un contesto rurale che, forse a torto, immagino piuttosto impermeabile a questa visione dei rapporti di coppia. Può spiegarci cosa l'ha spinta ad affrontare questo tema, e in questa prospettiva, nella sua opera prima?

IO: I casi della vita. L'amica stretta di cui le parlavo è di origini mesmene. E infatti è proprietaria di una boutique nel Marais, che si chiama "Un piccolo angolo di Mesmenia". Mi ha raccontato la storia di una sua vecchia zia, che ha lasciato la famiglia per seguire un soldato ucraino, molto più giovane di lei.

P.D.: E così il suo è in qualche modo un libro biografico.

Si rende conto dell'impatto che ha avuto sulla società, del contributo che ha dato al riscatto di tutte quelle donne che finora sono state criticate per le loro preferenze sessuali?

IO: Un piccola precisazione: *La vita rurale in Mesmenia* non è affatto un romanzo biografico, perché la zia della mia amica era già sposata e madre di due figli quando ha conosciuto il soldato ucraino. E per rispondere alla sua domanda, quando ho scritto il libro non avrei mai immaginato che potesse avere un tale successo. Tenga presente che, al momento della pubblicazione, nessuno parlava della Mesmenia e le terre rare non erano ancora state scoperte. L'ho scritto per il puro piacere di scrivere in mesmeno e tradurre in francese, senza ambire a nessuna forma di notorietà. Come può vedere, l'impatto sociale non era affatto premeditato. Detto questo, sono felicissimo di contribuire all'apertura mentale dei miei contemporanei su questo tema.

P.D.: Alcuni giornali hanno scritto che non ha mai avuto alcun rapporto con la Mesmenia e hanno anche insinuato che ci sia un significato nascosto tra le righe – significato nascosto che spiegherebbe alcuni passaggi oscuri, per esempio l'oggetto misterioso di cui non viene mai rivelata la natura. Può dirci qualcosa in più a questo proposito?

IO: Ho già parlato dei miei rapporti con la Mesmenia. La maggior parte dei giornalisti che hanno scritto su di me o sul mio libro non mi ha mai intervistato. Hanno fatto delle congetture a partire da altri articoli e, a poco a poco, a colpi di condizionali, hanno deformato la realtà. Non ce l'ho con loro ma, onestamente, chi potrebbe credere a questa storia del messaggio in codice?

P.D.: La ringrazio a nome di tutta la redazione per aver concesso questa intervista a "Psicologia donna". È la prima volta che accetta di rispondere alle domande di un giornalista, e immagino che abbia ricevuto altre proposte prima di questa. Per quale motivo è stato così riservato con i media?

IO: Le farò una confidenza: lascio che sia il mio editore Nathalie Vermont a scegliere le riviste e i giornali sui quali apparire. Quando si tratta di psicologia, così come in tanti altri ambiti, le donne hanno più buonsenso e intuito di noi.

P.D.: La ringrazio del complimento. Mi resta un'ultima domanda da farle, signor Lagrange. Tornando all'inizio di questa intervista, ha detto di capire e approvare la scelta delle donne *cougar*. Riesce a immaginare, un giorno, di averne una nella sua vita?

IO: Quello che penso è che non ci si innamora di una persona per l'altezza, la razza o l'età. Un incontro d'amore è magico, non si può spiegare o calcolare, quindi direi di sì, perché no?

P.D.: Ecco una buona notizia che le nostre lettrici apprezzeranno senz'altro. Non mi resta che ringraziarla di aver accettato questa intervista. Arrivederci, signor Lagrange.

IO: Arrivederci.

Mali, che ha letto il testo con il mento appoggiato sulla mia spalla, mi salta al collo e mi ricopre di baci. Da quando ha saputo che avrei concesso quest'intervista, mi ha supplicato di parlare del negozio, se fosse capitata l'occasione. Non ha ancora avuto tempo di leggere il libro, ma mi ha chiesto di cosa parlasse a grandi linee ed è stata lei ad avere l'idea della vecchia e scandalosa zia che fugge con un soldato ucraino. Nei suoi sogni, avrei anche dovuto presentarla come coautrice del libro, quella che aveva dato alla luce il testo in mesmeno. Avrebbe anche voluto che per la ristampa chiedessi a Nathalie di mettere il suo nome in copertina, ma mi sono riservato di decidere. Potrebbe essere la mia ultima arma per sedurla, se non dovessi riuscire a conquistarla con le altre.

Il pezzo di "Psicologia donna" ha uno stile politicamente corretto che mi diverte molto. La giornalista mi ha fatto un sacco di domande a cui non sapevo cosa rispondere. Mi ha letteralmente imboccato, e alla fine non mi riconosco affatto nel colloquio che abbiamo avuto. Ma in fondo, che importanza ha? L'unica condizione che le avevo posto era quella di parlare del negozio, e ha mantenuto la promessa. Vorrei approfittare dell'umore sbarazzino di Mali, non capita spesso di vederla così serena. Potremmo fare l'amore qui, sul pavimento della boutique, con il rischio di farci sorprendere da un cliente. Un rischio moderato, devo ammettere. Per un istante accarezzo l'idea, poi penso a ciò che mi attende stasera e l'ansia ha il sopravvento sulla libido.

Nathalie mi ha costretto a un'altra prestazione. E stavolta è una cosa seria. Devo partecipare, in diretta, al nuovo programma letterario *Des livres et des lettres*, condotto da un certo Julien Pujol. Non posso tirarmi indietro. Nathalie e Mali mi mettono troppa pressione perché possa rinunciare. Devo andarci e parlare di Mali, rischiando di provocare danni irreparabili.

Sono negli studi televisivi. Sugli spalti ho intravisto Nathalie, seduta accanto ad Alvizaar. Dalla prima fila, Mali mi lancia sorrisetti rassicuranti. Per una volta, indossa un tailleur nero molto sexy, e si è raccolta i lunghi capelli in uno chignon alla Audrey Hepburn. È la ragazza più bella del pubblico, e sono certo che il cameraman la riprenderà in continuazione. Temo quindi che Richard veda la trasmissione, la riconosca e corra a spifferare tutto a Sandrine.

Accanto a Mali, ci sono le vecchiette del corso di mesmeno: Henriette, Monique, Liliane, Emma e soprattutto Adèle, come sempre con il mio libro stretto al petto. Quella donna è un'invasata. Ogni volta che riesce a bloccarmi dopo la lezione, mi fa domande idiote sul romanzo. Fortunatamente, riesco quasi sempre a svignarmela, fingendo di avere una faccenda urgente da sbrigare nel retrobottega.

Poco fa, nei camerini, ho conosciuto due degli altri tre ospiti del programma: un uomo alto, magro e calvo, e un vecchietto ispido come un porcospino. Il terzo non è ancora arrivato, e il conduttore Julien Pujol è piuttosto in ansia.

Siamo seduti attorno a un enorme tavolo di cristallo, appollaiati su sgabelli di design in ferro battuto, particolarmente scomodi. Quando la spia rossa inizia a lampeggiare, compare l'ultimo ospite. È l'uomo che ho visto uscire dall'ufficio di Alvizaar, alla CNCB. Mentre si avvicina, il cuore inizia a battermi all'impazzata. Julien Pujol, invece, tira un sospiro di sollievo. Credo non si sia accorto che l'uomo è ubriaco fradicio. Ad ogni modo, è troppo tardi per allontanarlo dallo studio: il programma sta per cominciare e Pujol sorride alla telecamera.

"Signore e signori, benvenuti alla prima puntata di *Des livres et des lettres*. Stasera abbiamo invitato alcuni specialisti della Mesmenia, l'argomento più in voga del momento. Per prima cosa, vi presento i nostri ospiti. Alla mia sinistra, il dottor Gérard Lebrun, ricercatore del CNRS, autore de *Il popolo della Mesmenia: russi o europei?* Accanto a lui, Michel Alexandre, professore di Scienze politiche, che ci parlerà del suo libro *Benvenuti in Europa*. Alla mia destra, Alain Minardeau, che ci ha appena raggiunti. È esperto di artigianato baltico, e ha appena pubblicato per le edizioni ELL'M *L'artigianato mesmeno*. E infine Thomas Lagrange, per la prima volta sugli schermi, che ci parlerà del suo bestseller, *La vita rurale in Mesmenia*."

Quando sentiamo pronunciare il nostro nome, salutiamo il pubblico. Tutti tranne Alain Minardeau. Mi è sembrato di vederlo lanciare uno sguardo di fuoco nella mia direzione, ma forse è stata solo un'impressione, la tensione gioca brutti scherzi. Mi concentro su Julien Pujol, che si volta verso il vecchio irsuto.

"Dottor Lebrun, per prima cosa vorrei presentare brevemente il suo libro. In questa interessantissima opera, si interroga sull'origine della Mesmenia e dei mesmeni. Che differenze ci sono, rispetto agli altri paesi e agli altri popoli baltici?"

"Be', vede, è un'annosa questione. Stando alle caratteristiche fisiche dei mesmeni, così come alla loro lingua – che, detto per inciso, è più un dialetto che una vera e propria lingua – tutto sembra indicare che siano il risultato dell'incrocio di antichi popoli migratori, alcuni di origine mongola – il che non sorprende affatto –, altri probabilmente di origine azteca. E il dato più sconcertante è proprio questa contaminazione che non troviamo in nessun'altra regione al mondo. Per quanto riguarda la conformazione geografica della Mesmenia, il signor Lagrange ha perfettamente ragione quando la descrive in questi termini: *Questo stato è una pustola, un foruncolo attaccato per caso ai paesi baltici. Non avendo alcun rapporto con il territorio circostante, avremmo anche potuto immaginarcelo in Estremo Oriente o in America latina. La bruttezza di questo paese ne fa un'eccezione appena sopportabile alla vista, tranne forse per i suoi abitanti che ci vivono da sempre*. È un giudizio piuttosto duro, ma tutto sommato corretto, direi..."

Alain Minardeau lo interrompe sbuffando. Per quanto mi riguarda, sono lusingato di trovare finalmente qualcuno che riconosce i miei meriti. Julien Pujol, turbato dall'atteggiamento di Minardeau, gli lancia uno sguardo preoccupato. Poi si volta verso il suo interlocutore e prosegue come se nulla fosse.

"Molto interessante. Ci può descrivere le caratteristiche fisiche di questo popolo?"

"In generale, possiamo dire che i mesmeni sono alti e longilinei. Il problema dell'obesità è quasi inesistente nella regione, e questo non è dovuto solo alle abitudini alimentari. Hanno gli zigomi alti, come gli slavi, e uno strano colore dell'iride, un viola scuro che non è stato osservato in nessun altro popolo. Mentre i capelli, la forma del naso e delle orecchie vengono indubbiamente dall'altra parte dell'Atlantico."

Come avevo previsto, la telecamera si ferma su Mali, che corrisponde per filo e per segno alla descrizione dei mesmeni appena fatta. Se tutte le mesmene assomigliassero a lei, quest'estate ci sarebbe un'invasione di turisti. Julien Pujol, invece, si interessa unicamente al professore.

"Pensa dunque che i mesmeni debbano difendere la loro indipendenza e che non debbano nemmeno entrare in Europa?"

"Naturalmente no. Quando indaghiamo sulle origini di un popolo, non è per impedirgli di evolversi. È una questione complessa, ma devono imparare come tutti ad adattarsi al mondo moderno..."

"Bene. La ringrazio per questa introduzione molto promettente. Ne riparleremo tra poco, ma prima presentiamo ai telespettatori gli altri ospiti. Thomas Lagrange, lei è stato recentemente attaccato dalla stampa: hanno detto che non sa parlare mesmeno, che è solo il prestanome di un'associazione che non menzioneremo e che il suo libello in realtà contiene un messaggio in codice. Come risponde a queste accuse?"

Sentendo pronunciare il mio nome, ho un sussulto. Non so per quale motivo, ma ero convinto che sarei stato l'ultimo a finire sotto torchio. Forse perché sono il più giovane. Devo trovare una risposta alla velocità della luce. Istintivamente, ripenso all'intervista con "Psicologia donna" e rispolvero la stessa risposta.

"Per quanto riguarda la mia conoscenza del mesmeno, la spiegazione è molto semplice. Ho imparato questa lingua quasi dieci anni fa, quando ero ancora all'università. La mia insegnante è diventata una cara amica. Infatti stasera ha deciso di accompagnarmi ed è seduta tra il pubblico."

Indico Mali con un gesto. Il cameraman, che l'aveva già notata, fa una zoomata sul suo bel sorriso. Un mormorio d'approvazione percorre la sala. Penso ai telespettatori, a Richard, a Sandrine, che magari stanno guardando il programma. Vorrei sprofondare sottoterra. Julien Pujol guarda Mali e, dopo essersi rifatto gli occhi, si volta verso di me.

"Ecco dunque svelato il mistero con un simpatico fuoriprogramma. Torneremo tra poco sulla seconda parte della mia domanda."

Alain Minardeau ridacchia, sta per soffocarsi e finisce per ruttare rumorosamente a bocca aperta. Potrebbe dare lezioni di maleducazione a molti scaricatori di porto. Stavolta, il dottor Gérard Lebrun non gliela fa passare liscia. Rizza il pelo come un gatto infuriato.

"Ma insomma, signor Pujol, non siamo qui per sopportare i comportamenti indecenti di quest'ubriacone! Faccia qualcosa!"

"Sa cosa le dico? Che il qui presente ubriacone se ne frega di lei. Io ce l'ho con il buffone..."

Proferendo queste minacce, Minardeau agita il pugno verso di me. Non capisco il motivo della sua collera, così assumo un'aria distaccata, come se non mi sentissi preso di mira.

"Andiamo, signori, calmatevi. Attendete il vostro turno per parlare..."

Julien Pujol non sa come gestire la situazione, mentre Minardeau si innervosisce di fronte alla mia indifferenza.

"Ma gliela farò vedere, a quel buffone!"

Scende dallo sgabello e avanza verso di me, più minaccioso che mai. Vorrei avere il coraggio di chiedergli cosa gli ho fatto, ma è da quando ero all'asilo che non faccio a botte. Non ho voglia di prendere un cazzotto davanti alle telecamere. Il dottor Lebrun si alza per cercare di fermare quel pazzo furioso, e io tento di mettermi al riparo. Troppo tardi. Minardeau sfugge al controllo di Lebrun. Nell'istante in cui realizzo che mi sta saltando addosso e che dovrei rifugiarmi dietro le quinte, mi sferra un pugno sul naso.

Buio in sala.

19.

La mattina dopo, verso le undici

Mi sveglio con la sensazione che mi sia crollato in testa un armadio. Ho le narici sporche di sangue rappreso: posso staccare le croste e analizzarle con l'occhio destro, perché il sinistro non riesco ad aprirlo. Mi sto dedicando a questo passatempo, quando un peso mi atterra sul torace, svuotandomi i polmoni, costringendomi a tossire e accentuando il mio mal di testa. Apro bocca per protestare, e in quel preciso istante un lampo bianco mi investe l'occhio buono. Mali, in maglietta viola e pantaloni colorati, è a cavalcioni sul mio stomaco, con in mano la sua maledetta macchina fotografica.

"Non ti muovere, devo scattarne delle altre."

"Ma cosa fai?"

"Lo vedi, faccio delle foto per il sito."

Tento di raddrizzarmi senza riuscirci e brontolando mi lascio ricadere sul letto.

"Ma sei matta? Non vorrai mica pubblicare delle foto di me in questo stato?"

"Certo che sì! Thomas, sapessi come sono felice! Alla televisione non fanno che parlare di te. I social network sono impazziti, avrò milioni di clienti. Non puoi capire, sei il mio eroe!"

Non sono sicuro di apprezzare il complimento, ma sono troppo intontito per litigare. Faccio del mio meglio per liberarmi dalle lenzuola e vado in bagno a fare pipì e a cercare un'aspirina. Mali mi fotografa ancora un paio di volte, poi depone le armi. Tornando in camera, mi accorgo che il mio cellulare squilla e vibra all'impazzata, dalla tasca dei jeans che ieri sera ho abbandonato ai piedi del letto. Il suono mi trapana il cervello e mi precipito a spegnerlo. Mi lascio ricadere sul letto, la testa sprofondata nel cuscino, in attesa che l'aspirina faccia effetto.

Mi sveglio mezz'ora più tardi. Il silenzio che regna nell'appartamento mi dice che Mali è uscita. Il mal di testa c'è ancora, annidato dietro le palpebre come una belva pronta ad azzannarmi alle tempie. Nonostante tutto, ho fame e ho voglia di un caffè. Il mio primo contributo alla cucina di Mali è stata una divina macchina da caffè Nespresso. Vado immediatamente a prepararmene uno, addentando un pezzo di pane rimasto sul tavolo. Il dolore si attenua un po' per concentrarsi sull'occhio tumefatto. I pensieri si riannodano.

E il primo di questi pensieri va al mio aggressore di ieri sera. Come si chiama? Ah sì, Alain Minardeau. Il cavernicolo che avevo visto uscire dall'ufficio di Alvizaar e che minacciava di spezzare le dita a un misterioso individuo, se ce l'avesse avuto davanti. Avrei voglia di cercare quel Minardeau e fargliela pagare, restituendogli il pugno in faccia, ma la ragione prende immediatamente il sopravvento. Evidentemente, è un selvaggio che conosce solo la violenza come mezzo di comunicazione. Probabilmente non otterrei alcuna risposta comprensibile da parte sua, e in uno scontro fisico rischierei seriamente di soccombere un'altra volta. Ciò non toglie che la scena di ieri sera mi metta a disagio e la frase che mi viene in mente è degna di un thriller mozzafiato: "Mi stanno alle calcagna".

Invece di abbandonarmi ai cupi pensieri che mi assillano, preferisco ascoltare la segreteria telefonica. Il primo messaggio è di Nathalie. L'ha lasciato un'ora fa. Ha ricevuto una telefonata dai produttori di *Des livres et des lettres*. Temono che possa querelarli. Nathalie si informa gentilmente sul mio stato di salute, poi mi chiede di richiamarla.

Prima di lei, stamattina presto, mi ha telefonato anche la rete televisiva. Una voce maschile mi chiede in tono preoccupato di contattarli il prima possibile.

Gli altri messaggi sono tutti della sera prima. Tra questi, alcuni sono di vecchi amici che non vedo da un paio d'anni. Mi chiedono divertiti cosa sia questo scherzo, o dichiarano rispettosamente di aver sempre saputo che avrei fatto strada nella vita. Beccarsi un cazzotto in faccia in televisione non corrisponde esattamente alla mia idea di successo, ma ognuno la pensa come vuole. Alice, la mia ex collega di McDonald's, è preoccupata per il mio occhio nero e mi dice che se avessi bisogno di aiuto so dove trovarla. Le sono molto grato. Mia madre, che non si smentisce mai, vuole sapere se la ragazza della televisione sia la strega mesmena per cui ho già rischiato di rovinarmi la vita e mi scongiura di tornare sulla retta via. Come sempre, tende a drammatizzare.

L'ultimo messaggio è di Richard. Me lo ha lasciato al termine della trasmissione, quando ormai non ero più in grado di occuparmi del cellulare. Sembra furibondo, urla con cattiveria: "Cos'è questa pagliacciata? Cosa ci fai in quel programma? E in compagnia di quella donna? Ti rendi conto che ti immaginavamo sull'orlo del suicidio, che abbiamo chiamato la polizia e tutti gli ospedali di Parigi? Sarà meglio che ti faccia sentire non appena ascolti questo messaggio, altrimenti...". E riaggancia senza specificare la minaccia.

So che il "noi" di Richard include Sandrine, ma lei non mi ha lasciato nessun messaggio. Non so se temevo o speravo di sentire la sua voce. Devo parlarle subito: più il tempo passa e più mi accorgo di quanto sia stato odioso con lei. Quando il mio occhio sarà guarito, la chiamerò. Magari domani, o dopodomani.

Nell'attesa, devo assolutamente contattare Nathalie. Mi spiegherà cosa vogliono da me quelli della rete.

"Pronto? Sono Thomas."

"Ah, Thomas! Aspettavo la tua telefonata. Stai meglio?"

"Diciamo di sì, a parte l'occhio."

"Ieri sei scappato come un ladro, insieme alla tua amica. Non siamo riusciti a farti visitare dall'équipe medica della rete televisiva."

A dire il vero, non ricordo granché di quel che è successo dopo l'aggressione. Ricordo solo un gran trambusto intorno a me e al mio avversario, una folla di persone proveniente dal pubblico e dalle quinte che ha invaso lo studio per neutralizzare l'ubriaco e chiedermi come stavo. E poi mi sono ritrovato su un taxi, con Mali che mi teneva un fazzoletto sul naso sanguinante. Non ricordo altro.

"Ti dico che sto bene. Non ho bisogno di un medico."

"È un problema di assicurazione. Puoi venire subito nel mio ufficio, così ne parliamo?"

Accetto. Dopotutto, non ho niente da fare.

Uscendo dal palazzo, vedo Mali nella vetrina del negozio. Non ha perso tempo: sta appendendo delle foto ingrandite di me con l'occhio nero. Infilo la testa nella fessura della porta per farle notare che sta esagerando, ma il suo gran sorriso mi disarma.

"Ah, Thomas, tempismo perfetto! Stavo giusto per salire a chiederti se puoi occuparti della boutique."

"Be', ehm... adesso non posso. Devo vedere Nathalie..."

"Oh no! Le mie allieve stanno arrivando e non possiamo chiudere proprio adesso."

“Sì che possiamo. Ci metterò solo un paio d’ore. Per una volta, il negozio resterà chiuso, pazienza.”

“Ma non capisci, non possiamo addormentarci aspettando il disgelo!”

“Se ti ritroverai con il culo ghiacciato, te lo scalderò io quando torno. E se vuoi il mio parere, ad attirare gente basteranno le gigantografie che hai appeso in vetrina.”

È la prima volta che le parlo in tono così brusco e si chiude subito nel suo guscio, come una lumaca offesa perché le hanno picchiettato sulle corna. Ho un attimo di esitazione, vorrei scusarmi senza cedere al suo capriccio ma non trovo le parole, così richiudo delicatamente la porta e mi incammino verso la casa editrice.

Nathalie mi accoglie a braccia aperte, come se fossi un eroe di ritorno dalla guerra.

“Cavolo, ti ha centrato in pieno! Sei sicuro di star bene?”

“Sì, te l’ho detto. Devo proprio farla, questa visita medica?”

“È solo una formalità, soprattutto se non hai niente. Hai intenzione di sporgere denuncia?”

“Be’... no. Non ci avevo pensato. Credi che dovrei?”

“Onestamente? No. Non hai niente da guadagnarci. Secondo il nonno, Alain è molto dispiaciuto. È un tipo a posto, sai, solo che è convinto che tu sia responsabile dell’insuccesso del suo libro.”

“Non mi interessa, quel tipo è pazzo. Non voglio più vederlo, punto e basta.”

Nathalie capisce che è un terreno spinoso, e con un sospiro cambia argomento.

“Bene, ad ogni modo, non ti ho fatto venire per parlare di lui. Volevo darti una bella notizia. Indovina chi mi ha chiamato per parlare del romanzo?”

Penso subito a Sergeï o al vero autore del libro, e l’angoscia mi stringe lo stomaco. Mi stanno alle calcagna e sono sempre più vicini, questo è il mio primo pensiero. E naturalmente, se la mia vita fosse in pericolo, quell'incosciente di Nathalie non lo capirebbe nemmeno.

"Come... come faccio a indovinare?"

Sono talmente in preda al panico che dalla bocca mi esce una sorta di squittio. Incurante del mio stato di terrore, Nathalie sorride, fa una pausa e alza il sopracciglio con aria misteriosa. Dopo un istante lungo un'eternità, decide di rompere la suspense.

"Catherine Deneuve!"

La guardo, interdetto. Cosa diavolo c'entra Catherine Deneuve in tutta questa storia? Non sarà per caso l'autrice segreta del libro? Mi viene in mente un'altra idea, un'idea che non posso fare a meno di esprimere ad alta voce, nonostante mi sembri completamente folle.

"Perché? È per caso, oppure è stata, l'amante di Minardeau?"

Ora è Nathalie a rimanere di stucco, prima di scoppiare a ridere.

"Ma no, cosa vai a pensare! Voleva sapere a che punto fossimo con i diritti cinematografici del romanzo, è stata molto chiara in proposito: se dovessero girare il film, vuole assolutamente interpretare il ruolo di Maria. Ma ti rendi conto?"

Tiro un sospiro di sollievo. Poi realizzo l'importanza della notizia. Sicuramente un film significa più soldi e più notorietà. Conosco qualcuno che impazzirà di gioia quando lo saprà. Mi affretto a chiedere a Nathalie quando uscirà il film e quanto mi frutterà. Aggiungo anche che non avrei niente in contrario se volesse concedermi un altro anticipo sui diritti d'autore, perché il mio gruzzolo sta diminuendo a vista d'occhio. Nathalie mi riporta con i piedi per terra.

"Un attimo, non ho mai detto che faranno un film. Certo,

dopo la trasmissione di ieri sera, abbiamo deciso di fare un'altra ristampa del libro. E sarà anche una grossa tiratura. Forse altre cinquantamila copie. Ma non ti daremo alcun acconto, l'hai già avuto, ti pagheremo alla scadenza prevista dal contratto. Se vuoi un anticipo, dovrai propormi un nuovo romanzo. Qualunque cosa, basta che parli della Mesmenia."

Mi guarda dritto negli occhi. Le sue intenzioni sono chiarissime: questa sanguisuga sta cercando di ricattarmi per sfruttare la mia notorietà. Dovrei indignarmi, ribellarmi, ricoprirla di insulti, ma non ne ho la forza. Mi limito a una debole protesta.

"Ti ho già detto che non ho fantasia. E ti ricordo che non sono stato io a scrivere quel maledetto libro."

"Come vuoi, ma riflettici bene prima di decidere. Per darti un anticipo, mi serve un nuovo libro."

Lascio Nathalie dopo i saluti di rito e con l'amaro in bocca. Oggi vedo tutto nero, dev'essere per via del pugno in faccia.

Quando arrivo a casa di Mali, le vecchiette se ne sono già andate. Non mi ero reso conto di essermi assentato per quasi quattro ore, calcolando anche la passeggiata per le strade di Parigi che ho fatto dopo essere uscito dallo studio di Nathalie. Mali è al computer, l'espressione concentrata. Mi basta un rapido colpo d'occhio per capire che sta aggiornando il sito e che il mio ritratto con l'occhio nero la fa da padrone.

"Ciao, sono io."

"Ciao."

Non l'ho mai vista così scostante, così fredda nei miei confronti. Io che volevo accusarla di sfruttare biecamente la mia popolarità, adesso sono preoccupato, mi sento quasi in colpa e sarei pronto a tutto pur di riconquistare i suoi favori.

"Che succede? C'è qualcosa che non va?"

"Niente, non preoccuparti."

Non mi degna di uno sguardo, e per due minuti cala il silenzio. Sono sul punto di mettermi tra lei e quel dannato aggeggio, quando finalmente si decide a parlare, sempre senza guardarmi in faccia.

"Sto lavorando, nel caso non te ne fossi accorto. Se non hai niente di meglio da fare, ti consiglio di tornare dalla tua Nathalie."

Improvvisamente, mi si accende una spia rossa nel cervello. Potrei interpretare la sua frecciatina come una forma di gelosia, ma il mio istinto mi dice che è arrabbiata solo perché ho trascurato il negozio. E che forse ne approfitterà per sbarazzarsi di me come di un vecchio calzino. A differenza di Sandrine, Mali non ci penserebbe due volte a sbattermi fuori abbandonandomi al mio destino. Sono combattuto tra il desiderio di scusarmi e quello di rivendicare il mio diritto di vedere chi voglio, quando voglio. Alla fine, opto per una rivendicazione in tono di scuse.

"Non devo rendere conto a te, mi pare."

"Hai ragione, e io non sono costretta a ospitarti, mi pare."

Ci lanciamo uno sguardo di sfida, e due secondi dopo Mali si getta tra le mie braccia, scoppiando in lacrime.

"Scusa, scusa, scusa. È che ho talmente paura di perdere tutti i miei risparmi in questo negozio... Sei l'unico che può aiutarmi prestandomi la tua immagine, capisci?"

La sua angoscia mi rassicura a metà. Almeno tra noi non è scoppiata la guerra che temevo. Ma ha anche confessato senza troppi giri di parole di aver più bisogno della mia notorietà che della mia persona fisica. Malgrado ciò, la consolo come posso, ricoprendole il viso di teneri bacetti. A poco a poco, ci avviciniamo al letto e cadiamo sul piumone senza smettere di baciarci. Non facciamo neanche l'amore, restiamo lì ad accarezzarci. La rassicuro sulla sua carriera, regalandole le parole dolci che ha bisogno di sentire.

Un'ora dopo, sono attirato in cucina dai morsi della fame. Il frigorifero è ancora vuoto. Ho comprato del riso e del cibo in scatola per le situazioni d'emergenza come questa. Mentre metto a bollire l'acqua, Mali si siede al tavolo.

"Com'è andato l'incontro con Nathalie?"

"Oh, voleva discutere di ieri sera e trasmettermi le scuse di Minardeau. E anche parlare del libro."

"E quindi? Lo ristamperà?"

"Sì, anche lei vuole cavalcare l'onda del successo. Forse venderanno i diritti cinematografici, ma non hanno ancora deciso. In compenso, si è rifiutata di darmi un anticipo, dice che è il momento di scrivere un altro romanzo. Come se ne fossi capace!"

"Potremmo unire le forze. Quanto guadagneremmo?"

"Riusciresti a inventare una storia e a raccontarla in un romanzo?"

"Dipende. Se scrivessimo il seguito del tuo libro, per esempio? Come finisce esattamente?"

Mi sfugge un sospiro. So che Mali non ha molto tempo, ma cosa le costerebbe leggere le due versioni del romanzo per dirmi cosa pensa della traduzione? Lei che vorrebbe raccontare a tutti di averlo scritto con me, potrebbe almeno avere l'umiltà di sfogliarlo. Posso capire le reticenze di Sandrine, ma il palese disinteresse di Mali mi ferisce profondamente. Rispondo dunque alla sua domanda con aria accigliata.

"Non è il genere di libro cui si possa dare un seguito, se l'avessi letto lo sapresti."

Non raccoglie la frecciatina, ma il suo entusiasmo si smorza.

"Se non porti avanti la carriera di scrittore, prima o poi cadrai nel dimenticatoio."

Non rispondo. Ovviamente, ha ragione. Suppongo che stia calcolando le conseguenze che ciò potrebbe avere sui suoi affari. Mentre mangio il riso, lei si prepara una tazza di tè. Restiamo in silenzio, ho un nodo in gola. Ripenso a tutte le speranze che avevo quando ho sentito la sua voce al telefono, due settimane fa, sul binario della RER B. Ci vedevo già, innamorati e spensierati, incamminarci verso un futuro radioso, ma devo riconoscerlo: non riesco a conquistare Mali, ma nemmeno a rinunciare all'idea. In una parola, sono nella merda più totale. E lei, lei è qui, davanti a me, con il viso triste, la ragazza più bella che abbia mai visto. Ho una voglia pazza di toccarla, baciarla e stringerla fra le braccia.

Probabilmente si è accorta che la sto guardando perché di colpo alza gli occhi. Ha un'espressione completamente diversa. Non è per niente affranta, anzi, ha un lampo di gioia negli occhi.

"Sai cosa dovremmo fare?"

"No, ma sento che me lo dirai."

"Dovremmo invitare in negozio il tizio che ti ha preso a pugni, così potreste fare il secondo round."

"Ma cosa ti salta in mente? Vuoi che mi rovini anche l'altro occhio?"

"Ma no. Innanzitutto sarà sobrio, perché lo inviteremo di mattina. E poi mi hai detto che si è scusato per il suo comportamento, no?"

"Sì, ma rivedendomi rischierebbe di arrabbiarsi di nuovo. Quel tizio è completamente fuori di testa."

"Staremo attenti, e potrei chiedere a qualche amico di venire a fare il servizio d'ordine. Che ne dici?"

Allude di nuovo al suo stramaledetto gruppo di amici. Ha amici per il sito Internet, amici per il servizio d'ordine, amici per qualunque cosa. E soprattutto amici che non ho mai visto e che immagino tutti alti, belli e muscolosi. Ma non voglio innervosirla, facendo domande stupide su di loro o scartando l'idea di incontrare Minardeau. Nel giro di un pomeriggio, abbiamo già rischiato di litigare due volte e non voglio una terza occasione. Così sorrido e rispondo con un'alzata di spalle.

"Lascia che ci rifletta un po', d'accordo?"
Ride di piacere.
"Vedrai che andrà tutto bene. Anche lui non ha interesse a fare a pugni con te una seconda volta, passerebbe davvero per un pericoloso psicopatico. Se ti può rassicurare, potremmo scrivere prima la scaletta del vostro incontro?"
A mano a mano che la sua eccitazione cresce, la mia emicrania torna alla carica. Istintivamente, mi passo una mano sull'occhio dolorante.
"Oh, povero tesoro mio! Sto qui a dire stupidaggini, mentre tu ti stai ancora leccando le ferite! Vieni, mi prenderò cura di te."
Mi trascina in camera da letto. Nonostante il dolore, non posso fare a meno di ricambiare le sue carezze. È Mali a condurre le danze, io resto sdraiato sulla schiena mentre lei mi trasporta in un paradiso di piacere, prendendo tutte le precauzioni necessarie per risparmiare il lato sinistro del mio viso.
Mezz'ora dopo, appagati e in un bagno di sudore, sprofondiamo nel sonno. Subito prima di addormentarmi, la sento sussurrare confusi propositi per il giorno dopo. Senza riflettere, do la mia benedizione a tutto quello che mi chiede.

Mi sveglio due ore dopo, con la sensazione che mi sia crollato addosso un altro armadio. Un armadio più piccolo di quello di ieri, ma pur sempre un armadio. Anche le croste sul naso sono diminuite, e riesco ad aprire un po' l'occhio sinistro. Sono solo nel letto. Chiamo Mali, ma non risponde. All'improvviso mi torna in mente la discussione di ieri sera. E in quel momento sento girare la chiave nella serratura.
"Cucù, sei sveglio?"
Il tono gioioso della sua voce mi rassicura immediatamente. Ha ritrovato l'allegria e il buonumore che tanto mi piacciono in lei. Entra in camera fresca e sorridente, la ragazza più bella del mondo.

"Indovina cos'ho comprato?"

Ha in mano un libro, ma non riesco a identificare né il titolo né l'autore. Con dolcezza, si siede accanto a me e mi mostra la copertina. È il saggio di Alain Minardeau, *L'artigianato mesmeno*. Il sottotitolo è *Un'immagine moderna di un paese dimenticato*.

Sinceramente, avrei preferito ricevere delle brioche.

20.

Due mesi dopo

Mali non mi soffoca con il suo amore. Non mi soffoca affatto. Diciamo che non mi considera proprio. Dopo il pugno in faccia di Minardeau, per esempio, Sandrine mi avrebbe costretto a stare a letto per giorni e a fare una lastra per assicurarsi che non ci fossero danni permanenti. Invece Mali ha insistito per truccarmi l'occhio, accentuando i segni del livido man mano che spariva. Avevo un'aria grottesca, e ci è voluta una settimana di proteste prima che abbandonasse l'idea. All'inizio della nostra storia, il suo atteggiamento non mi disturbava affatto. Anzi, provavo un'incredibile sensazione di libertà, una forza e un'energia che mi davano l'illusione di poter conquistare Mali e il mondo intero. Non c'erano più mia madre, la mia compagna, il mio migliore amico a frenarmi in nome della prudenza e del buonsenso. Ma i giorni passavano e non conquistavo un bel niente. In me ha iniziato a insinuarsi il dubbio, e l'euforia dei primi giorni si è sgonfiata come un soufflé, lasciandomi un vuoto dentro.

A peggiorare le cose, gli affari in negozio non vanno bene. Mali ha enormi difficoltà a rifornirsi di Kroach'Vodka e i prodotti a base di coniglio – i grossi conigli bianchi che, a quanto pare, infestano la Mesmenia – restano in magazzino.

In un certo senso, capisco i clienti. Quelle scatolette non sono per niente invitanti, né alla vista né all'olfatto, e al gusto sono ancora peggio. Mi rifiuto di mangiare cervella di coniglio, nonostante le insistenze di Mali, che vorrebbe che smaltissimo le scorte, e le altre specialità di coniglio in gelatina, con pezzi di carota, cavolo o patata, mi danno una terribile acidità di stomaco.

Abbiamo trovato un ritmo di lavoro – ammesso che la mia presenza vegetativa in negozio possa chiamarsi lavoro. Io ci passo cinque giorni e mezzo su sette, dalle dieci del mattino alle sette di sera, mentre Mali cerca di lanciare la vendita per corrispondenza attraverso il sito e dà lezioni di mesmeno.

Oggi la mia prima cliente entra a mezzogiorno meno un quarto, vale a dire stranamente presto. Sembra piuttosto anziana, con i capelli bianchi riflessati di azzurro e il deambulatore. Mi precipito ad aprirle la porta.

"Grazie, giovanotto."

"Buongiorno, signora, come posso aiutarla?"

"Sono venuta a dare un'occhiata ai prodotti della Mesmenia."

Le rivolgo il mio miglior sorriso.

"Faccia come se fosse a casa sua, ha il negozio tutto per lei."

Fa un giro tra gli scaffali alla velocità massima consentita dal deambulatore, poi torna da me alla cassa.

"E mi dica, giovanotto, ho visto che vendete paté di coniglio e pellicce di castoro. Le sembra logico?"

"Temo di non capire..."

"Ai miei tempi, quando si uccideva una bestia, non si buttava via niente. Voi giovani non avete più rispetto per l'animale."

Questa vecchietta appassionata di prodotti mesmeni è aggressiva come un adolescente di periferia. Ovviamente non ha tutti i torti, ma potrebbe dire le stesse cose in tono più garbato. Tento di sdrammatizzare.

"Forse lassù in Mesmenia mangiano paté di castoro e indossano sciarpe di pelliccia di coniglio, chissà."

"E perché non le vendete, allora?"

È insensibile al mio umorismo. Così assumo un tono più professionale e le chiedo se ha trovato qualcosa che le piace.

"Magari torno per Natale, a comprare un berretto per il mio nipotino. Arrivederci, giovanotto."

Esce senza l'ombra di un pacchetto sottobraccio. Fortunatamente, Mali non c'è. L'ultima volta che ha assistito a una scena del genere, mi ha chiesto se fossi in grado di vendere hamburger, quando lavoravo da McDonald's. Ho fatto orecchie da mercante, ma il suo sarcasmo inizia davvero a darmi sui nervi.

Alle 16.40, arriva un'altra cliente, una donna di mezza età. Più precisamente fra la terza e la quarta età. Stavolta, resto dietro il banco. Inizio a essere stufo di tutte queste vecchiette che mi scambiano per il loro valletto. La donna non sembra infastidita dalla mia pigrizia. Esamina attentamente tutti gli scaffali, tutti gli appendiabiti, poi si avvicina alla cassa con in mano una gruccia e del cibo in scatola. È un buon segno.

"Avete anche le taglie da bambino di questo maglione?"

"Avete qualcosa da sgranocchiare come aperitivo, insieme alla Kroach'Vodka?"

"La scatoletta di paté esiste anche nel formato da cinquecento grammi?"

A ogni domanda, ripeto pazientemente la stessa risposta: "No, signora, al momento in negozio non ne abbiamo". Scuote il capo in segno di disapprovazione.

"Ad ogni modo, non avete nemmeno la Kroach'Vodka."

Annuisco, nel modo più neutro possibile. Se è al corrente dell'esistenza di questa bevanda, vuol dire che fa parte della nostra clientela abituale, anche se il suo viso arrossato non mi dice niente. La Kroach'Vodka è l'unico prodotto che ci ha permesso di fidelizzare minimamente i nostri avventori. Non la metterò quindi nella lista nera per un semplice moto di stizza.

"Sa per caso se posso trovarla al supermercato?"

"No, signora, non la troverà da nessuna parte. Gli etilisti che vogliono bere alla mesmena sono costretti a rifornirsi da noi."

So benissimo che non ci si rivolge così a una cliente, e per attenuare la scortesia della risposta sfodero il mio miglior sorriso. Fatica sprecata. Nell'istante in cui i suoi neuroni annebbiati realizzano il significato delle mie parole, la donna fa un verso con le labbra simile a quello di un tappo che salta da una bottiglia di champagne svaporato, ed esce dal negozio senza dire una parola, abbandonando sul banco il maglione e il cibo in scatola. Al giorno d'oggi, nemmeno gli anziani rispettano più le regole della buona educazione.

Se n'è andata da appena mezz'ora, quando entra un'altra cliente. C'è decisamente un gran viavai, oggi. Mi sembra una donna giovane, sto per accoglierla con un sorriso professionale quando riconosco Nathalie, che non vedo da due mesi.

"Ciao, Thomas. Ero da queste parti e ne ho approfittato per venire a vedere come te la passavi."

L'ultima volta che ci siamo visti, le ho detto che avevo messo in piedi un'attività con la mia amica mesmena, senza precisare che il negozio apparteneva a Mali. Ad ogni modo, lavoro talmente tanto per lei che ormai mi sento un po' il suo socio in affari. Nathalie si avvicina, mi bacia sulle guance e si guarda attorno. Il suo occhio di lince nota che è l'unica cliente e che la maggior parte degli scaffali è vuota.

"Bene, come puoi vedere. Oggi non ci sono molti clienti, dev'essere colpa della pioggia."

Alza un sopracciglio stupito. Ha piovuto stamattina, giusto qualche goccia, e i marciapiedi hanno avuto tutto il tempo di asciugarsi. Sta addirittura spuntando un raggio di sole. Il mio argomento non è molto convincente.

"Sembri anche a corto di merce."

"Ti riferisci agli scaffali vuoti? Siamo vittime del successo. Nonostante i fornitori passino due volte a settimana, non riusciamo a stare al passo con le richieste della clientela. È incredibile quanto adorino la vodka, le vecchiette."

Non avrei dovuto pronunciare quest'ultima frase. Senza volerlo, ho ammesso che il negozio si rivolge essenzialmente a una clientela anziana di sesso femminile e il sorriso che sfugge a Nathalie mi dice che l'ha capito benissimo. Pazienza.

"Sono felice che gli affari vadano bene. L'importante è fidelizzare la clientela. Hai già pensato a delle promozioni?"

"No, non ancora. Hai l'aria di una che se ne intende, hai lavorato in un negozio?"

"I miei nonni paterni avevano una merceria. A volte andavo a dare una mano, durante le vacanze estive."

"Hai altri consigli da darmi?"

"Mia nonna diceva sempre che l'unico modo per non fallire è vendere prodotti di qualità al giusto prezzo. Nessun trucco, come vedi. Non sono… non sono affari miei, ma ho l'impressione che l'attività non vada così bene come speravi, o sbaglio?"

"Diciamo che potrebbe andare meglio."

Si dirige con calma verso lo stand delle gonne. Ne estrae una verde e una rosa, e se le mette in vita.

"Mi ci vedi con una gonna del genere?"

Senza volerlo, scoppio a ridere.

"No, decisamente non è il tuo stile."

Ripone le gonne e assume un'aria seria.

"Hai riflettuto sulla mia proposta di scrivere un altro romanzo? Te lo pubblicherei, sai. Potremmo venderne centomila copie, solo mettendo il tuo nome in copertina."

“Non ho niente da scrivere, non ho idee, non ho fantasia.”
“Be’, sta a te decidere. Ti lascio riflettere.”

Va a prendere una scatoletta di paté e la appoggia sul banco.

“Mi sentirei in colpa se non assaggiassi almeno una specialità mesmena. È buono?”

Sono tentato di dirle la verità sui reclami dei nostri clienti, soprattutto della donna che ha dovuto fare una lavanda gastrica. Ma d’altra parte, gli incassi sono ai minimi storici e non è certo il momento di denigrare quei pochi prodotti che ci restano.

“Lo scoprirai da sola. Offre la ditta.”

“No, no, no. Voglio contribuire alla riuscita del progetto.”

Gira il vasetto per controllare il prezzo. Davanti ai sessantacinque euro e cinquanta riportati sull’etichetta, alza un sopracciglio e mi allunga due banconote da cinquanta euro senza dire una parola. Le do il resto.

“Allora ci vediamo, e rifletti ancora sulla mia proposta.”

Tre minuti dopo che Nathalie se n’è andata, sento dei rumori provenire dalle scale del palazzo. È incredibile quanto i vecchi stabili siano insonorizzati male. Non ho bisogno di tendere l’orecchio per riconoscere la voce di Mali e delle sue anziane allieve. Capisco subito che sta succedendo qualcosa di strano. Innanzitutto, sono rimaste chiuse lassù molto più del solito e inoltre i loro pigolii mi dicono che sono sovreccitate.

“È una splendida idea!”

“Serve il visto?”

“Ho sempre sognato di fare l’esploratrice!”

Come al solito, vado a rintanarmi nel retrobottega per sfuggire agli assalti di Adèle. Quando il gruppo si disperde per strada e sento in lontananza i loro “arrivederci, a presto!” in mesmeno, torno dietro al banco. Mali entra in negozio con un sorriso sulle labbra che non aveva da settimane e che mi ricorda il motivo per cui la amo tanto. Si avvicina e mi si getta al collo.

"Tesoro, ho avuto un'idea magnifica. Non indovinerai mai!"

Si sbaglia, ho già indovinato.

"Vuoi organizzare un viaggio in Mesmenia?"

"Ci hai sentito? Che te ne pare? Non è fantastico?"

"Ti rendi conto del lavoro che richiede? Bisogna prenotare gli alberghi, i mezzi di trasporto. Trovare delle attività da fare sul posto. Stipulare un'assicurazione. Il tour operator è un mestiere, in caso non lo sapessi."

"Sei il solito catastrofista. Quelle donne cercano solo un po' di avventura, vogliono un pizzico di pepe nelle loro vite e noi le accontenteremo. È una settimana che ne parliamo e ho già preso contatti con la mia sartoria in Mesmenia. Siamo d'accordo che li andremo a trovare e ci confezioneranno degli abiti su misura. Naturalmente, prenderò una bella provvigione."

"Le accompagnerai tu?"

"Ma certo! Le accompagneremo tutti e due."

Proprio come temevo. Se accetto, farò da autista a quella banda di pazze che sono le allieve di Mali, ma se rifiuto, che ne sarà della nostra relazione? Ammesso che si possa davvero parlare di relazione. Tento di raggiungere un compromesso con Mali.

"Non credi che dovremmo rifletterci ancora un po', prima di prendere una decisione?"

Si acciglia all'istante.

"Be', riflettici da solo, se vuoi. Io vado a fare un giro."

Vedendola andar via così, potrei pensare che raggiunga il suo amante, ma mi sembra assurda anche solo l'idea. Non che la ritenga troppo leale o troppo innamorata per tradirmi, no. È solo che, da quando la frequento, ho capito che gli uomini non sono la sua priorità e che non potrebbe mai portare avanti due relazioni contemporaneamente. Una è già troppo per lei, perlomeno se al suo fianco ci sono io. Preferisce occuparsi del suo maledetto negozio. Sono certo che andrà al bar all'angolo e inizierà a organizzare il viaggio sul quadernetto che tiene sempre nella borsa. Cercherà di pianificare le tappe, l'itinerario, la quota di partecipazione che chiederà a quelle povere vecchiette truffandole ancora una volta. E quando rientrerà a casa stasera, userà tutto il suo fascino per convincermi ad accompagnarle, nel caso in cui non mi sia ancora arreso alle sue richieste.

Nonostante i sentimenti che provo nei suoi confronti, comincio a pensare che la nostra vita insieme non durerà. Mali si illudeva di fare affari sfruttando la mia immagine, e per il momento ha bisogno di me per mandare avanti l'attività. Ma nelle prossime settimane o nei prossimi mesi, quando il negozio fallirà, rischio di essere liquidato anch'io. Il buonsenso mi suggerisce di lasciarla partire da sola, ma è una decisione che non riesco a prendere.

Ho mollato tutto per lei. La famiglia, Sandrine, Richard, tutte persone a cui non oso nemmeno telefonare talmente mi vergogno di averle abbandonate. Mi sento costretto ad andare fino in fondo con Mali, devo tentare in tutti i modi di conquistarla anche se le possibilità di riuscita sfiorano lo zero assoluto. E poi, siamo onesti: ho ancora voglia di vedere il suo sorriso radioso, di sentire la sua pelle contro la mia, di affondare il viso tra i suoi capelli.

Il cellulare vibra nella tasca dei jeans. Me ne frego, non rispondo. Non guardo nemmeno chi mi sta chiamando. Non ho voglia di parlare con nessuno. So già che accetterò di partire per quel maledetto viaggio. E se si rivelerà un disastro, pazienza, al momento non vedo altra soluzione.

Salgo in casa, tutto orgoglioso della mia decisione vigliacca, e accendo la televisione in attesa del ritorno di Mali. Il cellulare ricomincia a vibrare. Qualcuno deve avermi lasciato un messaggio e la segreteria me lo segnala regolarmente ogni dieci minuti. Disattiverei volentieri questa opzione, se sapessi come fare. Al terzo richiamo, guardo il nome dell'imbecille che osa disturbarmi in un momento simile.

Sergeï. Una scossa elettrica mi percorre dall'alluce alla radice dei capelli. Sergeï ha chiamato e ha lasciato un messaggio. Credevo fosse uscito di scena. Ho paura di sapere cos'ha da dirmi. Ma se pretende una parte degli introiti del libro, perché si fa avanti solo oggi? Se avesse avuto qualcosa da recriminare, l'avrebbe già fatto da un pezzo. Forse ha finalmente deciso di rivelarmi da dove viene quel maledetto libro, o magari vuole propormi un altro lavoro. Non resisto alla tentazione di sapere cosa vuole da me. Chiamo la segreteria telefonica e ascolto la voce lamentosa di Sergeï: "Pronto, Thomas? Perché tu ha offeso mia famiglia, Thomas? Perché? Dimmelo, ti prego. Richiamami, Thomas".

Questo breve ed enigmatico messaggio mi intimorisce, e sono sempre più convinto della mia decisione di fuggire in Mesmenia.

21.

Due settimane dopo

Quando arriviamo in aeroporto, le allieve di Mali sono già assembrate davanti al banco del check-in della Baltic Airways, eccitate come topi affamati che hanno fiutato un pezzo di gruviera. Mi sono rassegnato a fare la parte del gruviera per i prossimi otto giorni, perché è quello che Mali si aspetta da me.

Non abbiamo propriamente organizzato il viaggio. All'infuori dei biglietti di andata e ritorno da Parigi a Tallinn, Mali si è limitata a contattare un agriturismo nei pressi della sartoria da cui provengono gli stracci che sogna di veder sfilare sulle passerelle di tutto il mondo. Non abbiamo nemmeno una guida della Mesmenia: non esiste. Quando ho fatto notare a Mali che non potevamo partire senza una cartina stradale e senza conoscere le infrastrutture turistiche del paese, mi ha risposto che al rientro avremmo potuto scriverla noi la guida. Negli ultimi giorni, si innervosisce ogni volta che le rivolgo la parola.

Ed eccoci qui, nella hall 4 del terminal ovest di Orly. Non sappiamo nemmeno che strada fare per raggiungere la meta del nostro viaggio. Ma preferisco non commentare.

Non appena le vecchiette ci vedono, iniziano ad agitarsi e a pigolare in coro:

“Grazie a dio siete arrivati!”.

“Siamo qui da un’ora, non sapevamo più cosa fare!”

“Pensavamo di aver capito male il luogo dell’appuntamento.”

“Avevamo così paura di perdere l’aereo!”

Non solo non siamo in ritardo, ma ci toccherà vagare tre ore in aeroporto in attesa dell’imbarco. Mi astengo dal fare battute sarcastiche, perché partirei con il piede sbagliato.

Mali si avvicina alle allieve tutta sorridente e le bacia calorosamente. Quando finisce il giro, si volta verso di me intimandomi con lo sguardo di fare lo stesso. Noto di sfuggita che sono vestite in modo ancora più strano del solito.

Henriette. Abito informe e cappotto di cammello che arriva a metà polpaccio.

Liliane. Tuta, scarpe da ginnastica e giacca a vento sul braccio. Passa quasi inosservata.

Monique. Poncho, berretto, sciarpa e guanti in stile messicano.

Adèle. Tailleur pantaloni nero e sobrio, rovinato da una camicetta bianca a volant, chiusa da una spilla con cammeo molto rétro.

Emma. Piumino imbottito rosa e Moon Boot intonati, fuseaux leopardati, come se partisse per una spedizione al Polo nord.

Mi astengo dal chiedere se l’obiettivo del viaggio sia davvero quello di ampliare il loro guardaroba: a mio parere, non hanno bisogno dell’alta moda mesmena per farsi notare.

Al check-in, la hostess ci comunica che purtroppo non potrà farci sedere vicini e la notizia non mi dispiace affatto. Mi sono già accorto che quella maniaca di Adèle gira con il mio libro sottobraccio, pronta a saltarmi addosso. Così mi affretto ad accaparrarmi il posto isolato, in fondo all'aereo. Mali si sistema qualche fila davanti a me, tra Emma e Monique. Dalla mia poltrona, riesco a vedere le loro teste che si agitano. Suppongo che le vecchiette non abbiano mai volato in vita loro. Le altre tre sono sedute davanti, fuori dal mio campo visivo.

Quando l'aereo decolla, le preoccupazioni tornano ad assillarmi.

Ripenso al giorno in cui Sergeï mi ha consegnato il manoscritto, con quel suo faccione tutto rosso e sudato, il ventre prominente e le gambe sottili come fiammiferi. Ricordo anche le parole assurde che mi ha detto, con quella sua aria inquietante da cospiratore. Nelle ultime due settimane, quel losco individuo mi ha telefonato esattamente sette volte. Non ho risposto alle chiamate, e mi ha lasciato messaggi sempre più lunghi e lamentosi in cui sostiene che ho fatto del male a lui, alla sua famiglia in generale e a sua nonna in particolare, che li ho disonorati e che pagherò per i miei crimini.

A forza di ripensare a tutta questa storia, credo di aver trovato una spiegazione convincente. Evidentemente, la famiglia di cui parla Sergeï non ha niente a che vedere con i rapporti di parentela. "Famiglia" è il termine che si usa in tutto il mondo per indicare le cosche mafiose, e "nonna" dev'essere il soprannome dato al padrino nei paesi dell'Est. Ciò significa che ho fatto un torto alla mafia baltica e sono seriamente nei guai. Probabilmente Sergeï è uno scagnozzo, un sicario, un bandito che ha tradito qualcuno e ha cercato di incastrare me per salvarsi la pelle.

Ma che genere di tradimento può aver commesso? Anche su questo ho una mia teoria. Il padrino – o la "nonna", nel linguaggio in codice di Sergeï – è certamente Alvizaar. Forse non è proprio a capo della cosca, ma è comunque una persona molto influente. Il manoscritto in mesmeno che Sergeï mi ha consegnato non è un romanzo come credevo io, ma la vera storia di un'anziana parente di un personaggio politico, o di un giudice, ricattato dalla mafia baltica. A sua volta, Sergeï ha ricattato la mafia rubando il manoscritto e facendolo tradurre in francese. Questa è la parte più debole della mia teoria, perché non capisco come la mia traduzione possa rappresentare una minaccia per qualcuno. Ad ogni modo, immagino che ci sia una spiegazione logica anche per questo. Forse Sergeï voleva rivendere il manoscritto alla mafia francese ma ha commesso un errore e il manoscritto è finito per sbaglio nelle mani di Nathalie.

Per confermare i miei sospetti ho avuto un'idea geniale. Forse nel libro mi è sfuggito un dettaglio che chiama direttamente in causa un personaggio pubblico mesmeno. Oppure l'oggetto misterioso di cui si parla è un riferimento chiarissimo per i mesmeni che io non ho saputo cogliere. Per questo Sergeï ce l'ha a morte con me. Così ho dato un aut aut a Mali: sarei partito per la Mesmenia con lei, solo se avesse letto le due versioni del romanzo indicandomi cosa mi era sfuggito nel testo in mesmeno. Mali ha accettato lo scambio senza fare commenti, ma da allora fatica a rivolgermi la parola.

Appena prima di atterrare, mi domando dove andremo a dormire stanotte. Avrei preferito che Mali si impegnasse un po' di più nella pianificazione del viaggio. Dopotutto, è lei a conoscere il paese. Ma ogni volta che affrontavo l'argomento, se la prendeva con me: "Troveremo senz'altro dei ristoranti e degli alberghi. Cosa credi, che la Mesmenia sia il Terzo mondo?".

È esattamente così che me la immagino, anche se non l'ho mai detto. Sandrine organizzava le nostre vacanze con mesi d'anticipo. Prenotava gli hotel, telefonava più volte per assicurarsi che fosse tutto a posto, comprava guide e cartine stradali, preparava le valigie una settimana prima di partire. La trovavo ridicola e la prendevo in giro, senza rendermi conto della sicurezza che mi dava. Con Mali, ho la sensazione di avere accanto una bomba atomica, pronta a esplodere da un momento all'altro.

Durante l'atterraggio, l'aereo è scosso da forti raffiche di vento. Intimorito dalla turbolenza, mi aggrappo ai braccioli della poltrona. Attendo che gli altri passeggeri scendano per cercare di tranquillizzarmi, poi raggiungo il gruppo al ritiro bagagli. Le vecchie galline sono silenziose, probabilmente ancora scosse per l'atterraggio da brividi. Si dispongono diligentemente alle spalle di Mali e mi indicano le valigie e le borse che devo recuperare sul nastro trasportatore. Accumulo i bagagli su due carrelli, che finiscono per pesare una tonnellata. Spingo il più pesante verso l'uscita, Liliane si occupa dell'altro lanciandomi occhiate complici, e ci dirigiamo verso l'autonoleggio.

Non abbiamo alcuna difficoltà a trovare una monovolume per otto persone. Mali aveva ragione: i paesi baltici sono ospitali con i turisti e non era necessario organizzare il viaggio nei minimi dettagli.

Naturalmente sono io a mettermi al volante. Henriette chiede con voce titubante se può sedersi accanto a me. Pare che soffra l'auto, quando viaggia sul sedile posteriore. La guardo storto, temendo che nel giro di due chilometri possa vomitarmi sulle ginocchia il contenuto del vassoio che ci hanno servito in aereo. Ma è talmente agitata che non posso rifiutarle il posto da copilota. Sale davanti e metto in moto. Mali, che ha dato un'occhiata veloce alla cartina fornitaci dalla Hertz, decide di pernottare a Kohtla-Järve, l'ultima città prima della frontiera mesmena. Abbiamo centocinquanta chilometri di strada da fare prima che faccia buio. Dopo una mezz'ora, Henriette ci sottopone una lunga serie di domande, in tono preoccupato.

"Credete che riusciremo a trovare la benzina?"

"Ma sì, Henriette. Il petrolio è una delle ricchezze del paese."

"Credete che troveremo un ristorante?"

"Ma sì, Henriette. Sono certo che anche qui la gente mangi, come in Francia."

"Credete che troveremo un albergo?"

"Ma sì, Henriette. Sono certo che anche qui la gente dorma, come in Francia."

In fondo, però, condivido la sua apprensione. Controllo i passeggeri nello specchietto retrovisore. Emma e Monique trovano che sia tutto molto esotico: una distesa di pale eoliche che girano vorticosamente, un gabbiano che si schianta sul parabrezza, degli operai al lavoro, un bosco di conifere. Adèle guarda il paesaggio con occhi inquisitori, poi torna a concentrarsi sul mio libro. Probabilmente, a forza di leggerlo, lo conosce meglio di me. Liliane la sportiva ricambia i miei sguardi nello specchietto: so perfettamente che sta cercando di sedurmi e mi preparo al contrattacco, nel caso in cui decidesse di passare all'azione. Mali, come Adèle, fa parte di quella categoria di persone che riescono a leggere in macchina senza avere la nausea. Sfoglia tranquillamente la mia traduzione e di tanto in tanto la vedo sorridere. Mi sembra un buon segno.

Quando arriviamo alle porte di Kohtla-Järve, sono le 19.30 passate. Sono piacevolmente sorpreso nel vedere subito l'insegna di un bell'hotel di campagna, con il tetto di paglia, i muri bianchi, il prato curato e un vialetto di ghiaia lungo il quale mi avvio. Le vecchiette restano in macchina, mentre io e Mali raggiungiamo la reception.

Ci accoglie una stangona bionda, che parla una lingua che non capisco. Dev'essere estone. Mali inizia a fare conversazione. Sapevo che parlava mesmeno, francese, russo, italiano, inglese, ma non credevo di dover aggiungere alla lista anche l'estone. Scambiano qualche battuta, sorridono, poi la ragazza dell'hotel indica un cartello che riesco a decifrare. Nella colonna di sinistra, dev'esserci la descrizione delle camere: singola, doppia, tripla, con doccia, con vasca e altri dettagli. Nella colonna di destra compaiono i prezzi: la stanza più piccola viene trecentottanta euro, la doppia cinquecentoventi. Ci servono quattro stanze. Se andiamo avanti così, in una settimana ci partiranno circa quindicimila euro solo in spese di pernottamento. Sono un sacco di soldi, ma per il viaggio Mali ha chiesto la somma astronomica di cinquemila euro a persona, quindi possiamo permettercelo.

Apro il bagagliaio dell'auto per scaricare le valigie, quando sento Mali comunicare al gruppo in tono desolato che l'hotel è al completo. So benissimo che sta mentendo, ma mi rimetto docilmente al volante. Visitiamo altri due alberghi nelle vicinanze, ma secondo Mali sono entrambi troppo cari. Nei pressi del centro storico, ci imbattiamo in un grande edificio rettangolare in stile sovietico. Stavolta le tariffe sono accettabili, ma sfortunatamente l'hotel è davvero al completo.

Sono le 21.05. In auto non parla più nessuno. I pochi ristoranti che vediamo iniziano a chiudere. Per strada non ci sono pedoni e anche la circolazione è scarsa. Ho una voglia matta di voltarmi verso Mali e urlarle in faccia un "Te l'avevo detto" accusatorio, quando la sento lanciare un grido indicando un cartello.

"Fermati, ci sono delle camere!"

"Dove?"

"Lì a sinistra. Fermati."

Alla città di Kohtla-Järve bisogna riconoscere almeno un merito: non ci sono problemi di parcheggio. Mi accosto al marciapiede senza fare manovra, e per l'ennesima volta accompagno Mali alla reception.

Ci accoglie un uomo burbero, calvo, sulla sessantina. Mali lo interpella senza troppe cerimonie. L'uomo risponde a monosillabi e frasi brevi. Dopo qualche minuto, Mali si volta verso di me.

"È un ex liceo. Cinquanta euro la doppia, con il bagno in corridoio. Lo prendiamo."

"Non ti sembra un po' troppo spartano per loro?"

"Cosa proponi?"

"Potremmo tornare nel primo hotel che abbiamo visto."

"Stai scherzando? Hai visto i prezzi? Volevano un posto folcloristico e l'avranno!"

Tornati alla macchina, Mali spiega la situazione. Come sempre, Emma e Monique la trovano una sistemazione incredibilmente pittoresca, mentre Adèle storce il naso più di quanto abbia fatto finora. Liliane è divertita e Henriette si preoccupa che sia un posto sicuro. So già che mi attende una settimana d'inferno.

Le camere sono minuscole, arredate con letti a una piazza, di metallo, con materassi alti non più di tre centimetri. La pulizia del pavimento di linoleum è alquanto discutibile, e le pareti sono tappezzate di scarabocchi lasciati dagli studenti. Le coperte sono bucate, le lenzuola ingrigite e le vecchiette piuttosto contrariate. Quando scoprono le condizioni della doccia comune, in corridoio, l'atmosfera si fa ancora più pesante. Fortunatamente, sono troppo disorientate per protestare.

Ci rimettiamo in auto per andare alla ricerca di un ristorante aperto. Finiamo per scovare una pizzeria in periferia, dove un adolescente brufoloso viene a prendere l'ordinazione mettendosi un dito nel naso. Non è molto cordiale, probabilmente siamo gli ultimi clienti e ha fretta di tornare a casa. Sono rimaste solo pizze al prosciutto e la scelta è presto fatta. Arrivano dopo un quarto d'ora, ancora congelate al centro e bruciate sui bordi. Sgranocchiamo svogliatamente quell'amalgama di crosta, ketchup, formaggio che sa di plastica e prosciutto industriale. Nessuno ha voglia di assaggiare i dessert, e nemmeno il caffè. Chiediamo il conto, Mali paga con la sua carta di credito e lasciamo il lugubre locale il più velocemente possibile.

Fuori, siamo investiti da una pioggerella gelida. Emma, già equipaggiata di piumino imbottito e Moon Boot rosa confetto, estrae dalla tasca un berretto in tinta. Così conciata, assomiglia a un fenicottero obeso, ma lei se ne strafrega. È al riparo dall'acqua e dal freddo.

In albergo, in un silenzio molto eloquente, le vecchiette si spartiscono le camere. Emma con Monique, Liliane con Henriette, e Adèle in stanza da sola. Per un attimo temo che Mali, avida com'è, le chieda un supplemento, ma si astiene dal farlo. Probabilmente non ci ha pensato. Poso i bagagli ai piedi del letto di ciascuna e raggiungo Mali, che si è già sistemata in camera. Mi piacerebbe unire i letti, ma le gambe sono fissate al pavimento. Dopotutto, forse è un bene. Sono talmente distrutto che desidero solo dormire. Mali è immersa nella lettura del mio libro. Appena prima di crollare, ho la forza di chiederle cosa ne pensa.

"Non è male. Capisco perché le donne di una certa età possano appassionarsi a un libro del genere. Sembra un romanzo rosa, un po' sdolcinato, e soprattutto scritto appositamente per loro."

Mi sento piuttosto offeso dal suo commento. E oltretutto non dice quello che mi interesserebbe sapere.

"Credi ci sia qualcosa di strano nella traduzione? Hai dato un'occhiata all'originale?"

"Non ancora. Per il momento, il libro mi sembra un po' sconclusionato, tutto qui."

Non si può dire che padroneggi perfettamente l'arte del complimento. Su queste belle parole, le auguro la buonanotte e le volto la schiena.

22.

Ventiquattro ore dopo

La Mesmenia è ancora peggio di quanto mi aspettassi. Quando cercavo di immaginare questo paese, non pensavo al clima. Nonostante sia pieno luglio, una pioggerella sottile ci accompagna da quando abbiamo varcato la frontiera. Il paesaggio che si scorge dai finestrini appannati della monovolume è bagnato da un'acquerugiola grigiastra, le rare colline che si intravedono assomigliano a pagnotte di farina integrale che ammuffiscono nell'atmosfera satura di umidità.

Con una leggerezza criminale, Mali non si è nemmeno preoccupata di sapere dove si trovi esattamente l'agriturismo in cui dovremmo arrivare. Tutto quello che sa si riduce all'indirizzo dell'azienda artigianale in cui si rifornisce e che si trova nel Nord del paese. E così seguo l'istinto, vado a naso, facendo regolarmente delle soste nei villaggi che incontriamo per consentire a Mali di chiedere conferma della direzione. Si potrebbe pensare che un paese così piccolo si attraversi in mezza giornata, ma la condizione delle strade e il meteo non consentono di superare i quaranta chilometri all'ora.

Per via delle frequenti soste e della velocità di crociera, non ho potuto fare a meno di notare i manifesti lungo la strada. Ce ne sono pochi, e sono sempre i soliti due: uno ha lo sfondo color kaki, l'altro vira piuttosto al giallo senape. Al di là di questa differenza, sono stranamente identici, con il ritratto del presidente mesmeno Androv Zornoïff al centro e una scritta in stampatello subito sotto, che non riesco a decifrare. Sono curioso. Chiedo spiegazioni a Mali, che risponde con un'alzata di spalle.

"Tra poco ci saranno le elezioni e il presidente è in campagna elettorale."

"Sì, ma ci sono solo i manifesti di Zornoïff. C'è un solo partito, in Mesmenia?"

"Ma no, ce ne sono due, lo sai. I cartelloni color kaki sono del PP, il Partito del popolo, e quelli gialli del PPT, il Partito per tutti."

"E allora perché la faccia di Zornoïff compare su entrambi i manifesti?"

"Perché è il leader dei due partiti, cosa credi!"

Mi ha risposto in tono talmente aggressivo che non oso farle altre domande, ma un minuto dopo la sento sospirare rassegnata e riprendere la spiegazione.

"Quando la Mesmenia è diventata indipendente, nel 1991, il paese si è dovuto riorganizzare in fretta e furia. Prima, dipendeva tutto dalla Russia. Gli Zornoïff erano l'unica famiglia influente, e naturalmente sono stati loro a prendere in mano la vita politica del paese. Androv Zornoïff ha fondato il PP e suo fratello Polopov ha creato il PPT. Hanno deciso di farsi eleggere a turno, ogni quattro anni. Il sistema ha funzionato bene e quando è morto Polopov, nel 2003, Androv ha ereditato il suo partito, e così ora rappresenta i due schieramenti contemporaneamente."

"Perché c'è un partito di destra e uno di sinistra, dico bene?"

"In realtà no. Si scontrano più che altro su temi concreti, come la data della festa nazionale o il colore delle facciate delle scuole. Il PP le vuole kaki, mentre il PPT le dipinge di giallo senape. In effetti, le terre rare sono il primo tema importante affrontato da Androv. Ha spiegato che, se venisse eletto come leader del PP, continuerebbe a sostenere lo sfruttamento dei giacimenti, mentre se vincesse il PPT, sarebbe contrario. Semplice, no?"

Personalmente, lo trovo un sistema assurdo e mi chiedo come potrà reggere ora che Androv Zornoïff sarà costretto a subire la pressione internazionale. Ma dal momento che Mali, chiacchierando, sembra aver ritrovato il buonumore, mi astengo dal fare commenti.

Tanto più che a breve ci si porrà un problema molto più urgente. Siamo praticamente a digiuno da stamattina. Nella pausa pranzo, Mali ci ha portato del pane grigio e del salame di rana che ha acquistato in un cascinale mentre chiedeva indicazioni. Inoltre, il sole è già basso all'orizzonte, e a questa latitudine significa che presto dovremo fermarci per la notte. Sto giusto pensando che non sarà una passeggiata, data la scarsa attrattiva turistica del paese, quando scorgo un capannone su cui spicca una bandiera con disegnato un orrendo cavolo, e un gigantesco striscione con la scritta "Benvenuto" in una ventina di lingue. Per quanto mi riguarda, riesco a leggere solo "Welcome" e "Wilkommen". Mi darei volentieri un pizzicotto per sapere se sto sognando, ma lo sta già facendo Henriette, seduta accanto a me.

"Guardi, Thomas! Crede che lo abbiano appeso per noi?"

Ignoro totalmente la sua assurda ipotesi e mi volto verso Mali, tenendo d'occhio la strada.

"Secondo te di cosa si tratta?"

Mali fa spallucce.

"Quella roba là, quella bandiera oscena, cosa significa?"

"È la bandiera della Mesmenia, un po' di rispetto per favore. Per il resto, non so cosa stia succedendo, comunque fermati. Dobbiamo pur passare la notte da qualche parte e non ci morderanno mica, credo."

Avrei preferito una risposta più entusiasta, ma parcheggio la monovolume accanto all'edificio e scendiamo per entrare. Ci si presenta una grande sala, con tavoli sorretti da cavalletti disposti a U e non apparecchiati. Non c'è nessuno che ci spieghi perché dovremmo essere i benvenuti. Le vecchiette vagano smarrite per la sala vuota, sto per richiamarle all'appello quando dall'altra parte del capannone una porta si apre con cautela. Dalla fessura sbuca la testa di un uomo, che si decide a entrare solo dopo aver appurato che non rappresentiamo alcun pericolo. L'apparizione indossa una strana tuta color verde mela e ha la testa rasata, a eccezione di una lunga ciocca di capelli, legata da un nastro in tinta con l'abito. Prima ci guarda con occhi sgranati, poi un gran sorriso gli illumina il volto. Si mette le mani dietro le orecchie e le sventola due volte, pronunciando una frase incomprensibile. Schiocca ripetutamente la lingua sul palato e torna di corsa da dove era venuto. Guardo Mali, sbalordito.

"Chi era? Cosa ha detto?"

"Letteralmente, ha detto: 'Buongiorno, buongiorno, non muovetevi, torno subito'."

"Ma il gesto che ha fatto con le orecchie? E la pettinatura idiota?"

"È una tradizione regionale. Da queste parti, ci si saluta con le orecchie. Per quanto riguarda la pettinatura, è tipica del Sud della Mesmenia. Sai, è una zona agricola, un po' arretrata rispetto al resto del paese. L'acconciatura discende dai cosacchi ucraini. Nonostante la rivalità che ci divide, abbiamo molte cose in comune. Non hai letto *Taras Bul'ba* di Gogol'?"

Certo che conosco il romanzo! Ho anche visto il film che ne hanno tratto, ma non mi sembra che il fiero Yul Brynner assomigli all'individuo che abbiamo appena visto. Sto per farlo notare a Mali, quando si sente un gran baccano provenire dall'esterno, e improvvisamente si spalanca una mezza dozzina di porte che non avevo notato. Nel giro di qualche secondo, il capannone è invaso da decine di uomini, donne e bambini che corrono da tutte le parti, gettano sui tavoli tovaglie colorate e stoviglie e, quando hanno le mani libere, le usano per sventolare le orecchie verso di noi, elargendo grandi sorrisi. Superato il primo momento di sconcerto, le vecchiette ricambiano il saluto nello stesso modo e con lo stesso entusiasmo. Solo Mali sembra mantenere un contegno, così mi volto verso di lei.

"Puoi spiegarmi cosa sta succedendo?"

"E come diavolo faccio a saperlo? Solo perché sono mesmena, non vuol dire che debba conoscere le usanze di tutti gli abitanti del paese!"

Si dirige dall'altra parte del capannone per chiedere spiegazioni all'uomo in tuta verde mela, che evidentemente supervisiona i lavori. Sto osservando la giostra di paioli che bollono e ciotole fumanti che arrivano sui tavoli, quando sento una mano che mi picchietta sulla spalla. Mi volto e vedo Adèle la Maniaca, con il mio libro in mano.

"Mi dica, Thomas, l'ultima parte del suo romanzo si svolge in questa zona della Mesmenia?"

Non avevo mai pensato di localizzare l'azione, così mi limito a una smorfia dubbiosa che mi comprometta il meno possibile.

"Andiamo, Thomas, non insulti la mia capacità di deduzione. I protagonisti passano la frontiera estone a piedi, quindi devono per forza trovarsi in questa regione!"

Mi chiedo che gusto ci provi a fare la parte della Miss Marple della letteratura mesmena, ma sono costretto ad ammettere che il suo ragionamento non fa una piega.

"Può darsi. E dove vuole arrivare?"

"Be', ho notato questo passaggio:

"Da soldato consumato qual era, Chlobak conosceva l'arte della guerra. Avrebbe potuto servirsi di qualsiasi tronco d'albe-

ro, qualsiasi dosso, qualsiasi scarpata per mettersi al riparo e rispondere al fuoco nemico. Avrebbe potuto nascondersi in mille modi, in quella regione collinosa e boschiva, e non avrebbe esitato a fare un'imboscata per sparare agli avversari se non avesse avuto un valido motivo per non farlo. Innanzitutto, non voleva rischiare di ferire per sbaglio Maria, e nemmeno Katia, benché ce l'avesse ancora con lei per aver simpatizzato con i russi. Inoltre, era a corto di munizioni. Si limitò pertanto a risalire un ruscello poco ripido, affiorando in superficie di tanto in tanto per riprendere fiato e controllare dove si trovasse l'esercito nemico. E fu così che scorse la frontiera estone".

"Vede, quello che mi stupisce, è che lei parli di una zona piena di colline e boschi, mentre quella che abbiamo attraversato noi oggi è piatta come una tavola da surf e ricoperta solo da uno strano muschio...".

Non c'è niente di più esasperante delle persone che, per fare bella figura in società, cercano di mettere in imbarazzo il loro interlocutore. Adèle appartiene senza dubbio a questa categoria, quindi non mi faccio alcuno scrupolo a risponderle per le rime.

"Sa, il romanzo si svolge più di cinquant'anni fa, il paesaggio è molto cambiato da allora."

"Sono d'accordo, la vegetazione può essere cambiata, ma è difficile che le colline si siano consumate in cinquant'anni... E poi c'è la storia della frontiera. Come fa Chlobak a sapere che passa di lì? C'è forse un ufficio doganale? E allora perché i doganieri non intervengono?"

Ho una voglia matta di farle ingoiare il libro. Fortunatamente per lei, proprio in quell'istante arriva Mali per portarci informazioni sui festeggiamenti a cui stiamo assistendo. Così non devo rimettere in riga Adèle.

"L'uomo con la tuta verde mela è il sindaco del paese. Da quando ha sentito parlare delle terre rare, si è messo in testa di sfruttare la notizia per incrementare il turismo. Mi ha detto che sono già passati due inglesi e tre svedesi, ma il nostro è il gruppo più numeroso che abbia avuto. Hanno deciso di organizzare la festa del *capistniou* ogni volta che arriva una comitiva di stranieri in visita..."

"Il *capistniou* non è il cavolo di cui parla nel suo libro, Thomas? Mi sembra che accenni anche a questa famosa festa."

Naturalmente è Adèle-so-tutto-io che ha appena parlato. Per una volta, ha ragione, mi ricordo perfettamente di aver tradotto quel brano. È quello che hanno letto durante la trasmissione *La Masque et la Plume*, una vita fa. Ma c'è un particolare che mi incuriosisce.

"È una sorta di festa di primavera, dico bene?"

Mali annuisce.

"Certo. Il Sud è la patria del *capistniou*. Probabilmente avrete notato i campi coltivati, lungo la strada. Questa varietà di cavolo inizia a crescere nel mese di marzo ed è per questo che la festa si celebra una volta l'anno, all'inizio della primavera. Quest'anno, eccezionalmente, hanno ripetuto la festa quattro volte: la prima per gli abitanti del paese, la seconda per gli inglesi, la terza per gli svedesi e ora per noi. Guardate, arrivano le ballerine!"

In effetti, da una porta in fondo alla sala entrano quattro ragazze. Avranno sedici o diciassette anni e in Francia sarebbero certamente delle top model, se non fossero conciate in quel modo. Pur sapendo quanto sia strana la moda mesmena, la loro tenuta mi lascia alquanto perplesso. Il capo principale del costume sembra una tuta di pelliccia bianca un po' logora, con maniche e pantaloni corti. Annodata in vita, hanno una cintura di rami secchi in cui credo di riconoscere il famoso *capistniou*, ai polsi e alle caviglie indossano dei bracciali fatti con lo stesso ortaggio. Al culmine del ridicolo, come copricapo hanno un enorme cavolo violaceo. Le poverette hanno l'aria un po' imbronciata e, a dire il vero, le capisco.

Essere costrette a dare spettacolo non una, non due, non tre ma quattro volte in un anno, e per giunta davanti a degli stranieri che ridono a crepapelle, è il massimo della depressione. Eppure, quando un gruppo di ragazzi inizia a percuotere e grattare degli strumenti che avevo scambiato per utensili da cucina, si rassegnano e si lanciano in una coreografia a metà strada fra il casatchok e il ballo del qua qua. Per non umiliarle ulteriormente, mi concentro sui musicisti e la loro buffa acconciatura. Anche loro hanno un'unica ciocca di capelli, ma invece di essere al centro della testa come quella degli anziani, la portano sul lato sinistro, lasciandola morbidamente cadere sull'orecchio. Mali è accanto a me e ne approfitto per farle ancora una domanda, indicando i musicisti con un cenno del capo.

"È un'altra acconciatura tradizionale?"

"No, loro sono degli anticonformisti. Sarai stato adolescente anche tu, o no?"

Fortunatamente, il balletto dura poco. Ben presto, i musicisti iniziano a emettere brevi suoni gutturali, sempre più forti e ravvicinati, che la folla riprende in coro. Poi improvvisamente tutti si fermano e in sala cala il silenzio. Alle prime risate, tutti alzano il bicchiere di Kroach'Vodka e inizia il banchetto. Tutti bevono e mangiano dalle ciotole. Non ci sono dei veri e propri piatti, la portata principale è una brodaglia bianca e grumosa che si mangia all'interno delle foglie di *capistniou*. Mi appello ancora una volta al sapere di Mali.

"Quello che non capisco è perché, avendo a disposizione tutti quei cavoli freschi, usino quelli marci."

Mali alza gli occhi al cielo, con aria sprezzante.

"Non sono marci. Il *capistniou* ha già un aspetto appassito quando cresce."

Inizio a capire perché, da quando siamo arrivati in Mesmenia, il terreno sembra ricoperto di muffa. Il malumore di Mali comincia a darmi sui nervi, così decido di andare a fare quattro chiacchiere con le giovani ballerine. Ora che hanno finito l'esibizione, mi sembrano più rilassate.

"Buongiorno, signorine, complimenti per lo spettacolo!"

Ho parlato in mesmeno, cercando di scandire bene le parole, ma le ragazze mi guardano ridendo e rispondono con frasi incomprensibili, schioccando la lingua come il sindaco del paese. Sto per chiedere di ripetere più lentamente, quando sento una voce alle mie spalle. Adèle.

"Dicono che non capiscono quando parla, Thomas. Dev'essere per via del suo accento. Sa, in queste zone, pronunciano le vocali schioccando la lingua sul palato."

Sono sbalordito. Come osa darmi lezioni di mesmeno, quando ha iniziato a studiarlo solo qualche settimana fa? Senza accorgersi della mia indignazione, l'arrogante prosegue.

"A tale proposito, ho notato un brano del suo libro che mi piacerebbe sottoporre al suo acume. Si trova all'inizio del romanzo, subito dopo l'incontro fra Maria e Chlobak:

"Quando finalmente Maria ritenne che Chlobak fosse al sicuro, dietro il cumulo di detriti accatastati nel fienile, gli si rivolse con il suo vocione gutturale dalla pronuncia strascicata, alterato dai primi brividi d'amore. 'Tu non muovere fino al tramonto, e non mangiare tossici rifiuti per terra. Io tornare stanotte per portare cibo e fare tutte le porcherie che volete.' Chlobak cercò di trattenerla ma, servendosi del suo imponente fondoschiena, Maria riuscì a divincolarsi. 'Dovete essere ragionevole, e aspettare che tutti in paese andare a dormire.' Gli lanciò uno sguardo talmente carico di promesse che Chlobak riuscì ad attingervi tutta la pazienza che gli mancava".

"Vede, dal momento che Maria è nata da queste parti, come abbiamo già stabilito, non dovrebbe forse parlare schioccando la lingua invece che strascicare le parole come ha scritto lei? E poi perché le mette in bocca quei terribili errori di sintassi, se il mesmeno è la sua lingua d'origine? Che ne pensa?"

"Penso che dovrebbe andare a controllare la sua amica Henriette, laggiù..."

Adèle si volta e vede l'amica intenta a bere vodka direttamente dalla bottiglia. Mi lascia e si dirige a passo spedito verso Henriette, emettendo dei pigolii da gallina inferocita che a mio avviso le si addicono più dei discorsi da Sherlock Holmes.

23.

La mattina dopo

Sto guidando da due ore, in auto regna un silenzio assoluto, interrotto solo dal rumore della pioggia e dai colpi di tosse di Henriette. Dallo specchietto retrovisore, riesco a vedere le altre vecchiette e non è un bello spettacolo. Hanno gli abiti spiegazzati, gli chignon scompigliati e il trucco che cola sul viso. Emma e Monique sembrano decisamente stravolte, mentre Liliane, nonostante i lineamenti tirati, ha un'espressione trasognata. Spero solo che abbia trovato un amante mesmeno e che finalmente la smetta di importunarmi. Considerati i litri di Kroach'Vodka che si sono scolate ieri sera come fosse latticello, ho l'impressione che non se la cavino poi tanto male. Solo Adèle è in forma smagliante, dal momento che non ha toccato alcol. Anzi, a quanto ho potuto vedere, faceva la spola da un'amica all'altra cercando di portar via bicchieri e bottiglie dalle loro mani. E fra un tentativo e l'altro, si intrometteva nella conversazione fra me e le giovani ballerine mesmene. Anche se devo ammettere che i suoi interventi a volte mi sono stati utili per decifrare il biascichio delle mie interlocutrici, l'ho trovata di una maleducazione rara. Dopotutto, non poteva escludere che la mia incomprensione fosse solo una finta, uno stratagemma per divertire le piccole mesmene e guadagnarmi i loro favori. Grazie ai suoi "Suvvia, Thomas, le signorine le stanno semplicemente chiedendo se vive a Parigi" e ai suoi "Ma risponda! Vogliono sapere se è single! Devo presentarla come il marito di Mali?", ho fatto palesemente la figura dell'imbecille davanti alla gioventù mesmena.

A dire il vero, non me ne fregava niente del giudizio di quelle ridicole adolescenti, con il loro cavolo in testa. Volevo solo attirare l'attenzione di Mali, alimentare la sua gelosia. E Mali me l'ha fatta pagare. Quando le foglie di cavolo si sono riempite di brodaglia schifosa e la vodka ha iniziato a scorrere a fiumi, si è messa a chiacchierare con il sindaco del paese, in un angolo del capannone, dimenticandosi completamente della nostra presenza, mia e delle vecchiette. Sandrine non mi avrebbe tolto gli occhi di dosso, assumendo l'espressione da cane bastonato che conosco bene. Mi si è stretto il cuore, al pensiero del suo visetto triste in mezzo a tutta quella gente festosa, e la sua immagine mi ha perseguitato per il resto della serata.

Quando è giunta l'ora di andare a coricarsi, verso le tre o le quattro del mattino, gli amici del capannone ci hanno portato dei materassi e delle coperte. Abbiamo dormito lì, tutti vestiti e senza nemmeno lavarci i denti.

Prima di addormentarmi accanto a Mali, ho provato a fare dell'ironia sul sindaco, con la sua salopette verde mela e la sua acconciatura da Taras Bul'ba. Sono stato duramente rimproverato.

"Solo perché fa il contadino, non può essere una persona interessante? Ma pensa un po'..."

Mi ha voltato la schiena e ha proseguito la lettura del mio libro. Devo ammettere che almeno una qualità ce l'ha. Quando inizia qualcosa, va sino in fondo. Probabilmente non ha dormito molto, perché nel cuore della notte l'ho vista frugare tra le mie cose per cercare la versione originale del romanzo.

Stamattina, mentre le vecchiette smaltiscono la sbornia e Adèle scruta il paesaggio, Mali prosegue nella lettura seduta sul sedile posteriore. La vedo prendere appunti, aggrottare le sopracciglia e a tratti sorridere. Ho la sensazione che presto mi darà il suo parere sulla traduzione.

Henriette continua a tossire e la cosa mi innervosisce. Spero solo che non si ammali davvero perché sarebbe difficile curarla qui.

Verso mezzogiorno, arriviamo finalmente in un paese un po' più grazioso degli altri. La maggior parte delle case ha il giardino, la facciata ben curata e le imposte dipinte. Nella piazza centrale, c'è persino una chiesa, cosa rara in questa terra di miscredenti. Un po' per curiosità, un po' per arieggiare l'auto che puzza di vodka, decido di fare una sosta turistica.

"Prendete gli ombrelli, signore, andiamo a visitare il nostro primo monumento storico."

Sui sedili posteriori, Emma e Monique riemergono dal loro stato comatoso, mentre Liliane riaffiora dai suoi sogni a occhi aperti. Adèle è sul piede di guerra, già pronta a criticarmi, immagino. Henriette si agita perché non trova più l'ombrello. Il tempo di scendere dall'auto e sono tutte eccitate, come se stessimo per visitare le grotte di Padirac.

Mi metto al comando della spedizione e apro il portone di legno con gesto teatrale. Sin dal primo sguardo, il mio entusiasmo si spegne. È la chiesa più banale che abbia mai visto. Le pareti sono dipinte di bianco sporco, il pavimento è di piastrelle marrone scuro, l'altare e i banchi dei fedeli sono di legno grezzo, senza nemmeno una mano di vernice. Al posto delle tradizionali vetrate, ci sono dei semplici vetri color verde militare. Mi accingo a fare dietrofront, quando le vecchiette iniziano a fare commenti.

"Ecco dunque la famosa arte sacra mesmena..."

"Valeva davvero il viaggio da Parigi..."

"Dovrebbero far pagare il biglietto d'ingresso..."

Resto a bocca aperta. Non so se stanno scherzando o sono così rimbambite da non notare la mediocrità dell'edificio. Guardo Mali, che sembra perplessa quanto me. Poi, inevitabilmente, mi si avvicina Adèle.

"Mi dica, Thomas, a un certo punto del romanzo descrive la chiesa in cui Maria sognava di sposarsi quando era bambina. Cito:

"Decine e decine d'anni prima di incontrare Chlobak, quando era solo una bambina, Maria sognava come tutte le bambine di sposarsi in abito bianco e a un'età ragionevole. Immaginava una cerimonia commovente nella capanna di fango adibita a chiesa del piccolo villaggio. Non bisogna dimenticare che all'epoca il paese era sotto la dominazione della Russia comunista, che non vedeva di buon occhio le parrocchie. Per reazione, la popolazione locale continuava a nutrire un amore particolare per le feste religiose e aveva scelto quest'edificio – il più povero e il più brutto di tutti – per farne un luogo di culto, sperando che eventuali stranieri non lo notassero. Ed è in questo squallido edificio senza finestre, con il pavimento ricoperto di paglia, che Maria avrebbe voluto coronare i suoi sogni di bambina con Chlobak. Disgraziatamente, la fuga dell'amato aveva infranto le sue speranze. Era seduta davanti a questa chiesetta di fortuna, piagnucolante, con il moccio al naso, quando Katia arrivò correndo per avvisarla che i russi volevano arrestarla.

"L'edificio sacro che descrive non assomiglia affatto a questa graziosa chiesetta. Avrebbe potuto concedersi una licenza poetica e collocare questo capolavoro di semplicità nel villaggio di Maria..."

Se le rivelassi quante licenze poetiche mi sono preso, non ci crederebbe. La verità è che ho interamente riscritto quel brano. Nella versione mesmena, Maria piange la partenza dell'amato, rievocando le sue gesta erotiche con parole oscene e anche piuttosto oscure. All'inizio ho tentato di edulcorare la scena, ma mi sembrava di impoverirla, così ho deciso di rafforzarla inserendo qualche dettaglio artistico. Ovviamente, non posso spiegare questi complessi tecnicismi ad Adèle. Mentre cerco disperatamente una risposta, Henriette starnutisce rumorosamente.

"Potrebbero giusto eliminare qualche spiffero."

Ha parlato in tono talmente lamentoso che le altre scoppiano a ridere. Henriette le guarda, dapprima sorpresa, poi improvvisamente felice di aver scatenato l'ilarità delle amiche. Emma, che non abbandona mai la sua giacca imbottita, inizia a strofinare la schiena dell'inferma.

"Coraggio, tesoro, adesso torniamo alla macchina, così non prenderai freddo."

Detto fatto. Metto in moto e accendo il riscaldamento al massimo. Provo quasi tenerezza per queste nonnine che mi hanno salvato dalle grinfie di Adèle. Mi chiedo anche se, in fondo, non l'abbiano fatto apposta. Dopotutto, forse non sono l'unico a essere perseguitato da quella megera e ho la sensazione che le altre abbiano solo voglia di divertirsi. Intanto, la gita culturale che ho architettato ha raggiunto il suo scopo. Sui sedili posteriori della monovolume, l'atmosfera si è notevolmente rasserenata. Le vecchiette chiacchierano, si rammaricano di non aver fotografato la chiesa e si chiedono quando arriveremo a destinazione.

"Quanti chilometri ci restano, Thomas?"

"Esattamente non lo so, ma spero che arriveremo prima di sera."

"E dormiremo in letti veri? Ma è una giornata meravigliosa!"

Ridono ancora. Mali cerca di condividere il loro buonumore, ma la sento distante.

Alle cinque, incontriamo uno dei primi cartelli stradali del paese e Mali lo indica, tutta eccitata: “Fermati, Thomas, è qui!”. Mi fermo poco convinto. Non serve chissà quale perspicacia per capire che siamo in mezzo al nulla. La zona, comunque, sembra essere di gran lunga la più ricca che vediamo da ieri. Dopo una breve consultazione, ci rimettiamo in marcia e in capo a cinque minuti appare all'orizzonte un grazioso cascinale. Mali riprende a scandire: “È qui, è qui!”. Mi dirigo in quella direzione e parcheggio davanti alla porta di una grande cucina. Una donna sulla sessantina ci viene incontro, asciugandosi le mani nel fitto strato di gonne. Avrei potuto prenderla a modello per la mia Maria. Mali le si avvicina, le stringe la mano e iniziano a discutere animatamente. Il saluto civilizzato con cui ci ha accolto mi rassicura un po'. Certo non siamo più tra i contadini del Sud, convinti che assumere un'aria idiota e sventolare le orecchie sia un gesto di benvenuto. La mesmena ascolta Mali, annuisce con decisione, fa dei gran sorrisi sdentati e alla fine ci fa segno di seguirla. Dev'essere la donna con cui Mali ha preso contatti quando eravamo ancora a Parigi.

Dieci minuti dopo, ci accomodiamo attorno a una grande tavola rustica che la donna riempie di salumi, grosse pagnotte e un avanzo di minestra di verdure. È tutto molto appetitoso. Fuori, per la prima volta ha smesso di piovere e tra due nuvole grigie spunta addirittura un raggio di sole. Quando arrivano in tavola i cesti di frutta, entrano due contadini alti, robusti e tutti sudati. Senza troppi complimenti, si siedono a tavola e iniziano a fare conversazione. Nonostante in questa zona non si usi schioccare la lingua, la loro parlata troppo veloce mi confonde e non riesco a rispondere alle domande, nemmeno a quelle che capisco. Mali invece sembra molto interessata a ciò che dicono. Prima ascolta, poi chiede informazioni sulla sartoria e loro le spiegano come raggiungerla.

La conversazione si sposta poi sulla politica, le terre rare, il futuro del paese. Sento nominare più volte Androv Zornoïff, ma dal momento che pare sia l'unico personaggio politico influente del paese, non posso trarne alcuna conclusione. Mali, che è molto espansiva, racconta della sua adolescenza a Govnia, del trasferimento a Parigi, della disperazione che prova ogni volta che pensa al suo paese. I due annuiscono calorosamente. Dev'essere accaduto un fatto grave nei giorni scorsi, ma non riesco a capire quale. Poi il tono cambia. Uno dei contadini indica il nostro gruppo con un cenno del capo e chiede qualcosa a Mali, che risponde con una battuta, provocando nel suo interlocutore una risata e una seconda domanda. Mali si volta verso le vecchiette, tutta sorridente.

"Questi signori si sono gentilmente offerti di farvi visitare la proprietà, oggi pomeriggio. Ci sistemeremo qui per qualche giorno, in camere doppie, e domani andremo in sartoria. Che ne dite del programma?"

Entusiaste, le ragazze chiedono di vedere le stanze e di darsi una rinfrescata prima della visita. La sosia di Maria abbandona i fornelli per fare gli onori di casa. I contadini tornano in cortile ad attendere le turiste. Resto solo con Mali, che cambia subito espressione. È molto meno sorridente, ma almeno non ha più il broncio.

"Hai capito cosa mi hanno raccontato? Pare che la perlustrazione dei giacimenti sia stata definitivamente sospesa. Si temono nuovi disordini a Govnia."

"Sospesa? Ma perché hanno deciso di sospendere la perlustrazione?"

"Non so. Probabilmente l'Europa alla fine ha deciso che inquinerebbe troppo e che il gioco non vale la candela."

Forse ha ragione. Ad ogni modo, al momento sono più preoccupato per i miei problemi personali che per l'ecologia del pianeta.

"Credi che sia prudente restare qui con le vecchiette? E i tuoi genitori, non sei in ansia per loro?"

Alza le spalle con gesto fatalista.

"Sono convinta che non accadrà niente. Sai, la gente del posto è piuttosto disincantata. È abituata a sentirsi fare grandi promesse che poi non vengono mantenute. La vita riprenderà come prima, tutto qui."

Le vecchiette attraversano il cortile in compagnia dei contadini. Sono talmente assorte nei loro pensieri che non ci degnano nemmeno di uno sguardo. Mi volto verso Mali.

"Vuoi che le accompagniamo?"

"No. Alle ragazze farà bene sbrigarsela un po' da sole. Del resto, ormai Adèle parla mesmeno quasi correntemente. Andrò in camera a finire di leggere la versione originale del libro."

La seguirei volentieri per avere finalmente un momento di intimità. Ma ho anche una gran voglia di conoscere il suo parere sulla traduzione. Se andassi in camera con lei, non potrei fare a meno di chiederle ogni cinque secondi cosa ne pensa, la esaspererei. Meglio andare a fare una passeggiata in attesa del verdetto. Del resto, la prospettiva di un momento di solitudine non mi dispiace, dopo due giorni di vita comunitaria. Mi dirigo verso la strada principale, quella da cui siamo venuti, e proseguo in direzione opposta rispetto alle mie compagne di viaggio.

Mentre cammino, sono assalito da brutti pensieri. Sergeï ha cercato ancora di contattarmi e, in ogni messaggio, insiste pesantemente sul torto che avrei fatto alla sua povera nonna. Continua a parlare di questa povera e sventurata nonna. Un pensiero terribile inizia a prendere forma nella mia testa. E se il manoscritto che mi ha dato fosse in realtà la biografia di sua nonna Maria? Ma nel libro è scritto nero su bianco che era ancora vergine all'età di settant'anni. Forse Maria e Chlobak hanno adottato dei bambini, una volta giunti in Estonia.

O forse Maria è la prima donna della storia a essere sfuggita alla menopausa. Magari è una sorta di caso clinico famosissimo in Mesmenia, un caso attorno al quale si sono scatenate molte polemiche, con scienziati che gridavano all'impostura. Se ha avuto due o tre figli dopo i settant'anni, può darsi che Sergeï e Alvizaar discendano entrambi da questa famiglia di pazzi. Allora non è una storia di mafia. Sono solo due cugini che litigano perché uno vuole divulgare la storia di famiglia e l'altro seppellirla per sempre. Sento che mi sto avvicinando alla verità, ma quello che continuo a non capire è cosa mi stia rimproverando Sergeï.

Perso nei miei pensieri, non mi sono accorto dei conigli che avanzano verso di me. Ormai sono una decina, dei grossi conigli bianchi tutti spelacchiati, con dei musi onestamente poco simpatici. Dev'essere la razza con cui producono il paté di cervella che si vende nel negozio di Mali. Per un attimo, ho la netta sensazione che stiano arricciando i baffi, pronti ad aggredirmi. Ripenso a un vecchio film dei Monty Python, *Il Sacro Graal*, in cui un cavaliere viene assalito da queste bestiacce. Devono essersi per forza ispirati alla Mesmenia, altro che inventiva. Prima di farmi sgozzare, decido di tornare da Mali. Devo chiederle del caso clinico di Maria, ne avrà certamente sentito parlare.

È seduta sul letto, intenta a depilarsi le gambe con una pinzetta da tortura. I miei due libri sono sul copriletto accanto a lei, chiusi. Li indico con un cenno del capo.

"Allora, hai finito? Che te ne pare?"

"Be', non mi sembra un granché. È assurda."

"Cosa? Cosa è assurda?"

"La tua traduzione. Sta all'originale come uno sketch di Benny Hill sta a un libro di Barbara Cartland."

Sono tentato di risponderle che il paragone la dice lunga sulla sua cultura, ma sono troppo sconvolto. Volevo intavolare una discussione seria su chi fosse in realtà Maria Pavlovna Zoriagna e invece mi ritrovo a dover difendere il mio lavoro.

"Frena! Ho fatto alcuni cambiamenti per andare incontro ai gusti del lettore francese, ma non ho modificato la trama o lo spirito del romanzo."

"Stai scherzando? Non c'è una sola riga che rispetti l'originale. Posso farti mille esempi, se vuoi. Eccone uno a caso, l'inizio del capitolo quindici. Quello che leggo io è:

"Chlobak affondò il suo ardente sguardo nei profondi occhi di Maria, senza dire una parola. Il suo bel viso dall'espressione fiera e testarda gli ricordò il giorno in cui aveva trovato rifugio nel pollaio. Maria l'aveva salvato da morte certa, fasciandogli la ferita alla spalla che aveva cercato di tenere nascosta perché la donna non si preoccupasse. Mentre si prendeva cura di lui, il suo viso esprimeva sentimenti nobili. Aveva assunto un'espressione tenera e confusa, e Chlobak, povero ucraino in fuga, non aveva resistito alla tentazione di baciare le sue labbra carnose. Maria si era ritratta come un animale selvatico e Chlobak si era maledetto per quel gesto stupido e maldestro. Oggi, quella donna si offriva a lui con tutta la veemenza del primo amore...

"Quello che hai tradotto tu invece è:

"Chlobak non sapeva cosa dire a Maria, che lo guardava con occhi sconcertati. Il suo istinto gli diceva che quella donna dal viso avvizzito e fiero lo avrebbe rincorso senza sosta di pollaio in pollaio. Ma dal giorno in cui Maria aveva accettato di nasconderlo e aveva curato la sua ferita alla spalla, salvandolo dai russi e dai microbi, provava un sentimento di tenera pietà nei suoi confronti. Per questo non aveva resistito alla tentazione di baciare le sue vecchie labbra tremolanti. Colta di sorpresa, Maria era scattata come un giovane puledro e Chlobak si

era sentito un perfetto idiota. Oggi, quella donna tendeva le sue labbra a culo di gallina in attesa di baci e carezze, perché Chlobak non aveva più avuto il coraggio di tirarsi indietro, dopo la prima volta in cui si era lasciato andare...

"Poi ci sono le descrizioni fisiche di Katia e Maria. Traduzione magnifica, perché quello che leggo io nell'originale mesmeno è:

"Katia e Maria erano le ragazze più belle del paese, ma il loro fascino era così diverso che non c'era rivalità tra le due amiche. Maria la prosperosa, la voluttuosa, dalle forme generose e il vitino da vespa, rappresentava la Donna, la Madre, che offre conforto e sostegno, mentre Katia, dalle caviglie sottili, i lineamenti delicati e il fisico minuto, solleticava l'istinto di protezione maschile. Le due ragazze avevano in comune solo la docilità di carattere e mai avrebbero pensato di sfruttare la loro avvenenza, se Chlobak non avesse fatto irruzione nelle loro vite.

"Ma il brano che esce dalla tua abile penna è:

"Katia e Maria erano due fenomeni da baraccone. Nonostante la loro deformità, erano benvolute in paese, soprattutto dalle donne che non potevano certo esserne gelose. Maria aveva la particolarità di assomigliare a un grosso insetto, sembrava una specie di vespa, e la gente le stava alla larga intimidita dalla sua forza, mentre Katia era magra da far paura, tanto che tutti evitavano di toccarla per timore che si spezzasse in due. La loro stranezza aveva finito per avvicinarle, ma quando Chlobak era sbarcato nel pollaio, si era rivelata la loro vera natura e avevano iniziato a pugnalarsi alle spalle.

"E potrei citartene altri. L'ultimo paragrafo, per esempio. La versione originale recita:

"Era sera e Maria aveva appena chiuso la bottega, quando sentì un braccio vigoroso cingerle il vitino da vespa, regalandole mille piccoli brividi lungo la schiena. Senza voltarsi, mise la mano sulla nuca di Chlobak, che con gesto appassionato la costrinse a voltarsi. Le loro labbra si sfiorarono, poi l'uomo posò la bocca ardente sulla mano di Maria e baciò l'anello nuziale che portava all'anulare sinistro, l'anello che sua madre gli aveva regalato prima che lasciasse l'Ucraina, l'anello grazie al quale avevano unito per sempre i loro destini.

"Ecco invece la tua versione:

"Maria stava chiudendo il negozio di zoccoli, quando sentì un enorme braccio cingerle i fianchi, aumentando il suo mal di schiena. Allora alzò un braccio e afferrò Chlobak per la pelle del collo. L'uomo la costrinse a voltarsi e le bruciò le dita con il misterioso oggetto che sua madre gli aveva regalato prima che lasciasse l'Ucraina, il misterioso oggetto incandescente in grado di cambiare per sempre il destino della gente.

"Sei davvero strano. Hai trasformato una fede di famiglia che si tramandava di generazione in generazione in un misterioso oggetto incandescente. Ma che diavolo ti ha preso?"

"Ero molto stanco."

Mi sento umiliato. È solo un breve passaggio, e non ho più aperto il libro dal giorno in cui ho incontrato Alvizaar. Non avevo alcun motivo di rileggere la traduzione per intero, dal momento che era andata in stampa prima che potessi apportare qualsiasi modifica. Non so cos'altro dire in mia difesa, e Mali torna all'attacco.

“Quello che non capisco è perché tu abbia trasformato la protagonista in una donna anziana.”

“Trasformata? Non ho trasformato un bel niente. Maria è una vecchia di settant’anni, è scritto nero su bianco fin dalle prime righe del libro.”

“Ne sei davvero convinto? Ti rendi conto che sei completamente fuori strada?”

“E va bene. Allora dammi la tua versione, visto che sei così brava.”

Le rispondo in tono aggressivo per nascondere la mia insicurezza. In cuor mio, so che Mali sarebbe stata molto più abile di me come traduttrice, anche se il francese non è la sua lingua madre, e ho la sensazione di dovermi giustificare ai suoi occhi.

“Vuoi le due versioni? D’accordo! Ecco cosa hai scritto tu:

“Il giorno del suo settantesimo compleanno, benché avesse l’età per diventare nonna, Maria Pavlovna Zoriagna incontrò il suo primo amore, Chlobak Androv Peranovski.

“Io avrei tradotto:

“Il giorno in cui sua nonna festeggiava il settantesimo compleanno, Maria Pavlovna Zoriagna incontrò il suo primo amore, Chlobak Androv Peranovski.

“E non ti sei limitato a questo. A parte Chlobak, non c’è un personaggio che corrisponda all’originale. Confondi la nipote e la nonna, le amiche dell’una e gli amici dell’altra. Perché l’hai fatto?”

Di fronte alla sincera curiosità di Mali, non so cosa rispondere. Mi sembra ieri quando cercavo di raccapezzarmi in mezzo a tutti quei patronimici e imprecavo contro la mania degli scrittori russi di inserire nei romanzi un mucchio di personaggi, con un mucchio di nomi diversi. Non ho pensato nemmeno per un attimo di essermi sbagliato.

"Non l'hai fatto apposta, vero?"

A mano a mano che la verità viene a galla, vedo lo stupore disegnarsi sul volto di Mali. Poi mi accorgo che sta per esplodere in una risata folle, una risata che cerca di tenere a freno mordendosi le labbra. Sono mortificato, non riesco a recitare la parte di quello che prende la faccenda con ironia. E più Mali si trattiene dal ridere, più mi sento frustrato. Alla fine si rende conto che ho un nodo alla gola e mi stringe dolcemente la mano.

"Coraggio, non è poi così grave! La situazione è piuttosto comica."

"Facile a dirsi, ma se si venisse a sapere? Farei la figura dell'idiota!"

"Ma no. Sai, in fondo non importa niente a nessuno..."

Se ripenso ai messaggi di Sergeï, non ne sono affatto convinto. Comincio a intuire il senso delle sue recriminazioni, ma siccome Mali non è a conoscenza di quelle telefonate non può capire il mio disagio. Cerca disperatamente di consolarmi.

"Sai, anch'io dovrei sentirmi umiliata..."

"Perché lo dici?"

"Be', sono stata io a insegnarti il mesmeno, e visti i risultati..."

Scoppia a ridere e non posso fare a meno di risponderle con un sorriso. Felice che il suo tentativo sia andato a buon fine, mi tira a sé.

"Vieni a letto, forse so come risollevarti il morale."

Non l'ho mai sentita così partecipe del mio destino, e sono colto da uno slancio di tenerezza nei suoi confronti. Ma sento il bisogno di un conforto più liquido per guarire l'amaro che ho in bocca.

"Credi che abbiano un po' di Kroach'Vodka in questo posto?"

24.

La mattina dopo

Mi sveglio con i peggiori postumi da sbronza che abbia avuto in vita mia. Quando muovo gli occhi, una spranga di ferro mi trafigge il cranio da una tempia all'altra, procurandomi una fitta di dolore lancinante. Impossibile trovare un'aspirina in questo paese, dovrò aspettare che passi. Nell'attesa, eviterò di muovere gli occhi anche di un solo millimetro. E continuerò a bere. Acqua.

Sono solo in camera. Se ben ricordo, non ho sentito uscire Mali. Ieri sera, dopo aver scoperto il disastro che avevo combinato, sono andato a frugare negli armadi dei nostri ospiti. Ho trovato una bottiglia di Kroach'Vodka piena e un'altra appena iniziata, e le ho portate in camera. Le abbiamo bevute io e Mali insieme, mentre lei sghignazzava ancora ripensando ai miei errori di traduzione. Alla seconda bottiglia, ridevo anch'io. Abbiamo cercato di fare l'amore, ma ero troppo ubriaco per riuscirci, e anche questo ci ha fatto ridere. Per la prima volta da quando ci siamo rivisti, ho avuto la sensazione di stare veramente con Mali. Poi, i ricordi si annebbiano.

Nonostante il mal di testa, devo alzarmi per cercare qualcosa di analcolico da bere. Imbocco il lungo corridoio che porta in cucina e trovo le cinque vecchiette sedute al tavolo, circondate da tazze di caffè e tartine imburrate. In un angolo, Mali discute animatamente con la padrona di casa e i due ragazzi che lavorano nei campi. Continuano a guardare un vecchio televisore in bianco e nero, dove scorrono immagini talmente appannate che non riesco a distinguere quasi nulla.

"Vuole un caffè, Thomas? Sembra ancora mezzo addormentato!"

Liliane mi strizza l'occhio e si alza per servirmi, mentre le altre ridono a crepapelle, come se fosse la scena più comica del mondo. Vedendomi, Mali abbandona i suoi compatrioti e mi si avvicina.

"Ah, Thomas, finalmente ti sei alzato. Vieni con me, ti devo parlare."

Non appena siamo soli, mi si para davanti e mi appoggia le mani sul petto come per tenermi a distanza. Ho la sensazione che quello che mi dirà non mi piacerà affatto.

"Thomas, ho un grande, grande favore da chiederti."

Avevo ragione, sta per darmi una brutta notizia. Ma non posso svignarmela, quindi annuisco e attendo il seguito.

"Ieri sera mi sono sbagliata. Quando si è diffusa la notizia che non avrebbero più sfruttato i giacimenti di terre rare, la popolazione si è ribellata. Ci sono stati tumulti a Govnia e i lavoratori sono in sciopero. Niente a che vedere con gli scioperi francesi, certo, ma hanno smesso di lavorare. Con le elezioni alle porte e Androv Zornoïff che tergiversa, nessuno sa esattamente come andrà a finire."

"Cosa ti aspetti che faccia? Che riporti l'ordine nel paese?"

Mali abbozza un sorriso.

"Se solo potessi farlo..."

Si rabbuia e assume un'espressione che non le riconosco. Un'espressione austera e preoccupata.

"No, vorrei che riportassi a Parigi le mie allieve il più presto possibile. Credi di farcela?"

Ho un tuffo al cuore. Tutto il rancore che ho accumulato nei suoi confronti nelle ultime settimane svanisce. So che sto per perderla, e stavolta per sempre. Le faccio la fatidica domanda, conosco già la risposta ma devo formularla comunque.

"E tu cosa farai?"

"Io? Andrò a Govnia, dai miei genitori. Immagino che siano terrorizzati e che abbiano bisogno di me."

"E poi? Tornerai a Parigi?"

"Probabilmente sì, un giorno. Dovrò pur vendere l'appartamento e il negozio."

Proprio come temevo. Ha deciso di voltare pagina, e per lei sono solo una riga della pagina precedente. Non so come ribattere. Probabilmente Mali intuisce il mio stato d'animo, perché mi preme le mani sul petto e parla con dolcezza.

"Thomas... Ci siamo divertiti molto insieme, ma non poteva durare e lo sapevamo. Prima o poi bisogna crescere e credo sia giunto il momento per entrambi. Tu hai sbagliato la traduzione e io mi sono illusa di riuscire a gestire un negozio di prodotti mesmeni, e non solo. Abbiamo fatto abbastanza ragazzate, per me è tempo di tornare all'ovile."

Cala il silenzio, nessuno dei due osa muoversi. Ho la sensazione di aver ricevuto un pugno nello stomaco e un sapore metallico mi invade la bocca. Non avevo previsto una rottura così definitiva. Tutto il mio corpo si ribella e protesta all'idea di privarsi per sempre della pelle di Mali, dei suoi glutei, del suo seno, della sua passione nel fare l'amore. Le immagini della notte appena trascorsa riaffiorano con forza, come per dimostrarmi che è impossibile, che devo aver capito male, ma quando le chiedo di spiegarsi meglio, Mali prosegue.

"Anche tu dovresti tornare a casa, dalla tua amica... come si chiama? Sandrine? Non hai mai smesso di parlare di lei e sono convinta che siate fatti l'uno per l'altra."

Resto a bocca aperta. Ricordo vagamente di aver accennato a Sandrine un paio di volte, ma non mi ero assolutamente reso conto di averla menzionata così spesso. Non posso negare che il paragone tra loro fosse sempre più presente nella mia testa. Ma adesso non voglio pensare a Sandrine. Sono sotto shock, non riesco a reagire o riflettere razionalmente e Mali si sta già spazientendo.

"Allora? Farai da autista alle nostre amiche?"

Certo che lo farò. Non ho altra scelta. Naturalmente, a condizione che le nonnine siano d'accordo. Dopotutto, hanno pagato una settimana di soggiorno e siamo in Mesmenia solo da tre giorni.

"Sei sicura che accetteranno di venire con me? Rimborserai l'ultima parte del viaggio?"

"Sono certa che non vedranno l'ora di lasciare il paese quando sapranno cosa sta succedendo. Ma non vedo perché dovrei rimborsarle. Prima di tutto, sono stati soldi spesi bene. E poi sono ricche, lo sai. Cosa vuoi che siano per loro cinquemila euro in più o in meno? A volte mi chiedo come ti vengano in mente certe idee..."

In effetti, immagino che il mio modo di pensare le sembri strano tanto quanto a me sembra strano il suo. Quindi non ribatto e torniamo tristemente in casa, a raggiungere le nostre compagne di viaggio.

Mi servo un caffè, mentre Mali si siede a tavola, accanto ad Adèle.

"Signore, ho appena ricevuto una brutta notizia dai miei genitori. Ieri sera, mio padre è rimasto gravemente ferito mentre cercava di riportare l'ordine nelle strade di Govnia. Non sappiamo se supererà la notte."

Deglutisce come se stesse soffocando i singhiozzi. La guardo mentire, sono senza parole. Quando vuole raggiungere i suoi scopi, ha davvero una gran faccia tosta. Le vecchiette si commuovono e le danno pacche sulla schiena in segno di solidarietà.

"Capite bene che, in queste condizioni, è mio dovere correre al suo capezzale. Mi fareste un grande favore se accettaste di rientrare in Francia con Thomas."

"Ma certo che accettiamo, è il minimo!"

"Povera Mali, c'è altro che possiamo fare per lei?"

"Se non si offende, potremmo venirle in aiuto con un po' di denaro?"

Mali si alza, in lacrime. Da attrice consumata qual è, si piazza davanti al lavello, voltandoci la schiena, ma lasciando intravedere i singhiozzi che la scuotono. Adèle fruga nella borsa, si avvicina a Mali, la stringe fra le braccia e con discrezione le mette in mano una mazzetta di banconote. Mali emette un gemito strozzato come per ringraziarla e lascia la stanza correndo. Decisamente, non potrò mai competere con lei.

"E adesso cosa facciamo?"

Alla domanda di Adèle si voltano tutte verso di me. Dopo le rivelazioni di Mali, mi prenderebbero per un mostro se non mi occupassi di loro e non le riportassi a Parigi. Le invito quindi a fare le valigie e a prepararsi per la partenza. Lasciano la cucina a testa bassa e tornano un'ora dopo con bagagli, sciarpe e berretti, pronte ad affrontare le intemperie.

Mentre le aspettavo, ho visto Mali che cercava di sedurre uno dei ragazzi che lavorano nei campi per farsi accompagnare fino a Govnia. Non so se fosse il trauma della rottura, la prospettiva dell'imminente separazione o la bugia sull'aggressione del padre, ma la guardavo con occhi diversi, la trovavo fredda e calcolatrice, e il fascino che aveva esercitato su di me per tanti anni svanì all'improvviso. Mentre osservavo con compassione la sua nuova vittima, un ragazzino pronto ad abboccare all'amo, ho provato un certo sollievo all'idea di essermi sottratto ai suoi artigli da strega, come la chiama mia madre.

Ad ogni modo, non potevo stare a rimuginare sui miei sentimenti, avevo altro da fare. Dovevo escogitare un piano per lasciare il paese senza l'aiuto di un'autoctona: non avevo la cartina, i cartelli stradali erano inesistenti e, come se non bastasse, avrei dovuto affrontare la nebbia che avvolgeva le campagne. Sapendo che la costa ovest era bagnata dal mare, mi è venuta un'idea. Ho preso un pezzo di carta, ho disegnato grossolanamente la mappa della Mesmenia e sono andato a mostrare la mia opera a Mali. Dal momento che potevo ancora approfittare delle sue conoscenze, era meglio sfruttarle.

"Puoi indicarmi dove siamo e in che direzione è il mare?"

Con gesto accondiscendente, ha preso foglio e penna, e ha ridisegnato con precisione la carta del paese. Poi ha indicato con una crocetta il punto in cui ci trovavamo e ha tracciato a grandi linee la rete stradale.

"Devi solo imboccare la strada che abbiamo preso all'andata, e al primo incrocio svoltare a sinistra. Poi è tutta dritta. In un'ora arriverai al mare, lo costeggerai e raggiungerai l'Estonia prima di sera."

Aveva capito la mia idea. Ho annuito senza dire una parola.

È il momento degli addii. Adèle, Liliane, Monique, Henriette ed Emma abbracciano Mali augurandole ogni bene, sperano che il padre guarisca, che i suoi progetti vadano a buon fine e che lei e la sua famiglia possano avere una vita felice. Quando arriva il mio turno, Mali mi stringe le mani e cerca di baciarmi sulle labbra, ma io mi volto e la bacio velocemente sulla guancia.

"Sei arrabbiato, Thomas? Non dovresti, lo sai. Ho solo fatto quello che dovevo fare, spero che un giorno capirai. Promettimi che resteremo in contatto."

Alzo le spalle, non so cosa rispondere e prima che mi decida, si avvicina la padrona di casa. Si rizza sulle punte dei piedi e mi schiocca un fragoroso bacio su entrambe le guance. Ne approfitto per svignarmela e caricare in auto le vecchiette. Penserò più tardi a Mali e alla possibilità di restare amici in futuro.

Ho una guida spericolata e nervosa. Sapendo che durante la notte in Mesmenia è accaduto un tragico episodio, le vecchiette non protestano. Probabilmente hanno capito che le visite ai monumenti storici e le feste del *capistniou* sono acqua passata. Anche Henriette, sempre seduta al mio fianco, fa del suo meglio per nascondere la tremarella. Eppure, per una volta, le sue lamentele sarebbero giustificate: rischiamo a più riprese di restare impantanati con tutte le ruote. Ma non rallento, ho voglia di lasciare questo paese il più velocemente possibile.

In capo a un'ora, intravedo la costa, almeno su questo Mali ha detto la verità. Sarei tentato di fermarmi, ma ha ripreso a piovere alla grande e preferisco proseguire. Dai sedili posteriori, non si levano proteste. Guido per altre quattro ore, finché Adèle, con un filo di voce, osa disturbarmi.

"Thomas, magari potremmo fare una piccola sosta, per rifocillarci e... ehm, darci una rinfrescata. Se non ci fermiamo subito, Emma rischia di rinfrescarsi in macchina, se capisce cosa intendo."

L'interessata fa un risolino imbarazzato, senza smentire la minaccia. Per rifocillarsi dovranno attendere ancora un po': non ho alcuna intenzione di cercare un ristorante prima di aver superato la frontiera, che secondo i miei calcoli si trova a circa tre ore di strada. Il problema toilette è più delicato. Da queste parti, le stazioni di servizio non sono dotate di bagni come in qualunque altro paese civile. L'unica soluzione è fermare l'auto sul ciglio della strada.

Le vecchiette non muovono un muscolo.

"Cosa aspettate? Scendete!"

"Thomas, non crederà che ci rinfrescheremo così, in aperta campagna?"

Mi volto verso Adèle, che si è autonominata portavoce del gruppo.

"Sentite. Come avrete senz'altro notato, le cose non sono andate come dovevano. Sto cercando di riportarvi in patria sane e salve, nelle migliori condizioni possibili, e non voglio sentire piagnistei. Capito?"

Di fronte alla mia reazione, chinano il capo e ubbidiscono. Per un antico istinto femminile, si dividono in squadre di pronto intervento. Liliane scende con Adèle, mentre Monique, Emma e Henriette formano il trio successivo. Durante le operazioni, mi allontano un po' per rinfrescarmi a mia volta, al riparo dai loro sguardi. Quando ci rimettiamo in marcia, nell'abitacolo regna un silenzio accusatorio. Sono infuriate perché le ho costrette a fare i loro bisogni all'aria aperta, forse per la prima volta in vita loro. Le ignoro, ho ben altri pensieri per la testa.

Superiamo la frontiera alle 19.20, rispettando la tabella di marcia. Siamo di nuovo a Kohtla-Järve, il paesaggio mi sembra quasi familiare. Come esco dalla Mesmenia, mi rilasso fisicamente e mentalmente, un'ondata di sollievo mi percorre le membra. Ora so con certezza che Mali non fa più parte della mia vita e che non voglio rivederla mai più. L'incantesimo si è finalmente spezzato.

Vorrei condividere questa gioia con qualcuno, ma quando mi volto verso le mie compagne di viaggio, vedo solo musi lunghi. Mi sento improvvisamente in colpa nei loro confronti. Certo, sono soprattutto vittime di Mali e dei suoi raggiri, ma io sono stato suo complice. Per farmi perdonare, decido di passare la notte nell'hotel che abbiamo scartato all'andata, quello con le doppie a cinquecentoventi euro. Sono quasi al verde, spendere un po' di più non farà una gran differenza. E poi abbiamo tutti bisogno di una bella dormita.

Alla reception, riconosco la biondona che aveva accolto me e Mali. Per lei devo essere un cliente come un altro. Con occhio esperto, capisce anche che sono straniero e mi si rivolge in inglese.

"*Good evening, sir. How can I help you?*"

Le chiedo quattro stanze, due doppie e due singole, una per me e una per Adèle. Un portiere si occupa dei bagagli. Quando entro in camera, vedo il letto soffice, il televisore a schermo piatto, il bagno sontuoso, e mi rallegro per l'ottima scelta. Dopo tutto quello che abbiamo fatto passare a quelle povere vecchiette, si meritano un po' di lusso.

È già ora di cena, le raggiungo nella hall dell'albergo. Mi chiedono il programma della serata, tutte sorridenti. Di tornare in quella lugubre pizzeria non se ne parla proprio. Adèle sbircia il menù del ristorante dell'hotel. Dopotutto, perché no? Posso anche permettermi di offrire una cena come si deve, non sarà certo una follia in più ad aggravare i miei guai finanziari. Così ci sediamo e, dopo la seconda bottiglia di un vino locale più che accettabile, le mie compagne di viaggio iniziano a farmi domande.

"Thomas, perché era così nervoso durante il tragitto?"

"Abbiamo fatto qualcosa di male?"

"Preferiva forse restare con Mali?"

"È preoccupato per lei?"

Non ho alcuna voglia di mentire. In fondo sono brave persone, sono tre giorni che sopportano i disagi del viaggio e i miei malumori senza lamentarsi, si sono fatte spennare da Mali e si sono viste accorciare le vacanze. Devo essere sincero con loro. E poi ho bisogno di confidarmi. Spiego alle mie nuove amiche che sono solo il traduttore del libro culto di Adèle, e che ho commesso tanti di quegli errori da sentirmi un impostore. Racconto che Mali ha mentito a proposito del padre ferito, per evitare che pretendessero un rimborso del viaggio. Racconto che Mali ha piantato in asso anche me, solo perché non le servivo più. Quando finalmente mi zittisco, Henriette mi prende la mano:

"Mali è partita portandosi via il resto dei soldi, vero?".

"Be', sì."

Cosa potevo rispondere? Molto semplicemente, Mali ha depositato tutte le quote del viaggio sul suo conto corrente.

"Ma sto aspettando un bonifico per il libro, sapete. Con un po' di pazienza, potrei risarcirvi."

È il massimo che posso fare. Attorno al tavolo si apre un dialogo, un dialogo muto fatto di movimenti di capo e sopracciglia, e di sorrisi complici. Un dialogo da cui sono escluso. Alla fine, è Liliane a prendere la parola.

"Non dobbiamo avercela con Mali. Vede, Thomas, è una donna molto coraggiosa, lavora sodo per sbarcare il lunario. Si è comportata male con noi, e anche con lei, e questo certo non le fa onore, ma nessuno è perfetto, dico bene?"

"Sa cosa faremo, Thomas? Se per lei va bene, pagheremo noi le spese di vitto e alloggio fino alla fine del viaggio, comprese le sue. E ovviamente non vogliamo che ce le rimborsi."

Le guardo a bocca aperta. Scoppiano a ridere, sono eccitate e parlano tutte insieme.

"Sa, alla nostra età, non sappiamo più cosa farcene dei soldi!"

"Bisogna pur dare una mano ai giovani!"

"E finalmente potremo scegliere noi gli alberghi e i ristoranti!"

Ma quella che mi stupisce di più è Henriette. Si sporge verso di me con l'aria chi sta per rivelare un segreto molto intimo.

"Sa, Thomas, trovo che Mali abbia un pessimo gusto in fatto di abbigliamento..."

25.

Tre giorni dopo

Atterriamo all'aeroporto di Orly nel primo pomeriggio. Adèle ed Emma sono sedute accanto a me, felici e beate. Alle nostre spalle, Monique e Liliane applaudono e fischiano come fossero allo stadio. Dai nostri posti, non riusciamo a vedere Henriette, che ha chiesto alla hostess di potersi sedere davanti perché soffre il volo.

Contro ogni previsione, i tre giorni appena trascorsi sono stati i più belli di tutto il viaggio. Non siamo riusciti a cambiare i biglietti, per rientrare prima avremmo dovuto comprarne degli altri a prezzo pieno. Le mie nuove amiche mi hanno implorato di non accorciare il soggiorno. Dopotutto, che fretta avevo di tornare a Parigi? All'arrivo, mi attendeva un chiarimento con Sergeï e una scenata di mia madre. Mi sono arreso a quella sosta forzata.

Le vecchiette si sono prese cura di me come se fossero state loro a essere pagate per organizzare il viaggio. Adèle diceva che dopo avermi assillato con le sue domande insistenti sulla traduzione voleva farsi perdonare. A Tallinn, hanno acquistato una guida turistica, hanno prenotato sei camere singole nel migliore albergo della città e hanno scovato tutti i ristoranti tipici. Hanno studiato un programma su misura, fatto di shopping, visite ai musei, passeggiate nei parchi e in ogni angolo della città. Mi hanno trascinato ovunque. La sera, pagavano champagne e caviale, raccontandomi le loro vite. Ho scoperto che Emma e Adèle fumano come turche, che Monique regge l'alcol meglio di me, che Liliane è stata sposata tre volte, è ricca sfondata e senza eredi – come precisa sempre, facendomi l'occhiolino. Ora so che scherza. Si era accorta che le sue avance mi mettevano in imbarazzo e mi prendeva in giro con le amiche. Adesso sto al gioco e ce la ridiamo insieme.

Mi sono affezionato moltissimo a Henriette, che ha avuto la vita più triste di tutte: gravemente malata durante l'infanzia, è cresciuta tra cliniche e ospedali, sviluppando un'ipocondria cronica che è l'unica patologia di cui oggi soffre davvero.

In questi tre giorni, ho avuto la sensazione di essere invecchiato dieci anni. In senso buono. Ho commesso un sacco di errori negli ultimi mesi, sono stato avventato, mi sono lasciato guidare dai miei peggiori istinti e soprattutto sono riuscito a ferire quasi tutte le persone che mi volevano bene. A poco a poco, spinto dall'alcol e dai rimorsi, ho raccontato alle vecchiette tutti i disastri che ho combinato per sapere cosa avrebbero fatto al posto mio. Con molto tatto, le mie nuove amiche mi hanno spiegato che dovevo rimettere ordine nella mia vita, cercare di rimediare ai danni riparabili e accettare le conseguenze di quelli irreparabili. Seguirò i loro consigli. Per la prima volta in vita mia, mi sento lucido, determinato e pronto a guardare in faccia la realtà. Sandrine sarà fiera di me, ammesso che riesca ancora a provare un sentimento positivo nei miei confronti. Qualcosa mi dice che non sarà facile.

Ho avuto anche tutto il tempo di riflettere sulla traduzione e sul povero Sergeï, che mi ha visto infangare il ricordo della sua povera nonna. Una sola volta, da quando ho scoperto la verità, ho osato dare un'occhiata al mio lavoro. Ho trovato frasi come "L'incomprensibile amore di Chlobak per quella vecchia dalla pelle raggrinzita" o "L'artrosi impediva a Maria di tenere il ritmo sfrenato dell'amato", e ho immediatamente richiuso quella traduzione fraudolenta. Sergeï ha tutte le ragioni del mondo per avercela a morte con me. Quello che invece non capisco è perché abbia aspettato tanto prima di contattarmi, e perché anche Alvizaar e Alain Minardeau siano infuriati con me. Sono fermamente deciso a chiarire tutta questa storia e a lasciarmela alle spalle il più in fretta possibile. E pazienza se mi beccherò un altro pugno in faccia, del resto me lo sono meritato.

Abbiamo recuperato i bagagli, è giunto il momento di dirci addio. A turno, mi abbracciano e mi baciano sulle guance come nonnine premurose.

"Arrivederci, Thomas, erano anni che non mi divertivo così!"

"Sentiamoci, di tanto in tanto, promesso?"

"È stata la vacanza più bella e imprevedibile della mia vita, giuro."

"Si ricordi di avvisarmi, se dovesse organizzare altri viaggi, mi raccomando."

Le guardo mentre si dirigono verso la fermata dei taxi, probabilmente non le rivedrò più. Nessuna di loro ha intenzione di riprendere a studiare mesmeno. Nei giorni appena trascorsi, mi hanno raccontato che un tempo erano compagne di bridge e che hanno deciso di ricominciare a giocare, nonostante le carte siano una noia in confronto al nostro viaggio improvvisato.

"Arrivederci, signore, mi mancherete."

Salgo in metropolitana, già assillato dai problemi che mi attendono. Sul vagone, accendo il cellulare. Musichetta familiare e codice Pin da inserire. Trenta secondi dopo, l'apparecchio mi comunica che ho ricevuto delle telefonate. Ascolto la segreteria telefonica. Mia madre ha chiamato cinque volte senza lasciare messaggi, Sergeï ha cercato di contattarmi due volte e Nathalie dice: "Thomas, dove sei? Puoi richiamarmi, per favore? Ho delle ottime notizie per te. Anzi, non richiamarmi, passa direttamente in casa editrice quando puoi. Impazzirai di gioia, te lo garantisco. Volevo anche dirti che ti ha cercato un tizio dall'accento strano. Non ho capito cosa volesse, ma non è un giornalista. Non aveva un tono molto conciliante".

Il losco individuo non può che essere Sergeï. Devo risolvere il problema, insieme a tutti gli altri. Il primo della lista richiede una soluzione immediata: devo decidere dove dormire stanotte. Finché Mali è in Mesmenia, posso continuare a utilizzare il suo appartamento, almeno per stanotte. Poi ci penserò. Forse le buone notizie di Nathalie sono di natura economica, un bonifico mi permetterebbe di trovare un alloggio decente finché non deciderò cosa fare della mia vita. Andrò da lei domani.

Entro nel palazzo di Mali che ormai conosco a menadito. Passando, do un'occhiata al negozio chiuso al pianoterra. Mi sembra così fuori luogo, con tutti quei colori sgargianti. Salgo in casa senza perdere altro tempo. Non appena mi sdraio sul letto, mi vengono in mente le ultime parole di Mali. "È giunta l'ora di prendere in mano le nostre vite," ha detto. Parlava di lei, ma anche di me. Probabilmente sono le parole più sensate che abbia mai pronunciato. Mali, il mio sogno da adolescente che non vuole crescere. Ora che l'incantesimo si è spezzato, la vedo per quello che è veramente. Un bulldozer con un corpo da urlo e un viso perfetto, ma pur sempre un bulldozer. Non la biasimo per quello che ha fatto, Adèle ha ragione: Mali è coraggiosa, si è trasferita da sola in un paese straniero e ce l'ha messa tutta per fare fortuna. Ha dato lezioni di mesmeno, ha sposato Tonio, un italiano molto più grande di lei che le ha regalato una parvenza di benessere, ha messo in piedi un negozio di prodotti tipici del suo paese. Ha lavorato sodo senza guardare in faccia nessuno, neanche me, a quanto pare. Come ho potuto abbandonare Sandrine per inseguire una fantasia? E soprattutto, come ho potuto farlo in modo così spietato? Il rimorso mi stringe la gola, sento il bisogno urgente di fare qualcosa per riparare ai miei errori, ammesso che non sia ormai troppo tardi.

Decido di chiamare Richard. Con un po' di fortuna, non avrà niente da fare e potremo vederci per una birra. Devo scusarmi anche con lui. Spiegargli che sono stato un idiota e che ho sbagliato su tutta la linea. Senz'altro si arrabbierà, ma alla fine capirà che è stata una follia. So già che si metterà a urlare, mi darà dello stronzo che dà retta solo agli ormoni e avrà tutte le ragioni del mondo. So anche che i suoi insulti mi faranno bene. E quando si sarà calmato, finalmente mi darà notizie di Sandrine.

Risponde al terzo squillo.

"Pronto, Richard? Sono io."

Silenzio.

"Lo so. È comparso il tuo nome."

Di nuovo silenzio. Ha deciso di non facilitarmi il compito. E ci riesce.

"Non so da dove cominciare... avrei dovuto chiamarti prima."

Silenzio. Proseguo:

"Ero arrabbiato per l'articolo che avevi scritto e poi sono successe talmente tante cose...".

Ancora silenzio.

"Ma cazzo, di' qualcosa! Oppure riaggancia, così saprò come comportarmi."

"Dove sei? Ancora con la mesmena?"

"No, sono appena tornato dalla Mesmenia e lei è rimasta là."

Lo sento sospirare all'altro capo del filo, segno che inizia a prendere in considerazione l'idea di perdonarmi. Torno alla carica:

"Senti, non potremmo vederci? So che non avrei dovuto sparire nel nulla, ma mi sono lasciato trasportare e... è complicato spiegartelo per telefono. Ho davvero un sacco di cose da raccontarti, e immagino che anche tu ne abbia. A proposito, hai poi deciso di partire per Londra?".

"Dammi un secondo."

Deve aver messo la mano davanti al microfono, perché ha la voce attutita. Lo sento chiedere a qualcuno se può invitarmi a cena. Avrei preferito vederlo da solo, senza Charlotte, ma pazienza, è tempo di accettare qualche compromesso. La voce che gli risponde mi è familiare, ma non assomiglia a quella di Charlotte. Conosco quella voce e ho un brutto presentimento, ma prima che riesca a raccapezzarmi Richard riprende a parlare.

"Ok. Puoi passare da noi domani sera. Verso le otto, va bene?"

"Grazie. Sarò puntuale. A domani, allora."

Sto per riagganciare, quando mi chiede di aspettare.

"Cosa c'è?"

"Ho traslocato. Adesso abito da Sandrine."

Era ovvio. È la frase che sono andato avanti a ripetermi per tutta la notte. Era ovvio. Cosa potevo aspettarmi? O meglio, come ho fatto a non pensarci? Quando sono sparito dalla circolazione, probabilmente Richard e Sandrine si sono sentiti tutti i giorni, hanno trascorso tutte le sere insieme. E quando mi hanno visto in televisione prendere un pugno in faccia da Minardeau, Richard avrà consolato Sandrine, dicendole che ero uno stronzo, un ingrato, un irriconoscente, un immaturo che segue solo i propri istinti.

Richard, che doveva combattere contro quel mostro di Charlotte e la sua mania dell'Inghilterra, si sarà reso conto che poteva approfittare di quel tesoro di ragazza che avevo abbandonato come un cane sul ciglio della strada. Era ovvio. Non riesco nemmeno ad avercela con loro. Certo, avrebbero potuto aspettare un po' invece di gettarsi l'uno fra le braccia dell'altra non appena ho voltato la schiena, ma dopotutto ho avuto quel che meritavo. E così andrò a cena da loro, mi comporterò con dignità, augurerò buona fortuna e me ne andrò per la mia strada cercando di non sbagliare direzione al primo incrocio.

Vedo sorgere il sole attraverso le persiane. Dovrei darmi una mossa anch'io, se voglio passare da Nathalie. Mi chiedo cosa abbia mai da dirmi. Può darsi che, dopo la chiusura delle miniere, la Mesmenia sia balzata agli onori della cronaca questa settimana. E di conseguenza, che il mio libro sia tornato in cima alle classifiche. Una sorta di canto del cigno. Paradossalmente, adesso che so quanti errori di traduzione ho fatto, posso dire di averlo scritto io. Se Nathalie non avesse parlato di buone notizie, avrei pensato che volesse chiedermi i danni per il pessimo lavoro svolto.

Più ci penso e più mi convinco che Nathalie mi firmerà un grosso assegno. Per averne conferma, mi infilo prima nei jeans, poi in metropolitana. Ma la sfilza di zeri su cui fantastico non basta a risollevarmi il morale. Non avrei mai immaginato una vita senza Sandrine. O meglio, non avrei mai immaginato di non poter contare sul suo aiuto. Da quando la conosco, ho sempre pensato che fosse la mia ancora di salvezza, il mio punto d'approdo, il porto sicuro in cui ripararmi in mezzo alla tempesta. Anche quando sono fuggito con Mali come l'ultimo degli stronzi, non ho mai messo in discussione questa certezza. Mi sento vuoto senza di lei. In una parola, mi sento solo.

Non voglio che il mio editore si accorga del mio stato d'animo, così, prima di bussare alla porta e infilare la testa nella fessura, assumo un'aria allegra. Vedendomi, Nathalie lancia un grido di gioia.

"Thomas, entra! Stavo per chiamarti per l'ennesima volta. Dov'eri finito?"

"Diciamo che ero in vacanza. Allora, quali sono le buone notizie che volevi darmi?"

"Tieniti forte, non crederai alle tue orecchie. Mentre eri via, mi ha contattato una casa editrice vera. A quanto pare, i libri un po' strampalati come il tuo vendono parecchio in questo periodo. Sai, tra la crisi e tutto il resto, la gente ha bisogno di ridere. Inoltre, mi hanno offerto un posto da editor. Ti rendi conto? Ma tutto ciò, a condizione che tu scriva il secondo volume delle avventure di Maria e Chlobak. Non è fantastico?"

Ennesima delusione: non mi sta offrendo la fortuna che speravo. In compenso, torna all'attacco con il solito ritornello del secondo volume di *La vita rurale in Mesmenia*. Ovviamente, adesso che so di non avere la mafia baltica alle calcagna, la pubblicazione potrebbe essere una buona notizia, se avessi almeno una vaga idea di come proseguire la vicenda dei miei due protagonisti. Ma sono ancora a corto di ispirazione. E non credo che Sergeï farebbe i salti di gioia se me la prendessi ancora una volta con sua nonna. Nathalie deve essersi accorta della mia mancanza di entusiasmo, perché aggrotta le sopracciglia.

"Cosa c'è? Non sei contento? Ti rendi conto che c'è gente che sogna tutta la vita di avere una possibilità del genere?"

"Ma sì, è fantastico. Solo che, come ti ho già detto, non ho la più pallida idea di cosa scrivere..."

"Ma insomma, Thomas, non è poi così difficile! Basta

che Maria e Chlobak abbiano un bambino e siano costretti a tornare in Mesmenia."

"Un bambino? A settant'anni?"

Naturalmente non posso confessarle di aver già preso in considerazione l'ipotesi, e per giunta nella vita reale, così sono costretto a mostrarmi incredulo di fronte al suo suggerimento.

"Che tradizionalista che sei! È solo un romanzo, già il primo volume non aveva né capo né coda, credo che tu possa concederti qualche libertà. Puoi anche inventarti che lo adottino."

Annuisco, poco convinto.

"Senti, Thomas, devi metterci del tuo! Datti una mossa, è in gioco il tuo futuro, e anche il mio."

So perfettamente che ha ragione. Fra l'altro, sono venuto qui con la speranza di spillarle qualche soldo, devo mostrarmi ottimista.

"Ricevuto. Ci rifletterò e farò del mio meglio. Nel frattempo, puoi darmi un anticipo? Duemila euro?"

Sbuffando, tira fuori il libretto degli assegni e scrive la somma indicata. Almeno non me ne andrò a mani vuote. Quando mi alzo per salutarla, fa il giro della scrivania per darmi un bacio sulla guancia.

"Cerca di non impiegarci troppo, intesi? A proposito, ho il numero di quel pazzo che continua a telefonare per sapere come contattarti. Vuoi che te lo dia?"

"Non serve, so perfettamente chi è."

Una volta in strada, ripenso al colloquio con Nathalie. In un certo senso, ho le spalle al muro. Se cercassi di scrivere il seguito della mia pessima traduzione, non avrei niente da perdere. Dovrei semplicemente convincere Sergeï a non prenderla troppo sul personale. Sono talmente assorto nei miei pensieri che lungo il marciapiede urto un uomo.

“Mi scusi…”

Alzo gli occhi e incrocio quelli di Alain Minardeau. So di cosa è capace questo pericoloso psicopatico e istintivamente faccio un passo indietro. Forse mi stava seguendo, per conto di Sergeï o per gli stessi misteriosi motivi che lo hanno spinto ad aggredirmi in pubblico. Poi lo guardo meglio e mi tranquillizzo un po’: sembra più sorpreso che agguerrito.

“Ah, è lei…”

“Cosa ci fa qui?”

“Sono… Sono venuto a trovare Alvizaar per parlare del mio secondo libro…”

Con un cenno del capo, indica la sede della CNCB. Mi ero dimenticato che l’associazione si trova proprio accanto all’ufficio di Nathalie, e la spiegazione che mi ha dato sembra plausibile. Tentenna, con aria imbarazzata.

“Senta, giovanotto… Mi sento ancora in colpa per la lite che abbiamo avuto. Avrei dovuto contattarla per scusarmi dopo il disastro che ho combinato durante la trasmissione. Ha cinque minuti per parlarne?”

26.

Cinque minuti dopo

Siamo seduti nel bar all'angolo, lo stesso bar in cui ho consegnato la traduzione a Sergeï, una vita fa. Di fronte a me, Minardeau non dice una parola, concentrato com'è sul suo boccale di birra. Non ho molta voglia di facilitargli il compito, ma ho un sacco di cose da fare e non posso perdere la giornata con un apatico psicopatico.

"Allora, vuole spiegarmi perché mi ha aggredito in quel modo?"

Alza la testa, stupito.

"Le chiedo scusa per il mio comportamento, come mi ha chiesto di fare la sua fidanzata, ma lei non faccia l'ipocrita, intesi?"

Non c'è niente da dire, è proprio un bel tipo. Avevo una domanda da fargli e, dopo la sua risposta, ne ho tre. Inizio dalla più urgente.

"La mia fidanzata? Quale fidanzata?"

"Una biondona, molto bella, di origine mesmena, credo."

Mali. Non avrei mai pensato che fosse capace di un simile slancio di generosità. Sono combattuto tra l'emozione e lo scetticismo, e ho bisogno di saperne di più.

"Mali è venuta da lei per chiederle di scusarsi con me?"

"Non proprio. È venuta a trovarmi all'indomani della messa in onda della trasmissione, e mi ha chiesto di incontrarla in una sorta di libreria che vende anche prodotti mesmeni. Voleva che ci chiarissimo in pubblico, avrei potuto scegliere se scusarmi o sfogarmi sino in fondo, ovvero malmenarla un'altra volta. A ben pensarci, è stato piuttosto strano, perché all'inizio mi ha chiesto di porgerle le mie scuse, poi ho avuto l'impressione che preferisse che la prendessi a pugni. Insomma, per farla breve, mi sono rifiutato e se n'è andata infuriata."

Ora capisco. L'ennesimo colpo basso dell'amore della mia vita. Ha fatto esattamente quello che le avevo proibito di fare, e solo il rifiuto di Minardeau mi ha salvato da una situazione piuttosto spiacevole. Per poco non lo ringrazio, ma preferisco riprendere il filo del discorso.

"Questo però non spiega perché fosse così in collera con me, né perché mi stia dando dell'ipocrita."

Mi guarda sospettoso, poi, a poco a poco, assume un'aria sinceramente stupita, quasi costernata.

"Allora è vero, lei non sa proprio niente?"

"No. Ma dal momento che è qui può spiegarmelo lei."

"È molto semplice. Non c'è granché da dire. Sono stato io a scrivere *La vita rurale in Mesmenia*. Cioè, non la storia che ha scritto lei, ma un saggio sui contadini mesmeni. Alvizaar ha accettato di pubblicarlo, ma quando il libro è uscito era un romanzo senza né capo né coda, che aveva il suo nome stampato in copertina."

"Com'è potuto succedere?"

"Non lo so. Alvizaar mi ha parlato di un dipendente disonesto e di un prestanome. Lei. Ad ogni modo, non voleva più pubblicare il mio volume, con la scusa che due libri di seguito sulla Mesmenia erano troppi. Questo accadeva prima della scoperta delle terre rare, quando la Mesmenia non interessava a nessuno. Gli ho dovuto fare una sfuriata perché accettasse di ripubblicarlo con un'altra intestazione. E di pubblicare anche il mio saggio successivo sulla gastronomia mesmena, a titolo di risarcimento. Del resto, è per questo secondo volume che sono andato da lui, oggi."

Inizio a capire. Probabilmente la scena a cui ho assistito alla CNCB, appena prima del colloquio con Alvizaar, era la sfuriata di cui parla. Eppure, ho la sensazione che Minardeau si sia fatto valere.

"Ma perché mi ha aggredito sul set? Aveva pubblicato due libri, le cose non andavano poi tanto male, o sbaglio?"

"Nel frattempo, è scoppiato il caso delle terre rare e il suo libro ha avuto un enorme successo. Mi sentivo derubato."

"È assurdo. Un saggio non avrebbe mai avuto lo stesso successo di un romanzo, per quanto brutto come il mio."

La mia osservazione gli strappa un sorriso.

"Su questo siamo d'accordo, il suo libro è penoso. Ma probabilmente ha ragione, il mio saggio non avrebbe mai venduto tanto. Nonostante tutto, ero ferito nell'orgoglio e poi ero ubriaco, non ero molto lucido... Mi sono comportato come un idiota, le devo delle scuse ufficiali."

Cala di nuovo il silenzio, e ancora una volta sono io a rilanciare la conversazione.

"Oh, lasci perdere. Anch'io non ho motivo di essere fiero di me."

"Ma cos'ha combinato, esattamente? Che ruolo ha in tutta questa storia? Devo confessarle che faccio fatica a capirlo."

"Non ho fatto niente di speciale, per l'appunto. Ho risposto a un'inserzione sul giornale in cui cercavano un traduttore, ho fatto il lavoro e sono stato pagato. Credevo che la cosa finisse lì e invece... il seguito lo conosce: il libro ha avuto un successo enorme e tutti se la sono presa con me."

"Se non ha fatto altro, non ha niente da rimproverarsi."

"In effetti... per dirla tutta, credo di aver completamente

frainteso il testo, credo sia per questo che Alvizaar e Sergeï ce l'hanno a morte con me."

"Ha... ha frainteso il testo? Ma come? Fino a che punto?"

"Non ho capito nulla, dalla prima all'ultima pagina: lo stile, i personaggi, la trama. Ho fatto un gran pasticcio."

A testa bassa, gli riassumo la vicenda originale e gli spiego come l'ho trasformata, inventando l'assurda storia della vecchia Maria che si innamora del bel Chlobak. Più avanzo nel racconto, e più sento una sorta di sibilo provenire da Minardeau. Alzo la testa, stupito, e mi accorgo che il mio interlocutore è in preda a un attacco di ridarella. Non so come prenderla, poi improvvisamente scoppio a ridere anch'io. Ci sfoghiamo fino a quando Minardeau riprende il controllo della muscolatura facciale.

"Coraggio, non se la prenda, non è poi così grave. Sono certo che Alvizaar se ne infischi alla grande. Era arrabbiato perché si sentiva preso in giro, era infuriato per i soldi, ma ora è acqua passata. È ampiamente rientrato nelle spese, ha superato la cosa."

Si alza, lasciando una banconota da dieci euro sul tavolo.

"Adesso devo andare. Sono contento di aver chiarito il nostro malinteso. Alla prossima."

Lo guardo uscire dal bar con passo indolente. Mi è quasi simpatico. Questa conversazione mi ha fatto bene. Almeno inizio a capire la storia in cui sono stato coinvolto mio malgrado. L'unica cosa che mi resta da fare è sentire la versione di Sergeï.

Ma prima di tutto, devo risolvere la questione dell'alloggio per i prossimi giorni. Saper affrontare i problemi in ordine di urgenza e importanza è quello che fanno le persone che prendono in mano la propria vita, e ormai appartengo a questa categoria. Passo dunque in rassegna le poche possibilità che ho. Non posso restare a casa di Mali, in attesa che torni per venderla insieme al negozio, e non posso nemmeno permettermi il lusso di stare in albergo per i prossimi mesi. Al diavolo il mio ego ferito, vedo un'unica soluzione: telefonare ai miei genitori. Prima di ricredermi pensando alla scenata che mi attende, estraggo il cellulare.

"Pronto?"

"Ciao mamma, sono io."

"Allora non sei morto? Ti sei finalmente ricordato il numero di casa?"

Per una volta, capisco la sua collera. Sono settimane che non rispondo alle sue chiamate.

"Sì, lo so. Mi dispiace molto. Senti, mamma, le cose non vanno molto bene. Io e Mali ci siamo lasciati."

"La tua mesmena?"

Per mia madre, non ricordarsi il nome di Mali è una questione d'onore. Ma è meglio così, non dovrà fare lo sforzo di dimenticarselo.

"Sì, mamma, la mia mesmena, come la chiami tu. Solo che non è più mia."

"Ah! E quindi cosa conti di fare? Ti rimetterai con Sandrine?"

Magari la vita potesse essere così semplice! Non so se sia davvero convinta che basti suonare alla porta di Sandrine con lo spazzolino da denti e il sacco della biancheria sporca per ricominciare la nostra vita insieme. Non lo voglio sapere. Mi accontento di sospirare per non rispondere alla sua domanda.

"Volevo chiederti se posso tornare a stare da voi per un po'."

"Certo che puoi. Ma tuo padre non sarà contento."

Nemmeno lei è contenta. Vorrebbe vedermi sistemato, con un buon lavoro, una moglie, dei figli. Sarebbe un'ottima nonna.

"Non mi fermerò a lungo. Qualche settimana, giusto il tempo di rimettermi in sesto."

"Puoi fermarti quanto vuoi, sai che non ti sbatteremmo mai in mezzo alla strada."

"Sì, lo so. Grazie."

"Hai qualche progetto?"

"Qualche idea ce l'ho, anche se piuttosto vaga."

Non voglio imbarcarmi in questa discussione con lei.

"Bene. Quando arrivi?"

"Stasera."

"Allora preparo la cena."

"Oh, no. Ceno a casa di amici. Arriverò tardi, va bene lo stesso?"

Non è facile ammettere un fallimento davanti alla propria madre. Nelle prossime settimane, dovrò chinare la testa e sorbirmi una miriade di rimproveri e consigli, ma sarà la giusta punizione per tutte le decisioni sbagliate che ho preso negli ultimi tempi. Esco a prendere una boccata d'aria, con il cellulare in mano. Ho un'ultima telefonata da fare. Quella che probabilmente chiarirà tutta la situazione, o mi procurerà un'altra lavata di capo. Compongo il numero, sento squillare e la risposta non si fa attendere.

"Thomas?"

La voce di Sergeï che urla nel microfono. Non so se sia ancora in collera con me o semplicemente un po' sordo. L'ultima volta che ci siamo parlati non mi ero accorto di questo problema.

"Sergeï? Credo che abbia cercato di contattarmi."

"Perché tu non risponde quando chiamo?"

"Ero all'estero, non ricevevo i messaggi."

"Ah. Possiamo parlare, adesso?"

"Sì, sì, non c'è problema."

"Meglio che ci vediamo."

"Sì, certo. Dove si trova?"

"Sono nel motore di auto. Nel ventesimo arrondissement. Ti do indirizzo, tu scrive."

Mi appunto velocemente l'indirizzo su un pezzo di carta che ho in tasca, gli prometto che sarò da lui tra mezz'ora, poi riaggancio e mi incammino. Spero di non finire nella tana del lupo.

L'indirizzo che mi ha dato Sergeï è quello di un'autorimessa. Capisco meglio perché al telefono parlasse a voce così alta. Ed è realmente nel motore di un'auto: quando entro nell'officina, ha letteralmente la testa infilata sotto il cofano. Mi avvicino e gli picchietto sulla spalla.

"Thomas! Aspettare qui."

Va a parlare con un collega, pulendosi le mani. Gli spiega qualcosa che non riesco a sentire, indicandomi con un cenno del capo. Dopo cinque minuti torna da me, mi prende per un braccio e fa un gesto di ringraziamento all'amico.

"Nourmaï occuparsi dell'officina mentre noi prendere caffè."

Lo seguo senza protestare. Ci sediamo e ordiniamo due caffè. Quando il cameriere si allontana, Sergeï entra subito in argomento.

"Perché tu ha fatto questo a me?"

Ha un tono accusatorio e triste al tempo stesso. Il suo sguardo da cane bastonato mi mette a disagio, e so che questa sensazione sarà destinata a peggiorare.

"Se si riferisce alla mia pessima traduzione e al torto che ho inflitto a sua nonna, lo capisco perfettamente. Le porgo le mie più sentite scuse, ma sappia che non l'ho fatto apposta."

Patetico tentativo di giustificarmi. Mi vedo ancora davanti al computer, a elaborare le mie teorie sullo spirito della traduzione. Mi arrovellavo sull'importanza di saper cogliere le sfumature e il ritmo, trovare le finezze che consentono di rendere nella propria lingua le peculiarità della lingua originale. Mi riempivo la bocca di belle parole e non sono stato nemmeno in grado di capire chi erano i personaggi principali. E adesso, davanti a Sergeï, ho la sensazione di essere stato disonesto e provo un profondo rimorso.

Non capendo il motivo della mia autoflagellazione, Sergeï mi guarda con occhi sgranati.

"Come? Tu non parla mesmeno?"

"Sì, insomma… no. Lo parlo un po', l'ho studiato all'università. Ho sopravvalutato la mia preparazione. Ho avuto qualche difficoltà a tradurre il libro, è vero, ma non credevo di… aver completamente frainteso la trama. Le giuro che non l'ho fatto apposta. Avrei voluto tornare sul testo una seconda volta, ma non ho fatto in tempo."

"E perché tu non l'ha detto prima, che tu avere difficoltà a tradurre?"

"Be', avevo bisogno di soldi. E poi avevo paura."

"Paura? Di cosa?"

Mi sento ridicolo ad ammettere che ero intimorito da lui. Ma dal momento che ho deciso di confessare, tanto vale andare fino in fondo.

"Di lei. Di tutto l'alone di mistero che la circondava. Mi sembrava che avesse un'aria losca, credevo fosse affiliato alla mafia o qualcosa di simile."

"Mafia? Mafioso, io?"

Per un attimo resta sbalordito, poi scoppia a ridere. Come immaginavo, ha una risata grassa, fragorosa. La enfatizza dandomi delle gran pacche sulla schiena e ripetendo di tanto in tanto la parola "mafia", cosa che non fa che aumentare la sua ilarità. Mi sento quasi offeso.

"Comunque, deve ammettere di essersi comportato in modo un po' strano. Non mi diceva da dove venisse il libro, e nemmeno chi fosse l'autore."

"Mia povera nonna scritto libro su Mesmenia."

Non riesce a smettere di ridere, e continua a mormorare "mafia" a intervalli regolari.

"Sua nonna? Si tratta delle sue memorie?"

"Sì, e mia nonna no mafiosa. Scriveva romanzi di amore. Molti romanzi. Tutta mia famiglia scrivere romanzi. Anche Sergeï scrive romanzi, ma non bene come nonna. Prima di morire, lei dato a me tutti suoi manoscritti: 'Sergeï, tu mio unico nipote. Tu traduce miei libri, tu pubblica e tu fa molti soldi. Queste mie ultime volontà'. Io giurato a nonna di farlo e lei morta con mia promessa nelle orecchie. Cosa potevo fare? Sapevo che lei avuto amore con soldato ucraino, quando viveva in Mesmenia, e sapevo che suo primo romanzo parlare di ricordi di gioventù. Lei arrivata a Ucraina con soldato, mio nonno, e lui morto un mese prima di nascita di mio padre. Conoscevo la storia, ma libro scritto in mesmeno, e io non parla mesmeno. Tutti romanzi di mia nonna scritti in mesmeno, ma lei non lo ha voluto insegnare a me. Cosa potevo fare? Quando io arrivato in Francia e iniziato a lavorare per Casa della nuova cultura baltica, ho avuto idea."

"Ha proposto a Igor di tradurre i romanzi e pubblicarli?"

"Sì. Ma Igor non pubblicare romanzi e non ascoltare me. Lui pubblicare solo libri seri, libri di cultura. Io semplice segretario, capisce? Io preparo pacchi con nome di autore e titolo di libro, e li metto in buste per spedizione. Allora io aspettare che mi capita libro in mesmeno grande come romanzo di mia nonna, e quando ho trovato libro, ho pubblicato annuncio su '20 Minutes', rubato soldi per pagare te e sostituito libro da spedire."

"L'ha sostituito al libro di Minardeau, vero?"

"Sì. Ho pensato che *La vita rurale in Mesmenia* era buon titolo per libro di mia nonna, così ho tenuto titolo e sostituito libro."

Non sono certo che sia stata la scelta migliore, ma tengo per me questo dubbio.

"Perché non ha messo il nome di sua nonna in copertina?"

Assume un'aria fatalista che inizio a riconoscergli.

"Io molto, molto stressato, prima di consegnare libro a ELL'M. Io paura che Igor mi licenzia. Così non ho guardato dettagli, ho preso romanzo, messo in busta e spedito in fretta. Non credevo che nipote di Igor era così stupida da mettere te come autore e traduttore. Quando io accorto, io sorpreso, ma ho pensato: meglio per lui, dopo tutto lavoro che ha fatto lo merita. Ma alla fine Igor scoprire imbroglio e licenziare me..."

La spiegazione è semplice, dunque. Sergeï ha lasciato il mio nome sulla copia che gli ho consegnato senza pensare alle conseguenze, e quell'oca di Nathalie non si è posta il problema. L'unica cosa che mi sfugge è cosa abbia fatto Sergeï in tutto questo tempo e perché non mi abbia contattato prima.

"Perché ha aspettato tutti questi mesi prima di telefonarmi? Dove è stato?"

"Io tornato a Estonia. Ma a Estonia niente lavoro, così mese scorso io tornato in Francia. E iniziato a lavorare qui con amico. Lavoro in nero."

Si mette un dito davanti alla bocca fingendo di guardarsi attorno, poi scoppia a ridere.

"Come ha fatto a scoprire che la mia traduzione era un disastro?"

"Per caso. Nourmaï ha detto che libro era grosso successo e io contento. Ma sua moglie ha letto libro e ha detto che parlava di una vecchietta innamorata di giovane soldato, e Nourmaï ha raccontato a me. Io allora molto arrabbiato, perché pensavo che tu prendere in giro me."

"Mi dispiace. Non volevo mancare di rispetto a sua nonna, sa. È ancora arrabbiato con me?"

Alza le spalle, rassegnato.

"Tu non ha fatto apposta. Cosa posso dire? Era destino."

Si appoggia al tavolino e solleva la sua pesante carcassa.

"Bene, ora devo tornare a officina."

Mi sta venendo un'idea. Dal racconto di Sergeï, mi è parso di capire che anche lui sia scrittore come sua nonna. E per giunta un pessimo scrittore. Esattamente quello che mi serve per accontentare Nathalie.

"Cosa ne direbbe di scrivere insieme a me il seguito delle avventure di Maria e Chlobak?"

27.

Una settimana dopo

Ho scelto con cura il ristorante. Ho scartato i localini romantici, in cui hai l'impressione di essere spiato dal cameriere, le trattorie affollate dove non riesci a sentire i tuoi commensali, le taverne troppo piccole che ti costringono ad ascoltare le conversazioni dei tavoli vicini. Alla fine, ho optato per un ristorante indiano che frequentiamo da anni. Sandrine adora la loro cucina tandoori.

Seduto sulla sedia a schienale alto, sono teso come un bambino il giorno della prima comunione. Non ho paura che mi dia buca: mi ha assicurato che verrà, e Sandrine mantiene sempre le promesse. Fra l'altro, non è lei a essere in ritardo, sono io a essere in anticipo. È che continuo a pensare che il mio futuro dipenda dalla conversazione che avremo. Non l'ho più incontrata dalla sera della nostra cena a tre, e muoio dalla voglia di vederla da sola per poterle finalmente parlare.

Durante la famosa cena in cui ho rivisto Sandrine e Richard, mi sono accorto che quello stronzo aveva letteralmente preso possesso dell'appartamento in cui abitavo fino a non molto tempo fa. Quando sono arrivato, è stato lui a servirmi un whisky e ad aprire una confezione di salatini, per poi sedersi comodamente sul divano Ikea che conosce a memoria la forma del mio sedere. Per darmi un contegno, ho pensato di iniziare con un argomento volutamente futile.

"E così vi siete messi insieme, voi due?"

Sandrine era ancora in cucina, non penso abbia sentito la domanda. In compenso, Richard mi ha guardato come se avessi appena insultato sua madre.

"Cosa stai dicendo?"

"Be', tu e Sandrine. State insieme adesso, no? Siete una coppia, intendo..."

"Non mi dire che hai pensato...? No, dico, ma per chi mi hai preso? E che opinione hai di Sandrine? Credi davvero che avremmo potuto metterci insieme così, subito dopo il tuo allontanamento? Mica sono tutti traditori come te, sai..."

Non mi sono fatto abbindolare. Aveva fatto il furbo al telefono per lasciarmi credere che lui e Sandrine stessero insieme. E ora, seduto sul mio divano, ne approfittava per accusarmi di tradimento. Avrei potuto fargli notare che era una strategia inutile, ma ero troppo sollevato dalla notizia per avercela con lui e ho fatto del mio meglio per reprimere il sorriso che mi si disegnava sulle labbra.

"Allora cosa ci fai qui, se non stai con Sandrine?"

"Charlotte si è trasferita a Londra, ho deciso di non seguirla e mi ha piantato come un cane. Va di moda, di questi tempi. E siccome devo andare a fare un reportage in India, con un amico giornalista, Sandrine mi ha offerto di dormire sul divano in attesa della partenza."

"Gentile da parte sua."

"Sì, molto. Stento a credere che si possa essere tanto stupidi da lasciare una ragazza come lei."

Non ho ribattuto. Conosco Richard. Quando è incavolato, tende a diventare villano e aggressivo. Ad ogni modo, meritavo tutto il suo sarcasmo, non mi restava che incassare e aspettare che cambiasse umore. Con un po' di fortuna, me la sarei cavata in un paio d'anni. In quel momento, ci ha raggiunto Sandrine, invitandoci a sedere a tavola. Aveva preparato delle bistecche con patate al forno, un piatto semplice, tra i miei preferiti. Ma siccome era anche il preferito di Richard, risultava un messaggio ambiguo.

Una volta a tavola, Sandrine si è attenuta alle banalità di rito, con la gentilezza che si riserva agli ospiti conosciuti di recente. Il suo atteggiamento mi ha ferito più di quello di Richard, che sentivo scalpitare, impaziente di sciorinare la lunga lista di recriminazioni che entrambi avevano da farmi. Onestamente, avrei preferito che vuotassero subito il sacco. Ma Sandrine lo teneva a freno con lo sguardo, cosa che le riesce benissimo. Per tutta la cena, nessuno ha pronunciato il nome di Mali o la parola Mesmenia, come se non fosse mai successo niente, come se non avessimo niente da dirci, come se fossimo dei perfetti estranei. Se avevano deciso di invitarmi per torturarmi, ci erano riusciti alla perfezione. Mi sentivo talmente oppresso da quel silenzio che, dopo il dessert, mi sono alzato per andare in bagno. Al ritorno, ho fatto notare che finalmente qualcuno aveva riparato lo sciacquone. Era un'osservazione innocente, tanto per dimostrare che mi ricordavo bene dell'appartamento, ma Richard mi ha fulminato con gli occhi.

"Bastava occuparsene, ma lo stronzo che viveva qui non si è mai degnato di farlo."

Me ne sono andato subito dopo aver bevuto il caffè.

Avrei dovuto sapere che quella cena sarebbe stata un disastro, ma è facile dirlo con il senno di poi. La mia telefonata li aveva colti di sorpresa, e non avevano fatto in tempo a mettere a punto una strategia d'accusa. Perché di questo si trattava, volevano farmi il processo, e in fondo non avevano tutti i torti: ero colpevole. Il problema è che i giudici non erano in sintonia. Richard, villano e aggressivo, non poteva condividere l'atteggiamento paziente e diplomatico di Sandrine.

Ma dal mio punto di vista, avevo ottenuto un'informazione importante che mi lasciava ben sperare: non stavano insieme. Dovevo assolutamente parlare da solo con Sandrine, per spiegarmi e chiederle perdono per il mio comportamento disgustoso. Ma soprattutto dovevo sapere se c'era qualche possibilità di riavvicinamento.

Non volevo telefonarle, per paura di coglierla ancora di sorpresa e di vedermi respinto, così le ho spedito una mail. In questo modo, avrebbe avuto il tempo di rifletterci e se avesse deciso di non vedermi più mi sarei messo il cuore in pace. Non ho scritto granché, giusto una frase che diceva "Sandrine, ho bisogno di parlarti", e lei ci ha messo una giornata intera per rispondermi "Cosa proponi?". Non sapevo come interpretare quel ritardo. Di solito, Sandrine controlla la posta più volte al giorno e risponde alla velocità della luce. Probabilmente era un ritardo calcolato, per dimostrarmi che non aveva alcuna fretta di vedermi. È stato allora che ho deciso di spremermi le meningi per trovare il ristorante perfetto per il nostro incontro al vertice. E così eccomi qui, seduto sulla sedia a schienale alto del nostro ristorante preferito, in attesa del suo arrivo.

E Sandrine arriva.

La studio dalla testa ai piedi. Le sue rotondità le donano ancora. È andata dal parrucchiere dopo la famosa cena ed è leggermente truccata, la trovo più riposata e bella che mai. Indossa un cappotto leggero, aperto, un abito grigio perla e una grossa cintura rossa in tinta con le scarpe. Conosco quel vestito, è stato un mio regalo di due o tre anni fa. Ho un tuffo al cuore. Se si è preparata con cura, forse ho ancora qualche speranza.

Quando si avvicina per baciarmi, le mie labbra cercano le

sue, ma lei si scosta e mi bacia velocemente sulla guancia. Poi si siede ed entra subito in argomento.

"Allora, perché avevi bisogno di parlarmi, Thomas?"

"Come puoi immaginare, volevo spiegarti cosa è successo."

"Credo di saperlo."

"Sì, ma non sai tutto. Vorrei raccontarti esattamente come sono andate le cose."

"Allora parla, ti ascolto."

E così mi butto. Le racconto tutto. La frustrazione, l'umiliazione che ho provato quando ho capito che non mi avrebbe sostenuto nella traduzione, quando mi sono sentito costretto ad accettare quello stupido impiego da salsicciaio che mi aveva trovato. E poi la telefonata a sorpresa di Mali, la soluzione a portata di mano, l'improvvisa sensazione di libertà. Tralascio i dettagli sentimental-erotici perché non devo tirare troppo la corda. Ma le parlo del negozio di Mali, delle pressioni di Nathalie perché apparissi in televisione, di Alain Minardeau, delle vecchiette, del viaggio in Mesmenia e anche della mia pessima traduzione.

Mentre parlo, il cameriere viene a prendere l'ordinazione. Scegliamo senza nemmeno aprire il menù, che conosciamo a memoria. I piatti arrivano nel momento esatto in cui finisco di raccontare tutta la storia, come se il cameriere avesse atteso il momento giusto. Sandrine prende la forchetta e inizia a mangiare in silenzio, senza guardarmi. E nonostante tutti i miei buoni propositi, crollo.

"Senti, Sandrine, so di essermi comportato in modo disgustoso. Non cercherò nemmeno di trovare delle scuse perché so di non averne, ma, per una volta, sfogati! Fammi una scenata, dammi del depravato, dell'irresponsabile, dello stronzo, urla, di' quello che vuoi, basta che sia qualcosa di cattivo, dammi almeno la possibilità di odiarti quando mi ritroverò solo come un cane nelle mie notti insonni!"

Non reagisce, tanto che sono sul punto di alzarmi e lasciare il ristorante, quando finalmente solleva lo sguardo. Non sorride, ha gli occhi asciutti e mi parla in tono brusco, quasi tagliente. Credo sia la prima volta che la vedo arrabbiata, una rabbia fredda che mi dà i brividi.

"Vedi, Thomas, non ce l'ho con te per via di quella ragazza. O forse un po' sì, ma avrei potuto accettarlo. In fondo quel paese, la Mesmenia, era il tuo chiodo fisso ancora prima che ci conoscessimo. E quella ragazza è sempre stata la mia rivale, sapevo che in segreto fantasticavi su di lei e non ero in grado di fartela dimenticare. Eri come bloccato, non riuscivi a costruire nulla e iniziavo a credere che non avresti mai superato quella fase. Così, quando hai deciso di accettare la traduzione, ero quasi sollevata. Sì, hai ragione, non volevo darti il mio appoggio perché ero spaventata, ma in cuor mio mi dicevo 'ci siamo, stavolta si metterà in gioco, supererà il problema e volterà pagina'. Avevo addirittura previsto che la mesmena si rifacesse viva, quando mi sono accorta del successo che stava riscuotendo il tuo libro. Come vedi, non sono poi tanto ingenua. Se mi avessi semplicemente tradito con lei fisicamente, sapendo che erano già quattro anni che mi tradivi con il pensiero, credo che alla fine ti avrei perdonato. Probabilmente avrei voluto sapere come fosse vivere con te senza il fantasma di quella ragazza. Sai, per pura curiosità."

Ha un'espressione amareggiata che non le riconosco. Per qualche secondo cala il silenzio, poi inghiotte svogliatamente un boccone di cibo e riprende a parlare.

"Ma sai, quello che non ho digerito è il biglietto che mi hai lasciato sul tavolo quando sei venuto a prendere le tue cose. Il biglietto in cui dicevi che ti soffocavo. Che ti sentivi prigioniero, che la nostra vita ti stava stretta. Buffo, no? Forse per te non significava nulla, erano frasi senza importanza buttate giù su un pezzo di carta, ma non puoi sapere l'effetto che mi hanno fatto. È stato come ingerire del vetriolo. Ho sempre creduto che noi due ci completassimo. Vuoi che ti dia dell'immaturo, dell'irresponsabile, dello sconsiderato? Ebbene sì, a volte penso che tu lo sia. Anzi, spesso. Ma mi facevi ridere, mi distraevi dalla routine e sapevi come consolarmi quando ero giù di corda... Vuoi sapere perché ti proponevo dei lavoretti stupidi? Solo perché non ho fantasia, sono una persona ordinaria, non riuscivo a trovare una soluzione per farti stare meglio. Eri tu il motore della nostra coppia, prima... prima di quella traduzione."

Ha la voce rotta e gli occhi lucidi. Le prendo la mano.

"Sandrine..."

Lei si divincola, scuotendo il capo.

"No, Thomas, non voglio essere consolata. Non puoi capire cosa ho provato. In questi quattro anni, credevo che avessimo trovato un equilibrio, credevo di darti stabilità, aspettavo solo che superassi l'ossessione per la Mesmenia per poter continuare serenamente la nostra vita insieme..."

Le trema ancora la voce ma non allungo la mano per toccarla. Di tutte le stupidaggini che ho fatto, mi rimprovera solo un biglietto che nemmeno mi ricordavo di averle lasciato. Mi prenderei a calci per averlo scritto. Perché ha ragione. Era un biglietto inutile e cattivo, in cui le addossavo tutta la responsabilità della nostra rottura. Cala il silenzio, i piatti si raffreddano. Il cameriere viene a chiederci se ci sia qualche problema con il pollo tandoori e lo rassicuriamo con un cenno del capo. Mi azzardo a riprendere il discorso.

"Perché non abbiamo mai parlato di queste cose?"

Soffoca un singhiozzo, deglutisce e sussurra la risposta.

"Non ho mai detto che la colpa è stata solo tua..."

Cala di nuovo il silenzio. Non ho più via di scampo, è giunto il momento di farle la domanda per cui siamo qui.

"Credi che ci sia un'altra possibilità per noi? Potrai mai perdonarmi?"

Epilogo

Un anno dopo

È già trascorso un anno. Sono successe talmente tante cose che ho perso l'abitudine di fermarmi a guardare il tempo che passa.

Delle terre rare della Mesmenia non parla più nessuno. Sono morte e sepolte, in senso letterale e metaforico, sono cadute nel dimenticatoio. E all'intero paese è toccata la stessa sorte. Non mi stupirebbe se nessuno oggi sapesse più localizzarlo sulla carta geografica. È terribilmente ingiusto, ma è la dura legge dei media. Un giorno sei all'apice del successo, e quello dopo non esisti più.

Fortunatamente, non ho avuto lo stesso destino funesto. Io e Sergeï siamo diventati la coppia di scrittori più famosi di Francia. L'ex garagista e l'ex cameriere di McDonald's stanno scrivendo a quattro mani una saga letteraria unica al mondo, e si può dire che questo faccia scorrere fiumi d'inchiostro e di fiele. Quando è uscito il nostro primo libro, sono bastati quindici giorni per finire nella lista dei bestseller francesi. Siamo stati ospiti delle più famose trasmissioni televisive: *Prima di dormire*, *Appena svegli*, *La grande libreria*, *La piccola biblioteca*, e tante altre di cui ho scordato il nome. Naturalmente, abbiamo intenzione di cavalcare l'onda della notorietà.

Qualche mese fa, attraverso la mia casa editrice, ho ricevuto una cartolina di Mali con scritto solo "Tanti baci dalla Mesmenia". Ho ingenuamente pensato a un gesto d'amicizia disinteressato, fino al giorno in cui me ne ha spedita un'altra chiedendomi il permesso di tradurre in mesmeno la *mia* versione delle avventure di Maria e Chlobak, e gli altri romanzi pubblicati con Sergeï. Le ho dato il mio consenso con divertito distacco, Mali non cambierà mai.

Oltre a condividere le fatiche letterarie, Sergeï mi insegna l'estone e io gli insegno a parlare francese correttamente. Adesso, fuori dai set televisivi, lo parla senza alcun accento e quasi senza errori.

Per un certo periodo, ho pensato di ricominciare a prendere lezioni di mesmeno, poi ho realizzato che perfezionandomi avrei rischiato di uccidere la nostra gallina dalle uova d'oro. Io e Sergeï abbiamo diciotto libri di sua nonna, diciotto libri che tradurrò nel mio stile particolare e per i quali la casa editrice di Nathalie è pronta a firmare un contratto. Certo, sono romanzi rosa, storie di principi mesmeni che si innamorano di vedove inconsolabili poco più che adolescenti, o di giovani che si oppongono al matrimonio dei nonni con la scusa che non hanno più l'età per darsi alla pazza gioia. Con un materiale del genere tra le mani, non mi preoccupo troppo del nostro futuro professionale, almeno per i prossimi cinque anni.

Ho la sensazione che sia un successo meritato. Dopotutto, se non avessi avuto il coraggio di rispondere all'annuncio apparso su "20 Minutes", se avessi accettato il lavoretto qualunque che mi proponeva Sandrine, forse farei ancora il cameriere da McDonald's o sarei diventato caporeparto da Auchan. Probabilmente ho fatto qualche sciocchezza, ma alla fine ho seguito il mio istinto, ho lavorato come un matto e sono fiero del risultato.

Dopo quattro mesi di trattative serrate, Sandrine ha deciso di riprendermi in prova. Mi ha assicurato che non farà più la parte della madre e si aspetta che io mi comporti da persona adulta e responsabile. Le ho promesso tutto quello che voleva. Probabilmente non me la cavo poi tanto male, dal momento che stiamo valutando di comprare un appartamento con i proventi dei diritti d'autore.

La prossima tappa sarà certo quella di avere un figlio, e su questo punto sarò irremovibile: il bambino si chiamerà Serge, in onore di Sergeï. Anche se dovesse essere una bambina. Dopotutto, se il mondo letterario ha accettato una George Sand, perché dovrebbe rifiutare una Serge Lagrange?

Ringraziamenti

Tutta la mia riconoscenza va in primo luogo all'amica Anna Declerck, membro dell'Institute of Linguists, della Translators Association e della Society of Authors. Senza di lei questo libro non sarebbe mai stato pubblicato, e spero che possa diventare la mia traduttrice ufficiale. Ringrazio anche: il mio agente, Gregory Messina, per la costanza e i preziosi suggerimenti; Jacques Feldmar per la presenza, le numerose riletture e il sostegno attivo; mio fratello Pascal per la rappresentazione grafica della Mesmenia, la collaborazione e i consigli che mi ha dato fin dalla prima versione; Jean-Luc Biondi, Denise Feldmar, Valérie Schaeffer e Jany Seytor per la loro attenta revisione, le correzioni e le osservazioni pertinenti, così come tutti i miei parenti e amici per il calore e l'incoraggiamento. Infine, voglio ringraziare Raphaëlle Liebaert, la mia editor, che con grande affetto mi ha aiutato a portare a termine questo libro.

I ROMANZI CHE TI FANNO FELICE

Nicolas Barreau, *Gli ingredienti segreti dell'amore*

Nicolas Barreau, *Con te fino alla fine del mondo*

Nicolas Barreau, *Una sera a Parigi*

Nicolas Barreau, *La ricetta del vero amore*

Nicolas Barreau, *Parigi è sempre una buona idea*

Federica Brunini, *Quattro tazze di tempesta*

Àngeles Doñate, *Il club delle lettere segrete*

Barbara Fiorio, *Qualcosa di vero*

Alessia Gazzola, *Non è la fine del mondo*

Daniel Glattauer, *Le ho mai raccontato del vento del Nord*

Daniel Glattauer, *La settima onda*

Daniel Glattauer, *In città zero gradi*

Daniel Glattauer, *Un regalo che non ti aspetti*

Sophie Hart, *Il club delle cattive ragazze*

Sophie Hart, *Lezioni d'amore per amanti imperfetti*

Raquel Martos, *I baci non sono mai troppi*

Raquel Martos, *Alla fine andrà tutto bene (e se non va bene... non è ancora la fine)*

Liane Moriarty, *In cerca di Alice*

Talulah Riley, *L'amore non è un gioco per ragazze perbene*

Caroline Vermalle, *La felicità delle piccole cose*

Caroline Vermalle, *Due biglietti per la felicità*

Caroline Vermalle, *Due cuori a Parigi*

Danny Wallace, *La ragazza di Charlotte Street*

Danny Wallace, *Copia-e-incolla*